ート主人公は悪役令嬢様のプロ侍女に徹します

香月 航
Wataru Kaduki Presents

fairy kiss

この作品はフィクションです。
実際の人物・団体・事件などに一切関係ありません。

チート主人公は悪役令嬢様のプロ侍女に徹します

fairy kiss

1章　乙女ゲームの主人公？　いいえ、プロ侍女です

コールドウェル侯爵家の屋敷は、楽園の見本と呼ばれるほど美しいことで有名だ。

ここは王都の別邸で、領地にも大きな屋敷を持っているにもかかわらず、中庭だけでも大変な広さを誇る。

隅々まで整えられた季節の花垣と、奥には洒落《しゃれ》た形の真っ白な東屋《あずまや》。

これだけでも風景画のモデルとして完璧だが、この東屋を利用する麗しき侯爵家の人々こそが、なんてことない午後の一時を最上の芸術へと昇華させているのだ。

「……ふう」

白磁のティーカップを優雅に傾けるのは、この屋敷のご令嬢であるブリジット。

緩く波打つ銀糸の髪に、精巧なビスクドールのように可憐《かれん》で完璧な配置の顔立ち。

長いまつ毛に縁取られた瞳は海を思わせる深い藍色で、どこか色っぽさも感じさせる。

装いは白いシャツに緑色のスカートを合わせたごく一般的な普段着であるのに、彼女が着ると有名デザイナーのドレスにも劣らぬ魅力を醸し出すから不思議だ。

「美味《おい》しいお茶ですね、姉様。今日の茶葉はどちらのものでしたっけ」

そして、彼女の向かいに座るのは、よく似ているがいくらか年若い少年ベンジャミン。姉よりも淡い青色の瞳は幸せに満ちており、二人で憩いの一時をすごせることを心から喜んでいる様子が伝わってくる。

「ご歓談中失礼いたします、お嬢様」

……と、そんな幸福を邪魔するように、黒い燕尾《えんび》を揺らしながら年かさの男が駆け寄ってくる。

一瞬眉を顰《ひそ》めた姉弟《きょうだい》だったが、彼の口から告げられた一大事に、二人揃《そろ》って瞠目《どうもく》した。

「えっ、第一王子殿下が屋敷に⁉」

「はい。本日のご訪問の予定は伺っておりませんでしたので……いかがなさいましょう」

予想外の報告に、ブリジットは慌てて東屋の椅子から立ち上がる。先触れがなかったため、屋敷の主《あるじ》であるコールドウェル侯爵夫人は外出してしまっていた。

「殿下をお待たせするわけにはいきません。すぐにお出迎えに行かなくては……」

「ブリジット」

困惑するブリジットの返答を遮るように、低く心地よいテノールが中庭に響く。

三人が三様に視線を向ければ、太陽を彷彿《ほうふつ》とさせる金髪金眼《きんがん》の美丈夫が微笑《ほほえ》みながら立っていた。

その両手に抱えられているのは、大輪の赤薔薇《あかばら》の花束だ。

「あ、アデルバート様！　申し訳ございません、こちらまでお越しいただくなんて」

「気にしないでブリジット。私が君に会いたくて勝手に来てしまったのだから。騒がせてしまってすまないね」

とっさに臣下の礼を取ろうとする三人を軽く制した闖入者《ちんにゅうしゃ》……第一王子アデルバートは、ニコニコしながら東屋に近づいていく。

ここで音もなく姿を消した連絡者の執事は、使用人として実に有能だといえよう。

「はいこれ、お土産。受け取ってくれるかい？」

「もちろんです！　ですがこれは、王家の皆様しか入ることができない薔薇園の、貴重なものでは」

「いずれ枯れてしまうものだ。だったら、一番美しい姿を一人でも多くの者に見てもらえるほうが薔薇も本望だろう。……何より、君は王家の一員と呼んでも間違いではないしね」

「さすがに気が早いですよ、第一王子殿下」

朗らかに語る王子に割って入るのは、愛らしい顔立ちに皺《しわ》を寄せるベンジャミンだ。

さっと顔を青ざめさせる姉を気にすることもなく、まるで牽制《けんせい》でもするかのように彼女の前に出て左腕を伸ばす。

いや、事実牽制なのだろう。姉とは背の高さも同じぐらいだが、彼は『男』だ。姉――いや、大事な女性に虫がつかぬように、必死に闖入者を制している。

……幼さの抜けきらないベンジャミンの容姿では、子猫の威嚇程度の脅威にしかならないと自覚していても。

「いやー、やっぱり何度見ても素敵な光景よね！　我が家のお嬢様を取り合う美男子たちの静かな攻防戦！　お抱え画家に描かせてエントランスに飾りたいぐらいだわ‼」

――というやりとりを、東屋からやや離れた場所にてじっくり眺めて盛り上がっているこちらは、ブリジットの専属侍女を務めるエスターである。

きめ細やかな白い肌は上気し、うっとりと細めた瞳は深海を思わせる藍色。

艶やかな亜麻色の髪をもったいなくもシニヨンキャップに詰め、お仕着せ――いわゆる黒地ワンピースに白いエプロンを合わせた装いだ。

ちなみに、盛り上がってはいるものの、声量はちゃんと彼らに届かない程度に留《とど》めている。こう見えて勤続年数は十年近いベテランだ。今更そんなしょうもない失態は犯さない。

「ご本人は全く嬉《うれ》しそうには見えないけどな」

そして、エスターの隣にはもう一人。頭一つ分差がある長身の男性が、どこか呆《あき》れたように声をかけてくる。

身にまとう軍装めいた詰襟の制服は侯爵家の衛兵に支給されるもので、確か〝エスターの知る呼び名〟で表すなら、ナポレオンジャケットという形だ。

家人に倣ってか、青地に銀糸で刺繍《ししゅう》が施されたそれは、他家にも人気があると聞く。

長身かつ鍛えられた彼の体には非常によく合っており、同色のズボンと膝丈の革ブーツも、長い脚を際立たせている。

「楽しんでいるところに水を差すようだが、お前呼ばれてないか？」

さらりと揺れる黒髪の下で、形のよい眉が顰められる。

東屋の二人と比べればやや荒っぽく、美形というよりは精悍《せいかん》といった顔立ちだが、彼も整った容姿の持ち主だ。

少なくとも、視線の先の集団に交じっても違和感はないとエスターは思っている。

「大丈夫よヴィンス。敬愛するお嬢様のご要望を、私が見逃すわけないじゃない」

自信満々で応えれば、彼――ヴィンスの鋭い茶色の瞳がますます細められる。

彼もエスター同様にブリジット専属で護衛を任されており、彼女の機微には敏感だ。

エスターだって、もちろん気づいているとも。美しい男性二人に挟まれたブリジットが、オロオロと戸惑いながらこちらを窺《うかが》っていることなど。

細い眉をへにゃりと下げて、揺れる瞳で助けを乞う様は、実に愛らしい。

なので、エスターは満面の笑みを浮かべて、小さく手をふり返すのだ。『大丈夫。あなたのエスターは、ここにおりますよ☆』と。

「いや、そういう意味じゃないだろ」

「そう言われてもね、ヴィンス。こちとら平民出のしがない侍女よ？　一使用人風情《ふぜい》が、呼ばれてもいないのに第一王子殿下の御前に出しゃばれるとでもお思い？　そんな恐れ多いこと、私にはとてもとてもできないわよ」

「……よく言う。あの王子が、お嬢様専属のお前を悪く扱うはずないだろう」

ため息をつくヴィンスに、苦笑を返す。実際、アデルバートはエスターを認識しているだろうが、さすがに呼ばれてもいない侍女が割り込める相手ではない。

ブリジットだって、本当に困っているならエスターをちゃんと呼んでくれるはずだ。

そうしないということは、それほど困っていないか……彼女も〝恋愛イベント〟を堪能しているのだろう。

――乙女ゲーム『君の一番星に』に酷似した、この世界を。

＊　＊　＊

エスターには、前世と呼ばれる記憶がある。

日本という島国で生きていた、あまりにも短い人生の記憶が。

というのも、かつてのエスターは生まれつき非常に病弱であり、人生の大半を病院ですごしていたのだ。

幸いだったのは、生まれた家が入院費を惜しまずに払えるお金持ちだったこと。

不幸だったのは、お金はあっても愛のない家だったこと。

もっとも、与えられた経験がなかったおかげで、愛を欲して悲しむこともなかったのだが。

とにかく、学校にも通えなかった『私』は、院内の限られた世界で慎《つつ》ましやかに生きていた。

学習と暇つぶしの両方を兼ねた読書は嗜好《しこう》にも合っていたが、やがて本を持つ筋力もなくなり、自動読み聞かせ機能つきのタブレットへと移行する。

このあたりから新たに学習することは諦めて、選択肢は娯楽一択になった。つまりは、音楽や動画、そしてゲームだ。

とりわけ、演出を楽しみつつ結末に干渉できるアドベンチャーゲームは好物であり、最期の時にプレイしていたのが乙女ゲーム『君の一番星に』、通称『キミホシ』だったと記憶している。

享年十四歳、あまりにも短い人生だった。

「…………うそ？」

というのを思い出したのが、エスターとして生を受けて五年が経《た》ってからだ。

エスター――またの名を『キミホシ主人公』という。

（まさか、五歳になるまで気づかなかったなんて……!?）

目覚めてすぐに飛び込んできた木造の部屋の景色に馴染《なじ》みを覚えつつも、明らかに〝これまでとは違う〟という感覚が全身に満ちている。

（確か、掃除したての階段で足を滑らせて、頭を打ったのよね。転生者のお約束というか……もしくは運命だったんでしょうね）

生死にかかわる怪我《けが》や病気で思い出すパターンの話も読んだことがあるので、マシなほうだ。

（記憶が途切れてるから、多分おじいちゃんがベッドに運んでくれたのかな）

恐る恐る頭を触ると冷えた濡《ぬ》れタオルが載っており、ぶつけた額の端っこには簡易ながらガーゼが貼られていた。

手当てしてくれたおかげか、今のところ具合は大丈夫そうだ。

華奢《きゃしゃ》な体をゆっくりとベッドから起こし、備えつけの鏡台を覗《のぞ》き込む。

さて、このエスターという少女は、亜麻色のふんわりとした柔らかい髪に深い藍色の目を持つ、それはそれは美少女である。

ぱっちりお目目にばっさばさの長いまつ毛。つくりは整っているのに冷たさはなく、小動物のような庇護《ひご》欲をそそる印象を抱かせる奇跡の美貌。

まさに主人公。愛されるために生まれてきた、ヒロインオブヒロインといっても過言ではないほど外見には恵まれている。

……のだが、その分生まれはだいぶハードな設定がつけられていた。

――何を隠そう、主人公の母親は、コールドウェル侯爵夫人の侍女なのだ。

それも、夫人の妊娠中に侯爵のお手つきでできてしまったという、最悪の経緯である。そんな泥沼設定を乙女ゲームに持ち込まないでほしい。

さらに、母ライラは夫人に忠誠を誓っていた専属侍女であり、他の使用人をかばったがゆえの妊娠という胸糞《むなくそ》案件だ。制作会社はなんでこんな重い設定をぶち込んだのか。

まあどんな理由でも、妊娠は妊娠だ。夫人に知られることを恐れた母は、王都から二つほど離れた町まで着の身着のままで逃走。

そこで行き倒れていたところ、心優しい宿屋の老夫婦に拾ってもらい、しばらくは住み込みで働いていた。

その後、出産の際に帰らぬ人となり……今にいたる。

エスターが目覚めたこの部屋は、その宿屋の一室であり、エスターを五歳まで育ててくれているのも同じ老夫婦だ。

（もともと迷惑をかけていたのに、その赤ん坊まで『孫』として育ててくれるんだもの。おじいちゃんとおばあちゃんには、一生頭が上がらないわね）

ちなみに、名づけ親もこの夫妻だ。母が〝夜〟の意味のライラだったので、娘には〝星〟を意味するエスターとつけてくれたらしい。センスがよくて助かった。

「とりあえず、五歳で記憶を思い出せたのは早いほうよね。これからどうしようか」

『キミホシ』のゲームでは、エスターが十二歳になった時に侯爵家からお迎えが来てしまう。

個人的には最低男を父親と認めたくはないが、あちらはここゴールドスタイン王国でもかなり力が強い侯爵家の現当主。

一方のエスターは、血縁者不在の平民だ。抗《あらが》って勝てる相手ではない。

「ストーリーに従うのは……うう、考えたくもない」

ため息をついて、綿の布団が敷かれたベッドにもう一度転がる。

何の因果か乙女ゲームに転生してしまったが、正直に言って主人公をやる気は毛頭ない。

何しろこのゲーム、恋愛にいたるまでが茨《いばら》の道なのだ。

（私の生まれを考えれば、当然かもしれないけどさ）

コールドウェル侯爵家に迎えられてからのエスターは、ゲーム本編が始まるまでの約四年間、シンデレラのごとく虐《いじ》め抜かれる設定だ。

しかも相手は、信頼していた専属侍女に裏切られたと思っている上、浮気の結晶を引き取らされた侯爵夫人と、不義の子を妹として迎えなければならない侯爵令嬢ブリジットである。

（虐めは肯定できないけど、エスターを拒絶したい気持ちはわかるわ）

どう考えても、彼女たちだって被害者だ。

にもかかわらず、彼女たち……特にブリジットの肩書きが『悪役令嬢』なのだから世の中間違っている。

制作したスタッフは倫理観がズレているか、人の心がないに違いない。

（同情はするけど、だからって虐められるのは嫌に決まってるわ。悪いのは侯爵一人でしょ！　子は親を選べないのよ！）

プレイヤーの一人として、攻略対象たちを生で拝みたい気持ちはあるものの、恋愛のために辛《つら》い生活を我慢するぐらいなら、平和な人生を選びたい所存だ。

ドラマチックな恋より、今世は長生きしたい。

「……とにかく、あと六年で身のふり方を考えないと」

こちらはわざわざ貴族になりたいとは思っていない。育ての祖父母や近所の皆と、これからも平民として暮らしていけたら幸せだ。

しかし、侯爵家の捜索網から逃れられるとも思えない。政略結婚の駒として使える自分の娘を、侯爵は諦めないだろう。

となれば、やはり外国へ行くのが一番か。

（それも難しいわよね。前世みたいな移動手段はないし……）

第一、どこかへ逃げるにしても先立つものがない。

エスターがお世話になっている宿は木造二階建ての本当に小さな店で、客室だってたったの五つだ。その少ない部屋も満室になることは滅多になく、趣味の延長上ののんびり経営なのである。

（売上だって宿泊料よりも、一階でやってる食堂のほうが多いものね。それも、贅沢《ぜいたく》をしない老夫婦と子どもだから足りているだけ）

そもそも、母子揃って彼らには世話になりっぱなしだ。これ以上の迷惑はかけられない。

「じゃあやっぱり……私が〝魔法〟を使えるようになるしかないわね」

まだ幼く、小さな手をぎゅっと握る。

実は『キミホシ』は、剣と魔法があるファンタジーものだ。

強大な敵と戦ったり世界を救ったりはしなかったものの、〝魔法が使えること〟はストーリーの中で度々《たびたび》語られている。

そんな世界の主人公であるエスターは、当然魔法の素養があった。それも、攻略対象それぞれに必要な能力を発現できる、いわゆる主人公チート持ちだ。

「だったら、この才能をがっつり鍛えて、侯爵家が手を出せないような大貴族か、あるいは教会に後見人になってもらいましょう」

この際、コールドウェル侯爵家でさえなければどこでもいい。

エスターの出自でなく、実力で見てくれる相手を見つけよう。

「魔法関係で仕事も斡旋《あっせん》してもらえたら、おじいちゃんたちに恩返しもできるわ！　よし、まずは魔法修行に決定！」

小さなベッドから跳ね起きて、握ったままの手をぐっと突き上げる。

幸い、まだあと六年強も時間があるのだ。チートを自覚しているエスターが本気を出せば、世界一の魔法使いや教会最上位の聖女になることも夢じゃない。

「魔法で乙女ゲーム展開を回避して、のんびり幸せを目指しましょう！」

こうして決意を新たにしたエスターは、記憶を取り戻す前と同じように宿の仕事を手伝いつつ、一人の時間は魔法の修行に勤しんだ。

思った通り、エスターの実力はめきめきと上がり、これなら十二歳になるまでに余裕で職を見つけられそうだ――なんて思っていたのだが。

「ごめんくださいい。わたくしは、コールドウェル侯爵家〝当主代理〟ベネデッタ・コールドウェルと申します。こちらにわたくしの侍女と、その娘がお世話になっていると伺って参りました」

「――は？」

なんと、記憶を取り戻した次の年に、侯爵家がエスターを探し出してしまったのだ。

(いやいや待て待て待て!?　なんでもう!?　しかもこの方がいらっしゃるなんて!?)

予想外にもほどがある状況に、エスターは口をぱくぱくさせることしかできない。時期が早すぎることも驚いたが、現れた人物はここに来るはずがない人だった。

小さな宿には似つかわしくない立派な馬車から降り立ったのは、輝く銀髪に水色の瞳という〝血筋特有〟の容姿を持つ美女。

そう、ゲームではエスターを虐め抜く悪役その一こと、侯爵夫人である。

（この方が私に好印象を持っているはずがないわ。一体どうして？　まさか、不義の子をいびるために、わざわざ探して迎えに来た……ってコト⁉）

そんな馬鹿な、と全力で否定したいところだが、社交界がストレス社会であることは察しがつく。もし彼女が体《てい》のいいサンドバッグを欲して現れたのなら、全力で逃げよう今すぐに。

「よかった、無事だったのねエスター！」

「ひいっ⁉」

退路を確保しようとしたエスターに、さらなる追い打ちの声がかかる。

愛らしいソプラノと共に夫人のドレスの横から顔を出したのは、揃いの銀髪を二つに結んだ極上の美少女だった。「天使か⁉」と二度見したのはエスターだけではないだろう。

「ブリジット、はしたないわ」

「ごめんなさいお母様。でもわたくし、心配で……」

（ブリジット？）

思わず見惚《みと》れてしまったエスターだが、転生者としてその名を知らぬはずがない。

ブリジット・コールドウェル……『キミホシ』の本編が始まる前から、その後の全てのルートにおいて立ちはだかってくれる悪役令嬢サマだ。

（こんな眩《まばゆ》いほどの美少女だったなんて……って違う！　一番会っちゃいけない人が、どうしてここにいるのよ⁉）

すっかり混乱するエスターを意にも介さず、天使ことブリジットはとことこと近寄ると、白魚のような手でエスターの傷んだ指先をそっと握ってきた。

「会えて嬉しいわ、わたくしの大事な妹。今日から一緒に暮らしましょうね」

と、蕩《とろ》けるような微笑みを浮かべて。


(何がどうなっているのかしら……)

結局、多少魔法が使える程度の六歳児が侯爵家に太刀打ちできるはずもなく。

多額の謝礼金と引き換えに、エスターは侯爵家の王都の邸宅に連れてこられてしまった。

もちろん、育ての親たちは引き留めてくれたのだが、夫人の『必ず幸せにする』という強い言葉に敵《かな》わなかったのだ。

ただ、辛いことがあったら宿に帰ってきてもいいと約束してくれたのは、エスターにとってもありがたかった。

「お帰りなさいませ、奥様、お嬢様。……そして、エスター様」

(なんて大きなお屋敷……)

緊張もあって無言のまま乗ってきた馬車を降りると、目の前に広がったのはとんでもなく大きな屋敷だ。小さなエスターからすれば、もはや城に見える。

真っ先に迎えられたエントランスも、中央にどどんと階段がある西洋建築特有の吹き抜けホールだ。磨き上げられた大理石の床は顔が映るほどで、左右に並んだ十名ほどの使用人たちは姿勢を整えて待機している。

階段の手すりや大扉の装飾が鋳造細工であるのも、また洒落ている。さすがは王族が懇意にしている有力侯爵家といったところか。

「今日からここが、あなたの家よ。エスター」

状況に取り残されているエスターに、侯爵夫人は優しく語りかける。

――いわく、自分たちはエスターと母のこれまでの事情を、全て知っているのだと。

(どうして？　ゲームと同じなら、夫人が事情を知ることはできないはず)

何しろ、真相を知る母ライラは、何も言わずに屋敷を出たまま亡くなっているのだ。最低男の侯爵だって、自分が不利になる話をするとは思えない。

ますます混乱するエスターだが、場所を応接間へ移してから夫人が話してくれた内容は、まさしくエスターたち……もっと言うなら、プレイヤーが知っている通りの内容だった。

夫人の妊娠中に侯爵が侍女に手を出し、ライラが後輩をかばって被害にあったこと。

そのせいで望まぬ妊娠をしてしまい、夫人を悲しませないために職を辞して屋敷を去ったこと。

それらが誤解なく伝わっていたのだ。

「あなたの母ライラがかばった侍女から、当時の話はちゃんと聞いたわ。今日宿を去る時に、店主から〝出せなかった手紙〟も預かったの。中身はライラがわたくしに宛てた謝罪でいっぱいだった……わたくしがあの時、気づいてあげられたら……」

目尻に浮かんだ涙を拭う様は、とても嘘《うそ》をついているようには見えない。

侯爵夫人は本当に母を信頼しており、同時に母も当主ではなく夫人に忠誠を誓っていたのだろう。ちなみに侯爵本人は、他にも女遊びの余罪がゴロゴロ出てきたため、現在は一番遠方の領地に送られて軟禁状態らしい。

先代侯爵が激怒しているのはもちろん、夫人と仲がいい国王夫妻も彼の行いに呆れており、もう二度と表舞台に戻ってくることはないとの話だ。

離婚をしないのは外聞もあるが、あの男を野に放たないようにするためだと思われる。

（だから夫人は〝当主代理〟だとわざわざ名乗ったのね）

次の当主が家長を継ぐまでは、夫人が侯爵家を取り仕切るという意思表明だ。なんとも頼もしい女性である。

（最低男がいないのはありがたいけど……問題は、どうしてここまでうまくことが運んでいるかよね。最初からこうできるなら、ゲームはあんなストーリーにならなかったもの）

ここは王国であり、身分制度がかなり根強い世界だ。そのため、貴族の下半身が多少緩くても、相手が平民ならそれほど問題視はされない。

今回のように子どもができたりしたら、多少トラブルは起こるだろうが、その程度だ。

（この家に限ってなら、王様夫婦と仲良しの夫人が強いのはわかるけど。でも、一体どこから情報を得て、あの最低男を追い出せたのかしら）

状況的にはよくても、理由がわからないと気持ちが悪い。

「とにかく、もう何の心配もいらないからね、エスター。このコールドウェル侯爵家の娘として一緒に暮らしていきましょう」

「……は、い」

ともあれ、たった六歳のエスターに、真相を問うような力はない。

決定事項だとにこやかに告げる夫人に、ただ頷《うなず》くしかなかった。


そんなわけで、侯爵邸で暮らすことになってしまったエスターなのだが、新生活はゲームとは全く違い、とても快適なものだった。

悪役であった夫人とブリジットが虐めてこないばかりか、むしろ彼女たちが率先してエスターを気遣ってくれるのだ。

使用人の中には、不義の子を認めたくない者がいるのも察せられたが、彼らが不満を行動に移さないのは、屋敷の主たる夫人が禁じていたからだろう。

(私にはありがたいけど……)

どうしても、引っかかってしまう。

そんな暮らしを数日続けたある日、ついにエスターはその真実を知ることになった。


(あら、あんなところにブリジットが)

屋敷でも奥にある渡り廊下を進んだ先、植樹に囲まれた裏庭は中央が平らに整えられており、体を動かすための訓練場として利用されている。

そこに、簡素な運動用の装いでブリジットが佇《たたず》んでいたのだ。

珍しいことに周囲には人気《ひとけ》もなく、側仕《そばづか》えの侍女や護衛の姿も見られない。

（確か、運動の授業はなかったはずだわ。自主練か、前の私みたいに魔法の練習かしら）

繋《つな》がりは半分だけとはいえ、エスターは妹だ。彼女に挨拶をしようと、近づこうとして、

【……よかった。エスターはちゃんと生活できているみたい】

（え？）

次の瞬間、ブリジットが呟《つぶや》いた言葉に、エスターは目を見開いた。

耳に懐かしきその言語は――〝日本語〟だったのだ。

（そうか、この子も転生者だったんだわ！）

不自然だったピースが頭の中でカッチリとはまっていく。

一連のシナリオを外れた行動は、彼女によるものだったのだ。

（夫人一人では難しいことも、一人娘のブリジットが加われば可能だもの）

唯一の孫であるブリジットの望みなら、辣腕《らつわん》で有名だったと聞く先代侯爵も喜んで協力してくれたことだろう。

真相を暴き、最低男を表舞台から追い出すのに皆が全力を尽くした結果が、今の平穏なのだ。

（あの男、障害でしかなかったものね）

ゲームシナリオで妻と娘が悪役になってしまったのは、全てあの男のせいだ。

エスターとブリジットの唯一のお揃いである藍色の瞳も、父親からの遺伝だとわかれば嫌悪して

しまうほど。

なので、あれの排除に頑張ってくれたブリジットは実に有能だ。いくら転生者とはいえ、七歳の少女の行動としては偉業すぎる。

【わたしは絶対に主人公を虐めたりしない。今から仲良くなれば、悪役になんてならないわ】

エスターに気づいていないブリジットは、強く前を見据えながら続ける。

【いいえ、わたしが絶対にエスターを幸せにしてみせるわ。今まで大変だった分、エスターは誰よりも幸せにならなくちゃいけないのよ！】

「…………！」

決意を固めるブリジットに、胸が温かくなる。

主人公になりたくない、虐められたくないという理由で逃げようとしていたエスターに比べて、ブリジットはなんと妹思いなのだろうか。

（一歳しか違わないのに、彼女はシナリオを変えようと、ずっと動いていてくれたのね）

エスターという不幸な生まれの少女を、幸せにするために。

（私、自分のことしか考えていなかったわ。なんて情けない）

その日は結局、声をかけられずに離れてしまったのだが……翌日から改めてよく見た異母姉ブリジットは、予想よりもはるかに賢く、素晴らしい少女だった。

侯爵令嬢として課された義務には真摯に取り組む一方で、決して驕《おご》らず、使用人たちに対する態度も丁寧で優しい。こんな子なら忠誠を誓いたいと思うのも当然だろう。

天使のような愛らしい容姿も相まって、邸内では彼女の親衛隊（非公式）まで存在してしまうほどの人気ぶりだ。

転生者ならできて当然だと思われるかもしれないが、そんなこともない。

まず歴史などは日本と違うし、求められる技能も全く異なるので、転生前の常識などあってもなくても変わらないのだ。

プレイヤー情報程度の利点しかない中、ブリジットは毎日本当に頑張っていた。

（その上、私にはとびっきり優しい、素敵なお姉ちゃんなんだもの）

貴族の生活を知らないエスターを、ブリジットは常に気遣い、不足がないように接してくれる。

そこにあるのは温かい愛情だけで、エスターは彼女に出会えたことを心から感謝した。

――それはもう、同じ転生者の身をもって『推せる！』と思えるぐらいに。

「皆様のお心遣いは本当にありがたいのですが、私はこのお屋敷の娘としてではなく、母と同じお仕えする者として、置いていただきたく存じます」

そんなブリジットとすごした結果、エスターもまた、ゲームシナリオとは別の答えを出した。

令嬢として……妹としてではなく、この家に仕える使用人の道を望んだのだ。

「な、何故ですかエスター⁉　わたくしたちは、血の繋がった姉妹ですのに！」

夫人を中心に屋敷の者たちに集まってもらって訴えたところ、真っ先に声を上げたのはブリジットだった。

まあ、彼女が反対するのは無理もない。

虐めをなくし、幸せな環境を用意したにもかかわらず、主人公が自ら使用人なんて立場へ落ちようとしているのだ。

悪役令嬢が虐めたよりも悪い結果になっては、本末転倒だと思ったのだろう。

ただでさえ白い顔がますます血色をなくし、今にも倒れそうに震えている。

「確かに、私はお嬢様とは血の繋がりがございます。ですが……この侯爵家の高貴な血は、一滴も継いでおりません。令嬢として迎えていただくことは、さすがに分不相応と思う次第です」

エスターのしっかりとした発言に、皆もはっと息を呑《の》む。

そう、実はコールドウェル侯爵家の正当な血筋は夫人のほうで、エスターの父親である最低男は、婿養子として入っただけの他家の者だ。

（入り婿の立場で、よくもまあ侍女に手なんて出せたものよね）

先代侯爵こと夫人の父親がブチ切れるのも当然である。

ゲームの時は主人公に貴族籍を与えるための〝展開〟だと受け入れたが、いざ自分がその立場になったら違和感しかない。

エスターは侍女の娘で、それ以上でも以下でもないのだ。

夫人が侍女の忠義に応えるにしても、侯爵令嬢の立場を与えるのはやりすぎである。

「で、でも、全ての原因は、あのバ……父親だった人なのですから。あなたには報われる権利があるはずです！」

（今馬鹿って言いかけたわね）

ちらっと見えた転生者部分に苦笑しつつも、エスターは背筋を正して首を横にふる。

「よしんばそうだとしても、これは受け取りすぎというものです、お嬢様。私の生まれを憐《あわ》れんでくださることは大変ありがたいですが、温情に甘えて己の立場を見誤るような恥知らずでいたくはありません」

「エスター……」

「それでもまだ情けをかけてくださるならば、何とぞ、あなた様に忠義を捧げ、お仕えすることをお許しくださいませ。我が身にとって、これに勝る幸福はございません」

床に膝をつき、深々と頭を下げたエスターに、侯爵家の面々は戸惑っているようだ。

しかし、エスターの主張こそがこの国では正しいので、なおさら返答に困るのだろう。

（使用人の子どもなんて、同じ家で雇ってくれるだけでも厚遇だもの）

地球の歴史で見ても、権力者のお手つきで勤め先を追われた女性の悲劇なんて、掃いて捨てるほどあるのが事実だ。

その子をわざわざ養子に迎えて我が子として育てるなど、下手をしたら侯爵家の弱みになりかねない。

エスターを虐めないのなら、ブリジットも夫人も被害者仲間だ。彼女たちに迷惑をかけたら、忠義ゆえの出奔をした母に恨まれてしまう。

「……わかりました。あなたの希望を叶《かな》えましょう、エスター」

「お母様⁉」

(よし!)

やがて、侯爵夫人が結論を出した。下げたままの頭でエスターも安堵《あんど》の息を吐く。

もともと、己はお嬢様という柄ではなかったのだ。

だったら、『推し』となったブリジットを幸せにするために、この人生を使いたい。

「何故《なぜ》ですか、お母様! この家の娘として、共に育ててくださると約束しましたのに」

「この子がそれを望んでいないのだから、仕方ないわ。これだけしっかりとした言動ができるということは、令嬢の勉強をしたくないわけでもないのでしょう?」

(おっと)

言われてみれば、確かに六歳児らしからぬ言動だったかもしれない。視線を巡らせれば、集まってくれた執事たちが若干引いている。

大人たちの言動や前世で読んだ書籍を真似《まね》ただけなのだが、今後は気をつけなければ。

「ですが……」

「ライラの娘ですもの。きっとブリジットの心強い味方になってくれるはずよ。……そう願っても構わないかしら、エスター」

「ご期待に応えられるよう、誠心誠意努めさせていただきます」

迷うことなく返事をしたエスターに、ブリジットが言葉を噤《つぐ》んだ気配がする。表情が見えなくて残念だ。

「では本日より、エスターを侍女見習い兼ブリジットの話し相手として雇用しましょう。皆にもそう伝えてちょうだい。あなたの働きに期待しているわ、エスター」

夫人の宣言でエスターの立場は令嬢から侍女へと変わり、ゲームとは完全に異なる道を歩み始めた。……これが約十年ほど前の話だ。


(今思い出しても、我ながら英断だったわ)

母からの遺伝なのか、侍女の仕事はエスターに合ったようで、今日までの期間、心身共に楽しく勤めてこられている。

ありがちな先輩からの虐めもなく、経験を積めたのも大きい。

(下位貴族の娘なんかが侍女になる場合は、プライドが邪魔をして雑用を嫌がるらしいものね)

一応父親から貴族の血を継ぐエスターも最初は懸念されていたが、そこは宿の手伝いをしていた平民、トイレ掃除だってお手のものである。

(まあ、日本で作られたゲーム世界ってことで助かったのだけど)

実際の中世や近代ヨーロッパのトイレ事情なら、さすがに心が折れそうだ。

とにかく、エスターはこの屋敷で優秀な使用人と認められ、ブリジットの専属侍女として暮らせている。

そして、ご主人様たるブリジットも、本当に素晴らしい令嬢として成長してくれた。

文武両道なのに驕るところはなく、誰に対しても礼節を弁《わきま》えた態度を取る、まさしく理想の淑女、理想のお嬢様だ。仕えているエスターも鼻が高い。

また、幼少から整っていた容姿にも磨きがかかり、今では女神とまで言われるほど魅力的な女性に成長している。

……容姿に関してだけは、生まれつき極上のエスターもなかなかなのだが。

日々手入れを欠かさないブリジットと、仕事の合間に最低限の手入れしかしないエスターとでは、傷み具合が段違いというものだ。

(ああ、今日も私のお嬢様は頭のてっぺんからつま先まで美しいわ……きっと心の清らかさがまとう空気にも表れるのね。推せる)

毎日眺めていてもちっとも飽きない方に仕えられる己は、なんと幸せなのか。つい恍惚《こうこつ》としたため息がこぼれてしまう。

「あの、エスター？　頼まれてたお湯とティーセット持ってきたけど」

「エスター、同僚が呼んでるぞ。戻ってこい」

萌《も》えもとい物思いに浸っていると、背後から同僚の侍女が声をかけてくる。

「ありがとう。助かったわ」

「そ、そう。じゃああたしはこれで」

主人に見惚れるエスターに、若干引いた様子なのはいつものことだ。

押してきてくれたカートを受け取ると、同僚は足早に去っていった。

載っているのは頼んでいた通りの、お湯がたっぷり入ったポットと温められたカップが三人分だ。

「三人分？　多くないか」

同僚を見送ったヴィンスが、こちらを訝《いぶか》しげに訊《たず》ねてくる。

ほぼ毎日一緒にいるのに、忘れてしまうとは困った男だ。

「王子様がいらっしゃったのに、彼らがついてこないはずがないでしょう」

ニヤリと笑って答えると、まさにその瞬間に慌ただしい足音が聞こえてきた。

「アデルバート殿下、勝手な行動をされては困ります！」

王子を諫《いさ》めるというリスクの高いことをしているのは、彼の側近を務める青みがかった黒髪に青眼の美青年チャーリー。

その一歩後ろをついてくるのが、赤髪に赤眼のたくましい系美形、近衛《このえ》騎士デービッドだ。

王子が金髪金眼、そして銀髪のベンジャミン。乙女ゲーマーならばすぐにピンとくるであろうカラフルっぷり……つまり、この四人こそが『キミホシ』の攻略対象なのである。

本来ならあの中央にいたのはエスターだったが、その立場は十年も前に捨てている。

代わりにそこにいるのが誰なのかは、言うまでもないだろう。

「お、お二人共どうして……」

表情を固まらせるブリジットに、東屋に合流した二人ははにかみながら答えた。

「殿下が勝手に向かう場所など、ブリジット嬢のところしか考えられませんから」

「我々を出し抜いたつもりでしょうが、そうは問屋が卸しませんよ」

「やれやれ。側付きの変更を申し出るべきかな」

恋する男たちの間でバチバチと見えない火花がぶつかり合う。

全く、人様の恋愛模様とは、どうしてこうも心が躍るのか。

「……エスター、もういいだろう。そろそろ行ってやれ」

「わかってるわ」

本日何度目かの窘《たしな》めを受けて、エスターもようやく東屋に近づいていく。

途端にブリジットが輝くような喜びの表情を見せるものだから、ときめきで心臓が飛び出しかけてしまった。推しのファンサが今日も手厚い。

「失礼いたします。お茶をお持ちしました」

「ああ、侍女殿。いつもすまないね」

ただ、心中は盛り上がっていても、外に一切出さないのがプロ侍女である。

追加人数分のお茶を用意し、丁寧な会釈を返すと、エスターは何事もなかったかのように席から離れる。

ちなみに、途中参加の彼らの分のお茶が出てくるのは侯爵邸ではいつものことなので、今更ツッコまれたりはしない。

「ねえエスター、せっかくだからあなたも一緒にどうかしら？」

と、離脱しようとしたエスターの袖の端を、細くたおやかな指先が摑《つか》んだ。

(え、お嬢様ったら、何その可愛《かわい》いお願いの仕方！　こんな魅力的な仕草をどこで学んでこられるのかしら)

心中はまたフィーバーしてしまうが、残念ながら相手が悪い。

推しのお願いでも、立場的に叶えられないこともあるのだ。

「光栄なお誘いですが、私には身に余る席でございます。どうか皆様とお楽しみくださいませ、お嬢様」

「えすたぁ……」

そっと指を離してもらうと、彼女はしょんぼりと俯《うつむ》く。

不憫《ふびん》可愛いところも推せるが、ここは誘惑を跳ねのけて我慢だ。

使用人の行動は、家の評価に直結してしまう。エスター一人の軽率な対応で、侯爵家に迷惑をかけるわけにはいかない。

「……どうか皆様、お手柔らかに」

だが、何もしないのも彼女に申し訳ないので「がっつかないよう」遠回しにお願いすれば、アデルバートが楽しそうに口端を吊《つ》り上げた。

「もちろんだよ、侍女殿。私の可愛いブリジットを悲しませたりはしないさ」

「あ、アデルバート様……っ！」

……恋の争奪戦は、王子様がリード中らしい。

「お帰り。変なことを口走らなかっただろうな？」

定位置のヴィンスの隣に戻ると、心配性の彼は早速咎《とが》めるような問いをかけてきた。

「失礼ね。私が何年お嬢様付きやってると思ってるのよ。ヘマなんてしないわ」

「俺はそれより長い間、お前の危なっかしい行動を見てきてるからな」

大きな手のひらがポンと頭に乗り、ゆるゆると撫《な》でてくる。ホワイトブリムをつけないタイプのお仕着せで助かった。

（まあ、ヴィンスの立場じゃ仕方ないか。私が赤ちゃんの頃から知ってるんだものね）

このヴィンスは、エスターととても付き合いの長い幼馴染《おさななじみ》だ。人生の大半を共に生きてきたといえる。

出会いはそれこそエスターが生まれたばかりの頃。当時四歳だったヴィンスは孤児院育ちで、幼少から荷運びの手伝い……という名の職業体験をさせてもらっていた。

より早く世に出て働かなければならない孤児たちのため、町の人々が協力してくれていたのだが、その得意先の一つが例の宿だったのである。

出生と同時に親を亡くしたエスターを憐れんだ彼は、出会ってすぐから目をかけてくれ、時には本当の妹のように面倒を見てくれた。

孤児院で下の子の面倒見に慣れていたとはいえ、その献身は老夫婦からも雇いたいと言われるほど。昔から年不相応にしっかりしていたらしい。

（まさか、ここまでついてきてくれるとは思わなかったけど）

六歳でエスターが引き取られた際、後日それを知ったヴィンスは老夫婦から住所を聞き出し、侯爵邸までエスターを追ってきてくれたのだ。

「どんな仕事でもするから、俺もここで働かせてくれ」と真摯に訴えた彼に、夫人が根負けした結果でもある。

（それで、ヴィンスも『キミホシ』のキャラだと知ったのは、ずっと後だったわね）

整った容姿を考えればある意味当然なのだが、他の皆のようにすぐ気づけなかったのは、彼が攻略対象ではなくサポートキャラだったからだ。

侯爵邸の門番を務める、健気《けなげ》な幼馴染。それがゲーム内でのヴィンスだった。

まさか侯爵令嬢の専属護衛を任されるほど強くなるとは、彼もまた、運命を大きく変えた一人といえよう。

「エスター？」

「ごめんなさい、なんでもないわ」

乙女ゲームの主人公でなくなってもエスターを気にかけてくれる彼は、ゲームに関係なく本当に情に厚い男なのだろう。

いつか彼にもハッピーエンドを迎えてほしいものだ。

「それより、今日はどんな感じ？　見てもらってもいいかしら」

「ああ、ちょっと待て」

気を取り直して違う話題にすると、ヴィンスは指を丸めて筒状にし、東屋の人々を見つめた。

「……東屋にいる男四人は、お嬢様に対して全員真っ赤だな。お前に対しては全員黄色だ」

「お嬢様は好感度マックスか、ありがとう」

エスターが答えると、ヴィンスは何とも言えない表情で口を歪《ゆが》ませる。

これこそがサポートキャラ、ヴィンスに備えられている特殊能力『好感度チェック』だ。

一日一回、エスターとブリジットに対する攻略対象たちからの好感度を見ることができるのである。もっとも、彼本人は何に使える能力なのかサッパリわかっていないそうだが。

（それはそうよね。ゲームのサポートのためですって言ってもわけがわからないだろうし）

好感度はオーラのような色のついた空気で見えるらしい。

低いほど青、高いほど赤へと変わっていき、ブリジットに対しては愛情マックスの赤。エスターに対しては友情の黄色である。

なお、ゲームでは友情表記になった時点で〝恋愛対象から外れた〟という失敗通知を兼ねていた。

つまりエスターの狙い通りの調整だ。

「この色は、どれだけ好いているかの指針なんだよな？　あの王子にいたっては、なんかキラキラ輝いてる赤なんだが、意味が変わるのか」

「お、エフェクトついてるの？　だったら多分、〝天元突破《てんげんとっぱ》〟だね！　この人しかいないって決意するぐらい愛が深い状態だと思う。やっぱり王子様と結ばれる運命かあ」

ヴィンスの質問で、エスターはますます嬉しくなってくる。

何しろ、第一王子アデルバートとブリジットは、現在婚約関係なのだ。ゲームでは名ばかりの婚約者だった彼らだが、今は誰が見ても順調に愛を育んでいる。

それも、ゲーム期間で言うならまだ序盤の今、天元突破するほどの深い愛情を彼が向けてくるのは素晴らしい変化だ。

ブリジットのたゆまぬ努力を、アデルバートが認めてくれた結果だといえよう。

（……まあ、私もちょっと暗躍してるけど）

実はエスターも、ブリジットの好感度アップのために少しだけ動いている。

彼らのイベントの発生直前まで同行し、イベント自体はブリジットに参加してもらったのだ。

当然プレイヤー知識があるブリジットは戸惑っていたが、スルーしてしまうと残念なことになったり、場合によっては彼らが落ち込む結果になるので、しっかり最善の対応をしてくれた。

たとえば、ベンジャミンには最高の姉として接し、親の期待に悩むチャーリーを励まし、手を痛めたデービッドのリハビリを応援したり、だ。

しかも、あくまで親切心だとわかるサッパリとした対応をしていたので、さすがだとエスターも感心した。……結局彼らはブリジットを好きになったのだから、意味はなかったが。

（でも私、王子様には何の策も打てなかったのよね）

王族のアデルバートに一侍女のエスターが近づける機会など多くはなく、ブリジットのよい噂《うわさ》を流したり、彼女の可愛い面を引き出そうとしてみたり、せいぜいそれぐらいだった。

にもかかわらず、アデルバートの好感度が一番高いのなら、彼はゲームやイベントなどは一切関係なく、そのままのブリジットを愛してくれたということだ。

（私から見ても、二人は相性がよさそうだものね。このままお嬢様からも王子様へ愛情を抱くことができれば、幸せ夫婦間違いなしだわ！）

そもそも、父親の所業で心を病み、ブリジットが『悪役令嬢』になってしまうのがゲームのシナリオだ。

その婚約者の王子も主人公に奪われてしまうなんて、傷に塩を塗り込むようなもの。制作会社は絶対に人の心がない。

ちなみに、他の人々と同じ好感度マックスのベンジャミンは、実弟ではなく分家から養子に取った血の繋がらない弟だ。

ブリジットが王家に嫁ぐなら、と侯爵家の跡継ぎとして本家に来たのだが、彼のルートだと不義の娘であるエスターが次代侯爵夫人として君臨することになる。やっぱり地獄である。

「……私、この生き方を選んで正解だったわ」

「急にどうした？」

「いや……もし私が引き取られた時に令嬢として生きる選択をしていたら、あそこの四人の誰かと縁談を組まれたかもしれないでしょう。ちょっとゾッとしただけ」

「ゾッとするほど嫌なのか」

「嫌というか、あの四人の誰との縁談を持ってこられても、お嬢様を傷つけることになりそうじゃない？　侯爵家のための駒として、適当な家の後妻とかなら『不義の娘の使い方』として受け入れるけど。奥様はそういうことをなさらない方だし」

ため息交じりに答えると、ヴィンスも眉を顰めながら「確かに」と呟く。

世話になって改めて実感したが、侯爵夫人ベネデッタもまた、心優しい女性なのだ。

ゲームでも彼女の葛藤は描かれており、夫の裏切りの証《あかし》であると同時に、信頼していた侍女の子であるエスターを憎みきれず、結果自分の娘を不幸にしてしまったことを後悔していた。

（相手が王子様以外なら、コールドウェル侯爵家として交際の反対や妨害ができるものね。養子のベンジャミンルートなんかは確実に潰せる。なのに彼女は、ゲームでもそれをしなかった）

主人公の恋愛成就のために、悪役令嬢の破滅を黙認した。そこには、引き取ってから四年間、自分も主人公を虐めてきた負い目もあったのだろう。

いやだから、何故乙女ゲームに鬱要素を取り入れたのだ制作会社よ。

「こうやって今、使用人の立場に落ち着けて、本当にいい選択をしたと思ってるわ。ご令息との縁談なんて絶対に無理だもの。お嬢様にお仕えして、あの方の幸せを見守る人生が私の幸せよ」

再びブリジットに視線を戻して、安堵の息をつく。

多少大変そうではあるが、ブリジットの周囲には愛が溢《あふ》れており、不幸な悪役令嬢の影など微塵《みじん》もない。

（これこそあるべき姿だわ。私のお嬢様には、世界で一番幸せになってもらわなくちゃ）

そう決意するエスターの隣で、ふいにヴィンスが小さな咳払《せきばら》いを落とした。

「……ちなみに、俺のお前に対する好感度とやらも、王子と同じような色をしているんだが。エスターは平民と結婚するのはアリなのか？」

「ヴィンスが？　やだ、慰めてくれてるの？　あなた自分じゃ好感度見られないでしょ」

「いや、普通に鏡で見られるぞ」

どこかムッとした表情の彼は、冗談で言ったわけではなさそうだ。もしかしなくても、全員から恋愛対象だと見られていないエスターに気を遣ってくれたのだろう。

(確かに、意識されてもいない私が『もしも』の話をするのは自意識過剰だったわね。馬鹿にせずに慰めてくれるあたり、ヴィンスはいいお兄ちゃんだな)

「ふふ、ありがとヴィンス。別にモテなくても気にしてないから大丈夫よ。私はお嬢様のために働けることが一番だもの」

「慰めでも同情でもないが?」

素直にお礼を返したエスターに、ヴィンスは不服そうに目を細めた。主人公ではなくなったエスターだが、仕える主人にも一緒に働く同僚にも本当に恵まれている。

「私は幸せ者ね」

心地よい風が吹く穏やかな昼下がりは、今日もゆっくりとすぎていった。

＊　＊　＊

「今日も一日お疲れ様でした、お嬢様」

「エスターも、ありがとう」

賑《にぎ》やかな一日を終えた夜、ブリジットの私室で寝る前の髪の手入れをしながら、エスターは二人でのんびりとした時間をすごしていた。

ドライヤーなどの家電がないこの世界では、主人の髪質は侍女の手にかかっている。

彼女の思わず触れたくなるような美しい銀髪の維持は、エスターの最重要任務の一つだ。

「それにしても、第一王子殿下には次は先触れを出していただきたいですね。予定がわかっていれば、こちらもちゃんとしたおもてなしができますのに」

「そうね。わたくしからもお願いしてみるけれど……あの方も毎日忙しくされているから、息抜きがしたくなるのでしょうね」

「まあ、そのお相手にお嬢様を選ぶところは、私どもも嬉しく思いますが」

「そ、そうね……」

支度のために座ってもらっているブリジットを鏡台の鏡越しに見れば、白い頬が見る見るうちに真っ赤に染まっていく。

ゲームの時は『政治的に仕方なく』といった理由で婚約を決めたアデルバートなので、二人の関係に心配もあったが、ブリジットも彼を異性として意識しているようで何よりだ。

アデルバート側は好感度が天元突破しているので、今は心配もしていない。

ちなみに彼が忙しいのも本当で、来年二十歳を迎える彼はそこで立太子……次期国王だと公にすることになっている。今は一番大変な準備時期でもあるだろう。

(にもかかわらず、約束外でもお嬢様に会いに来るあたり、王子様も他の攻略対象を牽制しようと必死なのかしらね)

「……そういえば、『星輝祭《せいきさい》』が近いのでしたか」

エスターがぽつりと呟くと、鏡の中のブリジットがパッと目を輝かせた。

星輝祭はこの国特有のお祭りで、離れ離れになってしまった恋人神が再会した日を祝うものだ。日本でいう七夕《たなばた》に似ている。

恋愛に直結する要素が多く、未婚の女子は女神を模した白いワンピースを着て、星型の花〝ステラリア〟の花冠をかぶる。

同じく男子は男神を模した青い服を着て、ステラリアの花のコサージュを胸に差す。

祭りの中で想《おも》い合う二人が花を交換するとカップル成立となり、星輝祭で結ばれると最高の幸せが約束されるという。

（ありきたりといえばそうだけど、乙女ゲームらしい盛り上がるイベントではあるわね）

余談だが、同性の場合は片方が役割を変えたり、ステラリアに色違いのリボンをつけて交換したりするそうだ。何にしても、恋愛を祝う祭日である。

「それで皆様、今日もあれほど元気だったのですね。お嬢様はやはり、第一王子殿下とご一緒にすごされる予定ですか？」

「わ、わたくしはまだ決まっていないの。実はその……今日いらっしゃった三人全員に誘われていて。それから、ベンジャミンにも……」

「さすがですね！　最近はお嬢様宛のお手紙も多かったですし。専属侍女として鼻が高いです」

「もう、からかわないでエスター！」

照れてますます頬を赤く染めるブリジットは本当に愛らしい。

これがシナリオ通りだと、恋の祭りで婚約者とすごせないという悲劇を迎えていたのだから、恐ろしい話だ。しかも誰のルートでも、である。あんまりだ。

（推しの顔を曇らせるとか絶対にありえないわ！　今はちょっとモテすぎな気がしなくもないけど、それだけ素晴らしさが伝わっているということだから、結果オーライでしょ）

ただまあ、第一王子の公式婚約者にパートナーのお誘いを出してしまうのはどうかと思うので、恋を諦められなかった令息たちの名簿は近日中に王家に（こっそり）届ける予定だ。

「わたくしのことはいいのよ。エスターはどうなの？　どなたかと星輝祭を一緒にすごす予定があるんじゃなくて？」

「いや、ないですね」

間髪入れずにエスターが答えると、ブリジットの小さな顔が鏡台の台の部分に突っ伏した。

それなりに大きな音がしたので、額を強くぶつけていそうだ。

「お嬢様大丈夫ですか⁉」

すぐさまエスターが抱き起こすが、案の定彼女の額には頰の紅潮とは違う赤みが残ってしまっている。国宝のごとき美貌になんてことだ。

「大変、すぐに氷嚢《ひょうのう》をお持ちします！」

「いいから、大丈夫だから！　冷やすなら自分でできるから、もう少し話しましょうエスター！」

さっと踵《きびす》を返そうとするも、ブリジット本人の手に止められてしまう。主人がいいというなら、残念ながら従うしかないのが侍女だ。

おずおずと姿勢を戻すと、ブリジットは困ったように小さく息をついた。

「驚かせてごめんなさい。せっかくのお祭りだし、わたくしとしては皆にも楽しんでもらいたいの。もし仕事が忙しいというなら、融通できるようお母様に話しておくわ」

「それは大丈夫です。実は毎年融通していただいているんですよ。使用人の皆で交代しながら、露店に買い物に行ってます」

「そうなの？　でもほら、せっかくの恋愛にまつわるお祭りでしょう？　もしエスターに想っている方がいるなら、この機会にね！」

「いませんね」

「ええー……」

またもハッキリと答えたエスターに、ブリジットはしょんぼりと肩を落とす。

まず、日がな一日『お嬢様のために』と働くエスターに、出会いなんてあるわけがない。

「本当の本当にいないの？　わたくしに遠慮をしているのではなくて？　星輝祭を一緒にすごしたい相手がいるなら、教えてくれれば持てる力の限りで協力するわ」

「いません。万が一にでもパートナーが必要な機会があれば、ヴィンスに頼みますよ」

「ヴィンスなのね……いえ、ヴィンスも素敵な男性ではあるけど」

繰り返しの質問にも淡々と答えれば、ブリジットは残念そうに俯いた。

【星輝祭のデートスチル、好きだったんだけどな】と日本語で呟いていたのは聞かなかったことにしておこう。

「もしや、私に星輝祭での相手がいないと、お嬢様に何か不都合があるのでしょうか？」

「えっ、いえ、そういうわけじゃないのよ！　ごめんなさい。……そうね、浮かれてばかりではいけないわ。明日は祭りの主役であるステラリアの花畑へ視察に行くのだから」

気を取り直したらしいブリジットは、姿勢を正すと決意するように前を見つめた。

彼女の言う通り、明日はステラリアの花畑へ視察に向かうことになっている。それも、王家から直々に依頼されてだ。

アデルバートの婚約者として、公務の練習……というところもあるが、主な理由はブリジットが地属性の魔法を使うことができるからである。

「確か、生育不良で困っていらっしゃると伺いましたが」

「そうみたい。わたくしの魔法で、土壌改善などに協力できると思うの。少しでも役に立てるといいのだけど」

きゅっと膝の上で拳を握るブリジットは、緊張もしているようだ。

……無理もない。ステラリアの花は、王都南端の直轄領で栽培されている特別な植物である。

一大行事の主役でもあり、その生育の問題視察を依頼されたブリジットは責任重大だ。

（とはいえ、お嬢様は農業の専門家でもない。ここで成果を出せなかったとしても、誰もこの方を責めることはないでしょう）

それに、魔法が使える人間は、全国民の三割にも満たない貴重な存在。中でもブリジットは、二種類の属性魔法を使える大変珍しい人材だ。

彼女を視察に派遣すること自体、実はなかなかの厚遇なのである。

（……まあ、私はこの世界の全属性の魔法が使える、異端中の異端なんだけどね）

これは世界の危機にでもならなければ明かさない事実なので、結婚前から民のためを考えて行動するブリジットは、やっぱり頑張り屋さんで偉いのだ。

「でしたら、今夜はもうお休みになったほうがよいですね。明日に備えて、しっかり睡眠をとりましょう」

「わかっているわ。……エスターも、明日はついてきてくれるのよね？」

「お嬢様のお出かけに、私がついていかないはずがありません」

「そう、よかった」

ブリジットは安堵の息をこぼすと、握っていた手をゆっくりとといた。

肌ざわり抜群の素材のネグリジェに、昼間ふかふかにしてもらった布団。不安に思うことも多いだろうが、彼女を屋敷の皆が支えたいと思い、尽くしているのだ。もちろんエスターも。

「……いい夢を。お嬢様」

どうか明日も、心穏やかにすごしてほしい。そして何があっても、エスターが必ず守ってみせる。そう改めて決意するばかりである。

【でもやっぱり、星輝祭にエスターの相手がいないのは気になるわ。ゲーム期間の今年こそ、主人公として日の目を浴びてほしいんだけどな】

「…………」

最後の囁《ささや》きも、また聞かなかったことにしておこう。


「お疲れ、エスター」

「ヴィンス、まだ仕事中だったんだ」

「お前を待ってただけだ」

ブリジットの部屋を出ると、扉のすぐ横でヴィンスが待っていた。

夜間の警備は別の者の担当のはずだが、侍女が離れるまで付き合うとは真面目な男である。

「待たせてごめんね。私も遅番の子に任せて、今夜は休ませてもらうわ」

「そうしろ。明日は朝が早いぞ」

「わかってるわよ」

ちょうど通りがかった警備の者に後を託し、二人でブリジットの私室から去っていく。向かう先は、長年世話になっている住み込み使用人用の別棟だ。

(他の家だと使用人の部屋なんて地下や屋根裏、もしくは物置きみたいなところを使わされることもあるっていうけど、侯爵家は待遇がよくて助かるわ)

もちろん屋敷とは比べるまでもないが、それでも平民には充分すぎるほどきちんとした衣食住が保障されており、エスターたちのような役持ち使用人には個室もある。

また、現代日本の衛生観念が反映されているためか、共用ながらシャワー設備がついているのもありがたい話だ。

（ささっとシャワー浴びたら、私も早めに寝よう。プロ侍女は寝坊なんてしないもの）

明日の予定とこれからの残り時間を考えるとなかなかハードだが、今に始まったことでもない。きもち早足で廊下を抜けると、隣のヴィンスの腕にぶつかってしまった。

「あ、ごめんなさい」

「いや」

（ん？）

前ばかり見ていたので気づかなかったが、ヴィンスは機嫌がいいらしく、口角がずっと上がっている。仕事柄キリッとした表情が多い彼にしては珍しいことだ。

言葉を選ばないなら、しまりがない顔ともいう。

「どうしたの？　何かいいことでもあった？」

「ああ、お前とお嬢様の会話が聞こえたんだよ。俺にならエスコートされてくれるんだろう？」

「聞こえてたんだ」

先ほどの星輝祭の話か。特別大きな声で話していたわけではないが、感覚の優れた彼には聞こえたらしい。

「必要な場があれば、よ。何年も祭りを覗いているけど、一度もないじゃない」

「だったら、今年は正式に誘おうか？　今までのように屋台を冷やかすんじゃなく、ちゃんとした形で星輝祭のパートナーとして」

どこか熱を帯びた茶色の瞳が、まっすぐにエスターを見つめてくる。

問われたエスターは数回目を瞬いた後、にっこりと満面の笑みを作った。

「気を遣ってくれてありがと。でも、私たちは仕事優先よ。少なくともお嬢様が無事に結婚されるまでは、色恋なんかに現《うつつ》を抜かすつもりはないわ」

「お前はそう言うよな」

わかりきったエスターの返答に、ヴィンスは肩をすくめてみせる。

一応年頃とされるエスターに浮いた話一つもないのを、彼なりに気にしてくれたのだろう。

（十六歳といったら、この国では結婚ができる年だものね。婚活に勤《いそ》しむ子も多くなってくるけど、私はまだまだお嬢様一筋でいくわよ）

もともと結婚願望も希薄なエスターとしては、恋愛は人様のものを眺めるぐらいで充分だ。

屋敷の裏口を出てから少し歩き、使用人棟へ入ると、通りすがりの同僚がちょうどシャワー室が空いていることを教えてくれた。

「いいタイミングだったわね。それじゃあヴィンス、お疲れ様」

「ああ。……もし祭りでパートナーが必要になったら、すぐに俺を呼べよ？　杞憂《きゆう》ならいいが、お嬢様はたまに、お前と貴族令息の縁を結べないか考えているから」

「え？　待って、それは誰の……」

聞き返す間もなく、ヴィンスは自室へ行ってしまった。一階奥は男性使用人の部屋しかないので、夜間に追うわけにもいかない。

仕方なくエスターも二階の自室へ戻るが……ヴィンスが口にした心配は、エスターも時折感じ取ってはいたことだった。

より詳しく言うなら、ブリジットは『攻略対象』とエスターが縁を結ぶことを願っているような言動がたまにあるのだ。

(お嬢様も転生者でプレイヤーだもの。それは考えるわよね)

出会う前からエスターの幸せを願ってくれていたブリジットだ。

攻略対象との恋愛成就を『ハッピーエンド』だと考えて、応援してくれても不思議ではない。

(お嬢様の心遣いは、本当にありがたいのだけどね)

自室の扉を開ければ当然真っ暗だ。

だがそのまま中に入り、簡素なベッドにぼすんと体を預ける。

(私の場合は前提が違う。でもそれを……伝えてもいない)

――エスターはブリジットに、自分も転生者であることを伝えていない。

侍女として生きると決めた十年前に、伝えないことも決めたのだ。

使用人の立場を弁えるのもそうだが、ブリジットに余計な気遣いをさせたくなかったのが一番の理由である。

(日本の常識を持ってるってのが、厄介なのよね)

ものすごいお金持ちなら違うかもしれないが、現代日本では侍女に手伝ってもらって生活するなどまずない。転生者である彼女も、きっと一人で身支度を整え、暮らしていただろう。

〝その常識を知っている者〟にあれをしろこれをしろと逐一命令しなければいけない生活は、おそらく重荷にしかならないと思ったのだ。

だからといって、侯爵令嬢が全てを自分でしてしまうと『侍女も雇えないのか』という家の醜聞にされかねない。

ならばと日本の常識を持つエスターだけを傍《そば》に置き続ければ、他の使用人たちとの諍《いさか》いを招く。

（お嬢様が侯爵令嬢である以上、侍女に手伝わせる選択は外せないわ）

では、エスターをシナリオ通りに令嬢として迎え、転生者姉妹として暮らせばよかったのか。

……この選択が、一番駄目だ。

侯爵家の血が流れていない上に、不義の子を受け入れるなど、どう考えても他家に舐《な》められる弱みになる。多くの家が庶子を引き取りたがらないのはこのためだ。

どれだけ秘密にしても絶対に話が漏れるので、貴族の世界は本当に恐ろしい。

（お嬢様は王子様の婚約者で、近いうちに王太子妃となる方。敵視している家も多いはずよ）

そんな相手にみすみす弱みを晒《さら》してやるなど愚の骨頂。

結果、侯爵家を守るためにも、エスターは今後もただの侍女でいなければならないのだ。

ゲーム知識などない、ただ純粋にブリジットを慕う、この国の娘エスターとして。

貴族社会を知れば知るほど、この選択は正解だったと実感したものである。

「……でも、お嬢様は今も、私の幸せを願ってくれているのね」

攻略対象と結ばれるという、主人公のハッピーエンドを。

彼女の知識でいえば、エスターこそが愛される主人公なので、それを『幸せ』の指針として据える考えは理解できる。

シナリオから大きく変わっているとはいえ、恋愛を題材とした乙女ゲーム『キミホシ』の世界であるのは間違いないのだから。

「彼らと恋愛をする以外にも、幸せになる方法はいくらでもあるんだけどね。だって今侍女をやっている私は、それなりに幸せだもの」

だから、ブリジットにも心から幸せになってもらいたい。

それこそが、侍女の道を選んだエスターにとって、何よりも望むものだ。

「まずは明日の視察で、よい結果を出せるように私も手伝おう。……の前にシャワーね」

よし、と気合を入れ直して、エスターは体を起こす。

侍女になってもやることは山積みだが、きっと最高の未来に繋がるはずだと信じて。

2章　星の花を元気にするために

翌日は予定通り、早朝から屋敷を出てステラリアの生育場への視察となった。

一応同じ王都内ではあるが、ぎりぎり範囲に入る南端の土地だ。出発時にはまだ暗かった空も、現地に近づく頃にはすっかり明るくなり、太陽が燦々《さんさん》と輝いている。

さて、本日現地に向かったのは、ブリジットとその侍女のエスター、そして何故か同行を望んだベンジャミンの三人に、姉弟の専属護衛の合わせて五人（プラス御者）だ。

ブリジット付きのヴィンスとベンジャミン付きのジムという護衛が馬車の左右に馬でつき、勤続年数の長いベテラン御者が手綱を取っている。

お手伝い役がエスター一人なのでもう少し人員がほしかったが、急遽《きゅうきょ》加わったベンジャミンが「自分の世話は不要」と宣言してくれたので、少数精鋭な一団にまとまった。

（まあ、花の農家の人たちも、突然貴族がわんさか来たら怯《おび》えてしまうでしょうしね）

そんなわけで本日の装いも飾りが少なめのものになっている。……畑へ視察に行くのに、盛装をするような愚か者はいないとは思うが。

主役のブリジットは藍色のシンプルなワンピースにケープを合わせた、全体的に落ち着いたもの。

装飾はそれぞれ金糸の刺繍のみで、布の端を処理する縁取りやフリルも黒である。

スカートの丈はふくらはぎまでで、下は土道を歩くことを考えて革のブーツだ。

本人は髪を全部結い上げていいと言っていたのだが、さすがにそれだと落ち着きすぎてしまうので、横毛を三つ編みにして後ろで留めた、いわゆるハーフアップにしている。

(こんな地味っぽい装いでも輝く美貌よ……私のお嬢様は世界一だわ!)

むしろ地味な装いだからこそ、本人の美しさが映える。

今日も支度を担当したエスターは、自分の仕事ぶりに心の中で拳を突き上げた。

そのエスターは本日もお仕着せなのだが、白いエプロンを外し、黒ワンピースのみだ。

ただし、これだけだと喪服に見えかねないので、普段つけている胸元のリボンを大きめのスカーフに替えて、中央に侯爵家の家紋入りのブローチをつけてもらった。

これでエスターが〝誰の所有物であるのか〟が一目でわかるのだ。

エプロンを外したので、髪もシニヨンキャップではなく三つ編みおさげに。また、足元はブリジットとお揃いのブーツである。

お揃いといえば、一緒に馬車に乗っているベンジャミンもまた、令息の装いではなくヴィンスと同じ護衛役の制服を着用してきていた。

全部同じにするわけにはいかないので、前で縦二列に並んだボタン部分に左肩から流した飾緒《かざりお》がついており、そこに侯爵家の家紋バッジを留めている。

(兵の装いで来たのは、『僕が姉様を守る』という意思表示かしら。いいわねえ)

現在十四歳のベンジャミンは、身長もブリジットより少しだけ低い。

それでも、男は男だということだ。初々しい頑張りに、エスターもつい楽しくなってしまう。

「お疲れ様でした、お嬢様、坊ちゃん。到着いたしました」

そんなことを考えていると、馬車は目的の生育場に到着したようだ。

御者が丁寧に扉を開けると真っ先にベンジャミンが降り、そのままブリジットに向けて手を差し出してきた。

義弟はアデルバートがいない今日、パートナー役に徹するつもりらしい。

「ありがとう、ベンジャミン」

ブリジットもそんな彼を微笑ましく見守りながら、手を取り優雅に馬車を降りる。仲良し姉弟の姿は、端《はた》から見てもさぞ美しいことだろう。

「……お前は何をニヤニヤ笑っているんだ」

「姉弟仲がいいのは素晴らしいなと思って」

取り残されたエスターのもとには、兄もといヴィンスが来てくれたようだ。

ベンジャミンが同行してなければブリジットの手を取るのは彼か御者なので、仕事を取られたともいえる。

「ほら」

「あら、侍女もエスコートしてくれるの？　ありがとね」

「今日は二人いるから手が足りる」

そう言うと、ヴィンスはエスターが持っていた軽食入りバスケットを左手でさっと取り、右手でエスターの手を掴んだ。

本来護衛役は利き手を空けておくべきだが、仕事が足りているなら大人しくエスコートされておこう。手隙のジムは、何故か全て知っているとばかりに笑っている。

「ようこそお越しくださいました、コールドウェル侯爵家の皆様」

ほどなくして、この生育場のオーナーらしき夫妻がこちらに近寄ってきた。

人のよさが顔に出ているような中年の二人は、深々とお辞儀をした後、にこやかにブリジットを先導してくれる。

「わあ……」

そのままいくらか歩いて辿《たど》りついたステラリアの花畑は、見渡す限り一面を緑で埋め尽くすほど、大々的に栽培されていた。

世話のための通路は設けられているものの、一般的にいう花畑とは一線を画す規模に、エスターも驚いてしまう。

(私は本でしか見たことないけど、日本の茶畑みたいな広さね)

圧巻としか言えない光景に、同行者たちもああとかおおとか、思い思いの歓声を上げている。

「これが開花したら、きっと夢のような素晴らしい光景でしょうね」

「そうですね。その光景が見られないのは残念ですが」

これらの花は星輝祭で使用するものがほとんどで、祭り前後にちょうどよく開花できるよう、出荷するのは蕾《つぼみ》が開きかけたぐらいの頃だ。

花屋で見る可憐な姿は、こうした農家の努力の結晶なのである。

ブリジットとエスターは苦笑を見合わせてから、改めて本日の任務である花の状態に視線を移す。

ステラリアは花の形もさることながら、全体的に前世の『キキョウ』に似ている。

細い茎と葉で一メートル前後まで育ち、一株に五つ六つ程度の白い花を咲かせるのだ。

（ああでも、確かに……）

しゃがんでよく見てみると、緑の山の中には葉がしなしなになったものや、まだ蕾もついていないのに項垂《うなだ》れ枯れかけているものが見られる。

病気のように広範囲で悪くなるのではなく、また虫食いの跡も見られないので、やはり〝生育不良〟だといえそうだ。

「いかがでしょうか、コールドウェル様」

「わたくしよりも皆様のほうが詳しいと思いますので、偉そうなことは言えませんが……ただ、少しでも状態がよくなるよう、予定通り土壌のための魔法を使わせていただこうと思います」

「おお……ありがとうございます！」

にこりと微笑んだブリジットに、夫妻は喜びの涙を浮かべながら頭を下げる。少し離れた場所に散見される従業員たちも、安堵している様子だ。

（土壌の良し悪《あ》しなんて、貴族令嬢が詳しいほうが珍しいものね。ここは予定通り、不思議パワーでなんとかしてしまうのが正解だと思うわ）

魔法がある以上、この国の大気は日本とは違うだろうし、精霊といった不可思議な存在も当たり前のものとして受け入れられている世界だ。

ならば、そうした超常の者の力を借りることも、立派な解決策である。

ただし、思っていたよりも花畑が広大だったため、畑全部を回るには休憩しながらになる。魔法を使うための〝魔力〟が尽きてしまうからだ。

「では、早速こちらから試していきますね」

ブリジットが白魚のような両手を畑にかざすと、地面が淡く発光し、キラキラとした輝く粒子が溢れ出てくる。

「きれい……！」

様子を窺っていた人々は、皆その景色に目を奪われ、恍惚としたため息をこぼす。

魔法の適性を持っていない者からすると、それはまさしく奇跡の光景だろう。

「何が起きているのか俺にはわからないが、きれいなものだな」

「でしょう？　それに、お嬢様らしい温かい魔法だわ」

穏やかに語るヴィンスに、エスターがつい得意げになってしまう。

地属性は命を育む力だ。この魔法を扱える者も比例して、慈悲深く温かみのある人物が多いと周知されている。

ブリジットの魔法には、それを実感させてくれるような心地よさがあった。

また、王家からの依頼とはいえ、侯爵令嬢が直々に現場へ向かい、貴重な魔法を使ってくれるというのも、非常に印象がいいだろう。

こういうことを言うのも生々しいが、王太子妃、そして王妃となるブリジットの評判を上げるには、最適の視察だといえる。

（お嬢様はそんなことを考えていないから、こんなに優しい魔法が使えるのだろうけどね。あの王子様は、そのあたりも含めて依頼をしていそう）

やがて光が落ち着くと、花畑の土壌は素人目にもなんだかふかふかしていた。詳しくはないが、栄養価が高く、ほどよく空気を含んだいい土はふかふかしているはずだ。

「植えてから土壌を改良するのは、人の手では難しいものね。さすがはお嬢様だわ」

小さく息をついたブリジットは、オーナー夫妻にも確認してもらい、嬉しそうに微笑んでいる。

「僕はそれほど魔法には明るくないんだが、こんなに短時間でできるものなのか……」

「それは違いますよ、ベンジャミン様。お嬢様だからこそ、です。淑女教育、妃《きさき》教育だけでなく、お嬢様はご自身の魔力を高める訓練も欠かさずなさってましたから！」

「エスター、それは言いすぎよ。わたくしは、自分にできることをやっているだけだわ」

慌てて謙遜するブリジットに、ベンジャミンは納得した様子で目を輝かせている。

ブリジットが頑張って自身の魔力と魔法の精度を高めているのはもちろん本当だ。エスターは侍女という一番近い場所から見守ってきたので、間違いない。

悪役令嬢だったゲームのブリジットは、適性が二つあるという事実だけで満足し、魔法には興味を持っていなかった。

アデルバートの関心を得るために、女としての自分を磨くほうに執心していたからだ。

（それも、発端はクソ父のせいだわ。あれがよその女性に手を出すせいで、奥様もお嬢様も自信をなくされて……お二人とも世界一素敵な母子なのに！）

それを踏まえても、自身の全てを慢心することなく磨き続ける今のブリジットは、誰もが憧れるに相応《ふさわ》しい乙女だ。これはぜひ、この場にいる皆に知ってもらいたい。

「さすがは『銀の聖女』と名高きコールドウェル様……お力をこの目で見ることができて、本当に何とお礼を申し上げたらいいいか」

「お、大げさです……え？　聖女？」

奥さんのほうが感涙を拭いながら伝えてきた言葉に、ブリジットが目を見開いて固まった。

（あら、お嬢様が知らなかったのは意外）

『銀の聖女』とは、世間で語られるコールドウェル侯爵令嬢の俗称だ。

立場の低い者たちにも分け隔てなく接する優しい性格や、第一王子の婚約者なのに驕らず、常に自己研鑽《けんさん》に励む謙虚さ、ストイックさなどが、当家の使用人たちをきっかけにして、あちこちに広まっている。

とはいえ、発端が下位使用人からの話なので、そう呼ぶのは平民が多いだろう。

ブリジットに嫉妬や敵対心を持つ同じ貴族令嬢たちは、思っても褒め言葉を口にはしたがらない。

「わたくしが聖女だなんて、とんでもない買い被《かぶ》りですわ」

「そうしてご謙遜なさるお姿も、そう思われる理由ですよ、お嬢様」

「本当のことを言っているだけよ。……だって、本物の聖女は」

ブリジットは胸元をぎゅっと握ってから、視線だけを動かす。……見つめられたのは当然エスターだったが、にっこりと笑って返しておいた。

『敬愛するお嬢様が皆に認めていただけて、侍女は誇らしいです』という、本心そのものがブリジットに伝わるように。

ちなみに他の皆は、謙遜するお姿がやはり尊いと思う者と、褒められて照れているのだと思った者が半々ぐらいだ。

ベンジャミンは感極まった表情で「僕ももっと頑張らないと」と決意を固めている。

「と、とにかく、他の畑にも土壌改善を試してみましょう。お手間をおかけしますが、生育不良のところへ案内していただけますか？」

「もちろんです、聖女様！　足元にお気をつけくださいませね」

「聖女じゃありませんよ……」

すっかり聖女だと信じた夫妻は、キラキラした笑顔で花畑の奥へと進んでいく。エスターたちお付きの者も、黙って従うのみだ。

(……だけど、ちょっと気になるな)

侍女の顔を装いつつ、エスターは先ほどブリジットが魔法を使った畑に視線を送る。

彼女のおかげで確実に土壌は改良された。それは間違いないし、今育っている分を収穫した後も、しばらくは栄養満点の土地になるだろう。

だが、今年の星輝祭までに花が間に合うか。

（星輝祭は国中で盛り上がるお祭り。ほとんどは王都に納品されるとしても、近隣からも注文が入ってるわよね）

星輝祭前後の街は、笑ってしまうぐらいにステラリアの花で溢れる。残念ながら食用には使えないが、神の花なので粗末に扱われることもそうそうない。

となると、完璧な星型で美しく咲いたステラリアが、とんでもなく大量に求められるのだ。

それを知っているからこそ、王家は元は別の土地だったこのあたりを買い取り、直轄領に組み入れた。確実にステラリアを育てるために。

（星輝祭の経済効果は相当なんでしょうね。そのステラリアが咲かなかったら一大事だわ。今年の祭りに間に合わせるためには、土壌改善だけじゃ足りないかも）

ブリジットの行為は素晴らしいし、普通はこれで充分だ。……だが、エスターはこれに〝プラスできる力〟を持ってしまっている。

（うん、お嬢様の功績をより広く知ってもらうためにも、ステラリアの花には確実な復活を遂げてもらうべきよね！）

人知れず決意するエスターに、付き合いの長いヴィンスだけが、何とも言えない微妙な表情を向けてくる。

別に悪事を働くわけではないのだ。なんなら、ヴィンスにも協力してもらおう。

「……ねえ」

「後でな。……お前がやろうとしていることは、なんとなく察してる」

「さすがヴィンス」

ふふっと思わず笑ってしまうと、彼は顔をしかめながらため息をこぼした。

ブリジットの魔法は、それから二つ三つと広大な花畑に広がっていき、ふかふかな土になった花畑を誰もが喜び、彼女を聖女と称《たた》えた。

……そう、聖女はブリジットでなくてはいけないのだ。

平和な未来と推しの幸せのため、エスターがただの侍女でいなければならないように。


「……ということで、お嬢様の功績をより確たるものにしようと思うの」

「言うと思った」

ある程度の花畑に魔法をかけた一同は、ただいま休憩となっている。

使用人に対して束縛をしない（というより、現代日本的思考な）ブリジットは、休憩中は自由行動を許してくれるのだ。

「ちょっとお花を摘みに」とブリジットの傍を離れたエスターは、ついてきたヴィンスと共に、ステラリアの花畑……の近くの用具庫の陰に隠れている。

ハウスがあるならまだしも、ステラリアは普通に屋外で栽培されている状態だ。いくら図太いエスターでも、堂々と花畑に手を出すのは憚《はばか》られた。

「で、具体的には何をするんだ」

「お嬢様が土壌改善をした畑に、駄目押しで神聖魔法をかけようと思って」

エスターの答えに、ヴィンスは額を押さえてしまった。

言うまでもなく、神聖魔法とはものすごく特別な属性だ。

癒《いや》しと浄化に特化した力は神からの祝福とも呼ばれ――その力を扱える者は、教会から〝聖女〟という肩書きを授かることになる。

（うん、実は私が真聖女なのよね。こっちにもなるつもりはないけど）

さすがに世界に一人だけならエスターも考えたが、教会が擁する『聖女』は現在公表されているだけでも七人はいるのである。

残念ながら我が国にはいない（というよりエスターがそれなのだ）が、今のところ神聖魔法を要するような大変な災害も起こっていないし、穢《けが》された土地も恐ろしい病もない。

ならばスルー一択というものだ。

「……なんというか。神の奇跡を駄目押しなんて理由で使おうとしてるお前を、止めるべきなのか考えるところだ。万が一教会にバレたら、軽率な使い方だと大目玉なんだろう？」

「バレなきゃいいのよ、バレなきゃ。邪魔するなら帰ってね、ヴィンス」

「しないけどな」

ちなみに、長く一緒に育ったヴィンスは、エスターが神聖魔法を使えることを知っている唯一の相手だ。

最初は隠すつもりだったのだが、宿屋で励んでいた魔法訓練が見つかってしまったため、秘密の共有者として協力してもらっている。

「邪魔はしないが……こそこそするぐらいなら『必要な行為』だと宣言して、堂々と使えばいいんじゃないかとは思うぞ。うまくいけば、お前の功績になるのに」

「いらないわ。ステラリアを救ったのはお嬢様よ。私はただの侍女」

得意げに胸を張ったエスターに、ヴィンスは困ったように眉を下げた。

自分の功績、それも普通ではできないことを成すのだから、主張すべきだという考えはわかる。

エスターだって、ヴィンスがそうなら同じことを言っただろう。

でも、これればかりは駄目だ。エスターが望む未来が変わってしまうなら、栄光などほしくない。

(もっとも、それなら一生使わなきゃいいんだろうけど。有効だとわかってたら使いたいわよね)

ヴィンスの目をじっと見ると、彼は一瞬だけ驚いてから、笑った。

いつも周囲を警戒している鋭い目を、ふわりと柔らかく緩めて。

仕方ないな、と甘やかすように。

(わあ)

それは、幼馴染のエスターですら思わず見惚れてしまうほど、慈愛に満ちた笑みだった。

「もったいないとは思うが、今更だ。周囲は警戒しておいてやる。お前の秘密に付き合えるのは、俺だけだしな」

「あ、ありがとう、ヴィンス」

呆《ほう》けた思考を慌てて引き戻す。とにかく、頼れる幼馴染の協力を得たエスターは、改めてブリジットが土壌改善を施した畑に視線を向けた。

先ほどのように、目立つ魔法の使い方はできない。あんなキラキラした光景を真似てしまったら、せっかく隠れてきた意味がなくなってしまう。

（なるべく地味に、慎ましく……）

そう意識しながら、目を閉じ、魔力を注いでいく。

エスターが力を向ける先は、地面ではなくステラリアそのものだ。

特に萎《しお》れた葉や茎を探りながら、ゆっくりと神聖魔法をかけるが……。

「……ッ！　エスター、力を抑えろ！」

「え⁉」

ヴィンスに肩を掴まれ反射的に目を開けると、ステラリアが白く発光しているのが見えた。

「嘘っ！　ちょっとしか魔力出してないわよ⁉」

「元が強すぎるんだよ、もう少し減らせ」

「む、難しい……」

ぐぐっと目元に力を入れながら、流し始めた魔力を減らしていく。

エスターもゲームの時よりもはるかに魔法の訓練に勤しんできた自覚がある。一度はそれで生計を立てようと思っていたのだから当然だ。

（でもまさか、強くなりすぎたなんて……加減が難しいわ……）

流す魔力を糸のような細さまで減らしたところで、発光はようやく見えなくなった。

こんなギリギリでいけるのか不安になるが、神聖魔法自体はちゃんと作用してくれたらしい。

体感で一分ほど経つと、萎れていた葉はすっかり瑞々《みずみず》しさを取り戻していた。

「これで、大丈夫そう……？」

「俺が見た限りはな。……やりすぎている気がしなくもないが」

「これ以上弱く魔法は使えないわよ」

一般的にはあまり口にしない文句に、ヴィンスもどこか呆れたように目を細めている。

とにもかくにも、エスターの目標は達成だ。あとは何事もなかったかのようにブリジットのもとへ戻って、視察を終えれば完璧である。

「花畑はまだ残っているだろう。他はどうするんだ？」

「お嬢様の魔法に合わせてこっそりやるわ。今のよわーい感じは覚えたし、バレないと思う」

「……だといいな」

最後にもう一度周囲を確認してから、二人はこそこそと皆がいる休憩所へ戻る。

何やらジムがニヤニヤしていたが、経験的にあれは聞かないほうがいい話だ。

そうしてわずかな休憩を終え、残りの花畑にもブリジットが魔法をかけに歩き出す。

もちろんエスターは彼女に一番近い場所に控え、彼女の魔法とタイミングを合わせて、自分もそっと魔法を使った。

「……あら？　なんだか、ステラリアが急に元気になってきた気がするわ」

「そうですか？　きっとお嬢様の魔法がしっかりと浸透したんですね！」

「わたくしは土壌を改善しているだけよ？　こんなに早く効果が出るかしら」

ヴィンスの心配通りにブリジットには違和感を持たれてしまったが、ここは長年培ったお嬢様大好き侍女の笑顔で誤魔化させてもらう。

（というより、こんな微細な変化を感じ取れるお嬢様は、やっぱりさすがね）

事情を知っているヴィンス以外は誰も気づいていないので、ブリジットの有能さがますます際立つ。推しの頑張りを実感できるエスターは喜びいっぱいだ。

ともあれ、不思議そうにしつつも彼女の魔法には陰りもなく、休憩後は一時間ほどで頼まれていた全ての花畑に魔法をかけることができた。

目に見えて元気を取り戻したステラリアの姿に、オーナー夫妻はもうずっと感涙を流しっぱなしである。

「本当に、なんとお礼を申し上げてよいか……」

「いえ、皆様の普段のお世話が素晴らしかったからこそですわ。今年の星輝祭でたくさんのステラリアの花を見られることを、楽しみにしております」

「もちろんです！　お手元へお届けするその日まで、丹精込めて育てて参ります！」

まさしく任務大成功といった彼らの感謝に、ブリジットも嬉しそうに微笑んでいる。

〝王家からの依頼をうまくこなせた〟という結果は、ブリジットの自信に繋がるのはもちろん、彼女こそが王太子妃に相応しいと、いい宣伝にもなるだろう。

特に、星輝祭という国の一大行事のために働いたのだ。普段はコールドウェル侯爵家を敵視する他家も、認めざるをえない。

（まあ、もし仮に失敗していたとしても、好感度が天元突破している王子様が、お嬢様以外の相手を婚約者に選び直すことは絶対にないと思うけど）

喜びの空気に釣られて、他の従業員たちにも笑顔が溢れていく。

さあ後は、安全運転で屋敷に帰るだけ――だったのに。


「皆騙《だま》されるな！　これらのできごとは全て、この女の自作自演だ!!」


「…………は？」

突然人々の中に割って入ってきた男の声で、空気が凍りついた。

年は二十代半ば頃か。顔立ちよりも目の下の濃い隈《くま》のほうが印象的なその人物は、荒い鼻息を吐きながら、人差し指をピンと伸ばしている。

――よりにもよって、エスターの大事な大事なお嬢様に向けて。

「いい度胸ね、あなた。死にたいの？」

「エスター、とりあえず下がれ」

一瞬で怒りが爆発寸前まで突き上がったエスターは有り余る魔力を向けようとするが、それよりも早くヴィンスが前に立ってしまう。

続けてジムとベンジャミンも前に出て、代わりにエスターはブリジットを引き寄せて二歩下がった。……腹立たしいが、まずは彼女の安全が最優先だ。

「私のお嬢様になんて失礼な……ヴィンス、そいつ畑に埋めて肥料にしましょう」

「落ち着け。人間なんて埋めても邪魔になるだけだ。使うにしても、まずバラさないと」

「……そうね、ごめん。本職に任せるわ」

意外にも具体的な説得をされて、頭に上った血が少しだけ落ち着く。

が、怒りは全く収まらない。ブリジットを勝手に指さしたばかりか、『この女』呼ばわりなど不敬にもほどがある。万死に値する。

「お、お前、なんて失礼なことを‼」

あまりのことに固まっていたオーナー夫妻も、ここでようやく動いた。夫のほうが失礼男に近づくと、強引に頭を摑みこちらに向けて下げさせる。

彼らが並んで気づいたが、オーナーや従業員たちは揃いの作業着を着用しているのに対し、男の装いは簡素なシャツとズボンのみだ。

もし非番の従業員なのだとしたら、わざわざブリジットを中傷するために出てきたということ。

（本当にそうなら、私の魔法で再起不能にしてやらなきゃ）

冷えゆく空気の中で、男が離せと暴れる声が響く。

帯剣している護衛の前で、よくこんな態度を取れるものだ。

「本当に申し訳ございません、コールドウェル様！　この愚か者はすぐに下がらせますので！」

「謝る必要はないぞ、オーナー！　花を枯らそうとしたのは、他でもないこの嘘つき女なんだから

「なっ！」

「――口を慎め、下郎が」

真っ青なオーナーを無視してなお暴れる男に、突き刺さるような冷たい声がかけられる。

誰から出たものかと辿れば、まさかのベンジャミンの声だった。

（えっあなたの声なの⁉　こんな怒り方をする人だった⁉）

この中で一番若い彼は誰から見ても庇護対象だったのだが、静かに怒りを……いや、殺気をたたえる様子は、とても少年とは思えない貫禄《かんろく》がある。

しかも、右手には護身用の短剣が握られており、鞘《さや》から抜かれた刃《やいば》が完全に男に向いている。

もはや、無礼討ち待ったなしという状況だ。

「坊ちゃん落ち着いてください。斬るならオレたちがやりますから」

一応ジムが制止をかけるが、ベンジャミンは男を睨《にら》みつけたまま剣を下ろす気配もない。

仕方ない、と護衛二人が剣を鞘から抜くと、渋々彼は短剣を下ろした。

（主人に仕事をさせたら、護衛の意味がないものね。危ない危ない）

やらかした男が肥料になるのは構わないが、侯爵子息が返り血で汚れるのは困る。

立場的な問題は解決したので、あとはエスターが彼とブリジットをこの場から下げるだけだ。

「さ、お嬢様、ベンジャミン様。私どもは馬車へ戻りましょう」

「ま、待ってエスター」

「駄目ですよ。お嬢様に血なまぐさい現場を見せるわけにはいきません」

「だから待って！　斬る前提で話を進めないで！」

ブリジットの必死な声に、エスターだけでなくベンジャミンも目を瞬かせる。

正直に言ってあの男は処分確定だと思っていたので、中傷された本人が止めるなど夢にも思わなかった。血が見たくないなら、エスターが魔法で処理するべきか。

「あの、そちらのあなた。何か誤解されているようだけど、話を聞かせていただけるかしら」

「お嬢様！」

なんて考えていたら、ブリジットが直々に男に声をかけた。

将来王族にもかかわることを考えるなら、このような輩《やから》の意見を聞いてやる選択は悪手だ。

現に失礼男はニヤリといやらしい笑みを浮かべると、押さえつけられた手をどかして、胸を張って立ち直した。……未《いま》だ抜き身の剣が突きつけられているのに、大した度胸である。

「白々しいな、コールドウェル侯爵令嬢様よお。あんたは地属性の魔法でパフォーマンスをしてるみたいだが、おれたちは知ってるんだ！　あんたはもう一つ、〝氷属性〟の魔法を使うこともできるんだろ？」

続けて男が口にした内容で、エスターたちにも緊張が走った。

確かに、ブリジットに適性がある魔法は二つ。花畑の土壌改善に利用した地属性と、男が口にした氷属性がそうだ。

もともとコールドウェル侯爵家は『水』の属性が多く生まれる血筋なのだが、ブリジットの『氷』は派生系のちょっと珍しい魔法になっている。

問題は、何故この男がそれを知っているのかという話だ。

（地属性は様々な場所で使えるから周知されているけど、氷属性のほうは公表していないはず）

知っているのは家の者と一部の高位貴族だけで、侯爵家としても『二つ使えて片方が地属性』という情報しか出していない。

その希少性だけで問題を招きかねないので、使用人たちにも口外しないよう命令されていた。

「どうして……」

小さく声をこぼしたブリジットに、失礼男は鬼の首を取ったかのように笑い出す。

だが、男が次に口にした言葉は、なんとも的外れな内容だった。

「隠してたってことは後ろめたいところがあるんだろう！　オーナー、やっぱりこの女が、氷魔法でステラリアの花を駄目にしたんだ！　それをさも助けてやりましたみたいな顔しやがって、聖女どころかとんでもない悪女だ」

（ああ、なんだ。この男は魔法自体には詳しくないのね）

どうやら思い込みだけでブリジットに濡れ衣《ぎぬ》を着せようとしているらしい。

お粗末さに気づいたエスターは、思わず鼻で笑ってしまった。

「おい、何笑ってるんだよメイド」

「私はメイドではなく侍女です。いえ、魔法に詳しくない輩が冤罪《えんざい》をでっちあげようとする様は、あまりにも滑稽だと思いまして」

「なんだと!?」

わざと煽《あお》るような言い方をすれば、男は声を荒らげて一歩足を踏み出す。

……当然、刃にも近づく行為なので、周囲の空気がいっそう張りつめた気がした。

「エスター、刺激するな。こいつをうっかり斬り殺したらどうする」

「あら、ごめんなさいね。……一応聞くけれど、あなた。その話はどこから？」

ヴィンスに怒られてしまったので、これ以上煽らないよう表情を引き締める。

「…………」

途端に男は、開きっぱなしだった口を噤んだ。

……つまり、彼が逆らえない立場の者から、情報を得たということだ。

（さしずめ、当家を敵視する貴族でしょうね。何家か思い当たるけど、聞いても無駄かな）

「勘違いしているようなので訂正しておきます。お嬢様が適性を公表していなかったのは、氷魔法が希少属性だからです。不要なトラブルを避けるために伏せていただけで、後ろ暗いことなど微塵もありませんよ」

「はっ！　言い逃れは見苦しいぞ」

「私は事実しか述べておりません。……お嬢様、お手数ですが氷魔法を使っていただいてもよろしいでしょうか？　こう、拳大ぐらいのものを」

「え、ええ」

エスターは深く息を吐いた後、愚かな男に答え合わせを見せるべく、ブリジットに頼んだ。

彼女が胸の前で手のひらを広げると、あっという間に空気の中の水分が集まり、パキンと音を立てて固まる。現れるのは、お願い通りの拳大の氷だ。

「ありがとうございます。そこのあなた、これを持ってみなさい」

「うわっ⁉」

ブリジットから氷を受け取ったエスターは、男に向けて軽くそれを投げる。不格好ながらもなんとか受け取った男は、なおも訝しげに氷をぐるぐると回し始めた。

「わかりますか？」

「普通に冷たい氷ってことはわかるぜ。この魔法を植物にかけたら、冷害が簡単に作り出せるってこともな！」

「わかっていないようですね」

やれやれと大げさに肩をすくめてみせるエスターに、周囲にも困惑の空気が流れる。

こちらにいるベンジャミンも不思議そうな顔をしているので、あまり知られていないようだ。

「あなたの手は濡れていますか？　温かい息をかけてみれば、よりわかりますよ」

「……濡れて？」

男は言われた通りに、はあーっと息をかけている。……氷は、全く変わらなかった。

「これ、は……」

「さすがにわかりましたよね。魔法の氷は〝溶けない〟のですよ。お嬢様、お願いします」

「消せばいいのね？」

エスターの再度の要請に、ブリジットがスッと手をふる。

「そんな」

途端に、氷の塊は光の粒になって消えてしまった。男の手には、一滴の水もついていない。

「人に気づかれないように氷魔法で冷害を起こすとしたら、お嬢様がこの広大な畑をずっと見張っている必要があるということです。凍らせたまま放置などしたら、魔法だとすぐにバレてしまいますからね」

「だ、だが！」

「侯爵家の令嬢であり、第一王子殿下の婚約者のお嬢様が、わざわざ畑に忍び込んだ後にじっと待っているような暇があると思います？　そもそも、そんなことをする理由がどこに？」

「ステラリアは大きな祭りで使う花だ。問題を解決すれば、この女の株が上がるじゃないか！」

「それはそうでしょう。ですが、市井でも『銀の聖女』と名高いお方ですよ。今更そのような小細工が必要だとでも？　だいたい……」

「エスター！」

ねちねちと男を追い詰めるエスターを、さすがに主人が諌めてきた。

……まあ、半ばわざとやっていたので計画通りだ。

「わたくしの侍女が失礼な物言いをしましたね。ですが、彼女の言う通り、わたくしが氷魔法でステラリアを害することは難しいでしょう。誤解は解けましたか？」

「……くそっ！」

男は一言吐き捨てると、エスターたちとは反対方向へ踵を返して駆け出していった。

向かった先には、同じような簡素な格好をした村人が数人確認できる。

「お嬢様、どうします。追いかけて斬り捨てますか？」

「いらないわ！　ヴィンスもジムも剣をしまってちょうだい」

「御意に」

　ブリジットの願いでようやく刃物が全て鞘に納まる。直後に響いた彼女の安堵の息の音に、護衛たちもエスターも苦笑を浮かべた。

（この場で一番地位が高く発言力がある方が、一番あの男の心配をしてるんだものね）

しかも、不当な理由で侮辱されたのもブリジットだ。一番怒ってもいいはずなのに、加害者を慮《おもんぱか》ってやるなんて優しいにもほどがある。

（ま、私たちが過激な自覚もあるけど）

だからこそ、一人だけ怒りを見せなかったブリジットの姿は、印象に残っただろう。

あの男にも、そしてこの場に残る従業員たちにも。

「本当に申し訳ございませんでした‼」

事態が落ち着いたところで、次に聞こえてきたのはオーナーの謝罪だった。

夫妻揃って跪《ひざまず》き、可哀想なぐらいに顔色をなくしている。

「そんな、あなたがたに謝っていただく必要はありませんわ」

「いいえ！　あのような愚か者をあなた様の前に出ていかせてしまうなど、私どもにも責任がございます！」

夫妻はガタガタと震えながら、今度は地面に額をこすりつける。

凶器を抜いて怖がらせてしまったのは事実だが、彼らにここまでさせるのも罪悪感が募る。

「お二人とも、どうか頭を上げて……困ったわね」

「そうですね。もしや、あの方はこちらでお勤めなのですか？」

優しすぎる主人が困っているので、エスターも助け船を出す。もし男がここの従業員ならば、雇用主としてオーナー夫妻が謝るのは正しいことだからだ。

「いいえ。以前はそうでしたが、今は関係ございません」

しかし、答えは否。少しだけ顔を上げた夫妻は、しっかりと首を横にふった。

「ふむ、辞めたのですか？　それとも、お二人が解雇されたのですか？」

「後者です。言動に問題が多く、他の従業員の迷惑になりましたので、二月《ふたつき》ほど前に解雇いたしました」

（なるほど、納得）

今日の言動を見ても雇うメリットを感じられなかったので、夫妻の判断は正解だとエスターも思う。ただ、いくら畑が広いとはいえ、部外者が入り込めてしまう構造は改善が必要そうだ。

ヴィンスとジムにお願いして夫妻の体を起こすと、彼らは疲れ切った様子でため息をこぼした。

「あの男も、最初は普通だったのです。よそからの移住者でしたが、二年ぐらいは真面目に働いてくれました。……ある時を境に、急に意固地な男になってしまって……」

「それは、何かきっかけがあったのでしょうか」

「詳しくはわかりません。ただ、何やら変な宗教にはまってしまったと聞きました。確か……『神《しん》女教《にょきょう》』とかいう名前だったと思います」

「あー……宗教はちょっと、何もできないですね」

それはまた、他者が一番口を出しづらい部分で問題を起こしてくれたものだ。

一応この国にも『国教』とされる宗教はある。創造主を信仰し、聖女を擁する一大宗派である。

だが、基本的に信仰は自由だ。他者に迷惑さえかけなければ、たとえ邪神や悪魔を信仰しても罰せられることはない。

「しかし、神女ですか。聖女ならわかりますが、私は初耳ですね」

「わたくしも聞いたことのない名前です。ベンジャミンはどう？」

「同じく、僕も聞いたことがありません。土着のものか、あるいは最近興ったものなのかもしれないですね」

皆が首をかしげると、夫妻も同意するように深く頷いた。護衛の二人も知らないそうだ。

「詳細はわかりませんが、それであの方の言動がおかしくなったのだとしたら、少し気になりますね。エスター、当家の皆にも確認しておいてくれるかしら。貴族が知らないだけで、町や村で流行している可能性もあるわ」

「かしこまりました」

不安げに瞳を揺らすブリジットに、恭《うやうや》しく礼をして返す。

……ブリジットが気にした理由は、エスターにもわかる。

『キミホシ』に、その宗教の名が一度も出てこなかったからだ。

（私たちが行動を変えているとはいえ、世界観はゲーム準拠でここまできているもの。急に新要素が出るのも、ちょっと変よね）

それも神女なんて、聖女に対抗するような名前だ。

聖女になりうるエスターにも、聖女と呼ばれているブリジットにも、無関係とは言いがたい。

（何の関係もない、変な集まりで済めばいいけど）

とにもかくにも、王家から依頼された視察自体は無事に終わった。

その旨をオーナーたちにも報告してもらうことを約束して、一行はステラリアの生育場を後にする。もちろん報告は、あの失礼男の件も含めて、だ。


「……今日は色々と迷惑をかけてしまって、ごめんなさいね」

「とんでもない！　謝らないでください姉様」

馬車が走り出すと、車内ではすぐに姉弟二人の謝罪合戦が始まった。

エスターからすればどちらも謝る必要はないのだが、気遣い魔のブリジットとしては、自分が原因で騒ぎになったことを申し訳なく思ってしまうのだろう。

「全ては姉様を貶《おとし》めたあの男が悪いのです！　それに僕も、姉様を守れなくて……すみませんでした。僕にもっと強い力があれば、絶対に姉様に近づけさせたりしなかったのに」

一方のベンジャミンは、謝罪というより悔しさが勝っているようだ。

今日は特に気合を入れて護衛と同じ装いで来ていたこともあり、変な男の接近を許してしまったことが相当許せないらしい。

「僕の背がもっと高くて、大人だったら……」

「そんなことないわ、ベンジャミン。あなたはちゃんとわたくしを守ってくれた。矢面《やおもて》に立たせてしまったことは申し訳ないけれど、とても格好よかったわ」

「本当ですか！」

弟を慰めるべくかけられた声に、ベンジャミンはパッと顔を上げた。

それはもう、先ほどまでの憂いは錯覚だったのかと疑うほどに、晴れ晴れとした笑みを浮かべて。

（あらあら、可愛い。でも、今日の彼はびっくりするような一面も見せてくれたものね）

年下枠だと甘く見ていたら、真っ先に剣を抜いて殺気を放つとは。あれは本当に意外だった。

世界がゲーム通りではなくなっても、攻略対象のポテンシャルは実に素晴らしい。

「ベンジャミン様は今も素敵な方ですが、将来はますます有望ですね」

「そうなの！　本当に自慢の弟だわ」

「ぐっ」

あ、ベンジャミンがまた沈んだ。

せっかくエスターが持ち上げたのに、当のブリジットが『弟』だと断言するのだから、彼もつくづく報われない。

（生まれは分家とはいえ、コールドウェル血筋の麗しい顔立ちに、銀糸の髪と青空の瞳。彼だって

間違いなく美少年なのにね）

当然ベンジャミンも大変モテている。次期侯爵ということもあり、連日溢れんばかりの婚約申し込みが届いているし、対処が大変だと夫人がこぼしているのも聞いた。

それでも、想うただ一人には届かないのだから、恋とは難しいものだ。

「ちなみに、エスターから見て、ベンジャミンはどうかしら？　家族の贔屓目《ひいきめ》を抜きにしても自慢の弟なのだけど。当家をこの子が継ぐ時に、あなたのようなしっかりした奥さんが支えてくれたら、お母様も喜ばれると思うのよ」

「もったいないお言葉ですが、私は使用人の立場を弁えておりますので」

「姉様……」

しかも、想い人本人が別の女を宛《あて》がおうとしてくるなど、ベンジャミンにとっては嫌がらせでしかない。

まだ若いのだし、彼には強く生きてほしいものだ。

「残念だわ……それで、話は変わるけどエスター。あなたは魔法にとても詳しいのね。わたくしが氷の魔法を使えることは話したけれど、溶けないことを知っているとは思わなかったわ。どこかで習っていたの？」

「まさか、独学ですよ。お嬢様にかかわることは、なるべく知っておきたいので」

気を取り直して訊ねてきたブリジットに、エスターは満面の笑みを作って返す。

口が裂けても『私も使えるので』などとは言わないのがプロ侍女だ。

(暑い時期にはちょうどよかったから、ヴィンスと私の飲み物に使ってたのよね、氷の魔法)

氷を入れても味のついた飲み物が薄まらないというのは、とてもありがたいし重宝した。

ちなみに、先ほどは溶けないので見張っていなければと断言したが、放っておいても特段問題はない。だいたい一日程度で勝手に消えるからだ。

(自然消滅の前に誰かに気づかれるだろうから、嘘は言ってないけどね)

形は自由自在、しかも証拠も残らないという便利さ。氷魔法は、少し考えるだけでも悪いことがたくさん思い浮かぶだろう。

ゆえにこの適性を得た者は、悪用を避けるために情報を伏せることが多いのだ。

「わたくしのために勉強をしてくれたのね。ありがとう、エスター。勤勉な侍女にお世話をしてもらえて、わたくしは幸せ者だわ」

「とんでもない！　私こそ、最高の主人にお仕えできて、世界一幸せな侍女ですよ」

素直に感激してくれるブリジットに少々罪悪感を抱きつつも、エスターは侍女の顔を崩さず、ただ穏やかな笑みを浮かべる。

「…………」

――まだ沈んでいると思っていたベンジャミンが、エスターのほうを見つめていたなんて、思いもせずに。

＊　＊　＊

失礼な男のせいで一悶着《ひともんちゃく》あったものの、馬車路では問題もなく、一行は屋敷に戻ってくることができた。

ただ、帰宅時間が夜になってしまったため、昨日同行していた者たちは皆、今日は休日としてゆっくりすごしていいと言われている。

（よく寝た……）

普段は朝早くから支度し、ブリジットのために尽くしているプロ侍女のエスターも、休日となればただの小娘だ。

お昼近くまで休んでいた体は軽く、魔力も隅々まで漲《みなぎ》っている気がする。

（でも、残念ながら何の予定もないのよねえ）

今日も普通に仕事をするつもりだったので、いきなり『休め』と言われると、やることがなくて逆に困ってしまう。

（今日は別の子が控えているだろうから、私が行ったら邪魔になっちゃうし）

ただでさえ専属として羨ましがられている立場だ。たまには他の子にも側付きを譲ってあげないと、嫉妬で大変なことになりかねない。

仕方なく使用人棟をぶらぶらしてみたが、当然皆は働いている時間だ。

非番の者も街に買い物に行ったりしているようで、廊下も共用設備も寂しくなるほど静まり返っている。

「ヴィンスもいないのか、残念。じゃあ本当にやることないわ」

こういう時、侯爵家の外に友人を作っていないことが悔やまれる。

もっとも、基本は〝お嬢様至上主義〟なエスターなので、友人を作れたとしても早々に縁が自然消滅しそうな気がするが。

「仕方ない、お屋敷のお手伝いに行きましょうか」

同僚たちが聞いたら『仕事中毒』だと笑われそうだが、暇なのだから仕方ない。

そうと決まれば話は早い、と自室へ戻ったエスターは、さっとお仕着せに着替えて、邪魔になる髪をシニヨンキャップに押し込む。

侯爵邸には仕事があり余っているのだ。何かしら手伝えることはあるはず。

「この時間じゃ洗濯は終わっているだろうし、とりあえずキッチンかな」

鼻歌を歌いながら、そう遠くもない屋敷への道を歩いていく。

水仕事も掃除もエスターにとっては苦にならない。今日は誰がいたかな、なんてのんびりと考えていると、

「あれ？　お前は、姉様の」

「あ」

裏口を入ってすぐのところで、まさかの人物に出会う。

珍しくシャツにネクタイを通していないラフな格好で現れたのは、昨日意外な一面を見せてくれたばかりのベンジャミンだった。

「これはベンジャミン様。こちらに何かご用でしたか?」

慌てて姿勢を正したエスターに、彼は「かしこまらなくていい」とやんわり制止してくる。

続けて視線をキッチンへ向けると、申し訳なさそうに眉を下げた。

「僕はお湯をもらいに来ただけなんだ。邪魔をしたな」

「もしかしてお茶をご所望でしたか?　お手数をおかけして申し訳ございません。すぐに用意させます」

「いや、皆も忙しいだろうし、煩わせるつもりはなかったんだ」

頭を下げるエスターに、ベンジャミンはますます困ったように表情を曇らせている。

ブリジットもそうだが、この侯爵家の人々は優しすぎる。普通の貴族なら、自分の呼びたい時に使用人がいなければ叱責するところだ。

エスターも用を命じられるのは当たり前だと思っているので、気を遣われると恐縮してしまう。

「あ、でしたら、私がお茶をお持ちいたしますよ。どちらのお部屋にいらっしゃいますか?」

「それはありがたいけど、お前は今日休みのはずだろ?　むしろ、どうしてここにいるんだ」

「いやあ、やることが何もないので、手持ち無沙汰になってしまいまして」

「仕事中毒なのか……?」

(やっぱり言われたか)

お恥ずかしいと苦笑するエスターに、ベンジャミンは信じられないものを見るような顔つきで目を瞬かせる。

だが、次の瞬間には表情を引き締めると、じっとエスターの目を見つめてきた。

「？　私に何か？」

「そう、だな……手が空いているのなら、お茶をお願いしてもいいか？　奥のほうの談話室に先に行ってるから」

「かしこまりました。第二談話室ですね」

指定された部屋を思い浮かべて、エスターは了承を返す。

侯爵邸には談話室が二つあり、第一は大人数が談笑できる広めの部屋、第二は少々奥まった場所にあるやや小さな部屋だ。

「僕の部屋でもいいけど、それはお前に悪いからな」

「と、おっしゃいますと？」

「少しお前と話したいことがあるんだ。ああ、急がなくても構わないから」

「え」

ベンジャミンはそれだけ告げると、踵を返して去っていく。

置いていかれたエスターは、予想外の呼び出し（？）に少々固まってしまった。

（彼がわざわざ侍女に話？　もしかしなくても、お嬢様関係よね）

実のところ、エスターと彼はそれほど交流はない。

ブリジット専属なので傍にいる機会そのものは多いのだが、年頃の少年は異性の侍女よりも男性の使用人を頼りがちだ。

無論、ブリジットに好意を寄せる彼からすれば、エスターは味方につけたい人間であるのは間違いないとは思うが。

（お嬢様を裏切るようなことは、いくら弟君のお願いでもできないのだけど。大丈夫かな）

まあ、何にしても断るや逃げるという選択肢はない。

エスターは早足でキッチンまで向かうと、すぐにお湯とティーセットを用意してもらう。

彼の茶葉の好みには詳しくないので、とりあえず無難なものでいいだろう。

「失礼します。お待たせいたしました、ベンジャミン様」

「ああ」

ほどなくしてエスターが指定された部屋へ向かうと、中央の革張りのソファにベンジャミンが一人で座っていた。

顎の下で組んだ手は固く、表情も真剣そのものといった感じだ。

「お茶請けにメレンゲクッキーも持ってきましたが、いかがですか？」

「もらおうかな。……お前も、座ってくれるか」

当たり障りなくやりすごそうとするエスターを、水色の瞳が捉える。

弱冠十四歳にして有無を言わさぬ迫力があるのは、当主教育の賜物《たまもの》か。

「いえ、私は使用人ですので……」

「お前の出生に関しては、一応ベネデッタ様から聞いている。分家の僕よりはずっと、この家に相応しいんじゃないか？」

「…………それは、ありません」

再び予想外のことを言われて、プロ侍女らしからぬ思考硬直をしてしまう。

忘れていたわけではないが、ベンジャミンはこの家を継ぐために養子になった少年だ。エスターの事情を聞かされていても、なんらおかしくはない。

「あ、その、すまない。別に僕は、その件でお前をどうこうしようとは思っていないから。侍女になったのも、お前自身の選択だと聞いているし」

「……ありがとうございます」

固まってしまったエスターに驚いたのか、ベンジャミンは組んでいた手を解き、あわあわと横にふってみせる。

少なくとも、令嬢に戻れ系の話ではないようなので、エスターもこっそり息をついた。

「と、とにかく、僕は話をする相手に同じように座ってほしいだけなんだ。駄目か？」

「そういうことでしたら」

彼の要望に応える形なら、ギリギリ許されることだ。

エスターは給仕を終えると、そのまま向かいのソファに腰かける。……といっても、ティーセットは彼の分しか持ってこなかったので、不格好には変わりないが。

「それで、どのようなご用件でしょうか？」

「ああ。確認というか……いや、単刀直入に聞いてしまったほうがいいか」

ベンジャミンは自分の分だけのカップをちらりと見てから、わかりやすく深呼吸をした。

「――お前は、聖女なのか？」

そして、ひどく重たい口調で、それを口にする。

昨日から続いて、彼には驚かされっぱなしである。

「……何故、そのようなことを？」

「見てしまったんだ。昨日の休憩中に、姉様の護衛と二人で出ていただろう。だから、遠くから見てたんだよ。視察中に不埒《ふらち》なことをしているんじゃないかと思って……」

「不埒なこと⁉」

「いや、それは、ごめん‼」

思いがけない話に、つい大きな声が出てしまう。

確かに、若い男女がこそこそと抜け出したら、逢引《あいびき》と疑われてしまうのも無理はない。

しかも、ベンジャミンはちょうど〝そういうこと〟が気になる年頃だ。

いくら外見が繊細な美少年でも、男女の機微に興味を持つのは自然なことである。

「ええと、誤解を招いてしまったようで申し訳ございません。私どもは決してそのような関係ではありませんので。ヴィンスの名誉のためにも、他言は控えていただけると助かります」

「ん、彼の？　護衛のほうはお前と……いや、これは僕が言うべきことじゃないな。すまない、脱線してしまった」

お互い茹《ゆ》だったような顔色になりつつ、頭を下げ合う姿は実にシュールだ。

しかし、ベンジャミンはすぐ気を取り直すように咳払いをすると、もう一度表情を引き締めた。

「そういう用事じゃないのはすぐにわかったよ。ステラリアに対して、何か魔法を使っていただろう。お前が魔法を使えるなんて知らなかったから注視したさ。……あれは、神聖魔法だ」

「……ベンジャミン様の見間違いではありませんか？」

「いいや。休憩の後にも、姉様の魔法に合わせて使っていた。姉様の魔法は土壌に作用するはずなのに、何故か植物本体も回復していたんだ。あんなことができるのは、治癒に特化した神聖魔法以外にはありえない。僕だって、魔法については一応学んでいるんだぞ」

「…………」

ベンジャミンの真剣な指摘に、「失敗したな」という後悔が思考を蝕《むしば》んでいく。

というのも、乙女ゲームの時のベンジャミンも、魔法に明るいキャラではなかったのだ。

コールドウェル侯爵家の血筋由来の水の魔法適性はあるものの、彼には魔法を使う素質があまりなかった。

（それを主人公が慰めて、好感度を上げるイベントもあったんだけど）

今のベンジャミンが想いを寄せているのは、ブリジットだ。

たゆまぬ努力によって魔法技術を高めている今のブリジットを見て育ったのだから、ベンジャミンもゲームの時より魔法に対する造詣が深くてもおかしくない。

（私たちだけじゃなくて、彼も多くのことを学んで変わっていたのね）

自分たちの選択がよい効果を及ぼしたのなら、それは喜ぶべきことだ。

だが、今の立場を揺るがすような展開ならお断りである。

「……否定は、しないんだな」

さあ、どうしようか。

内心大騒ぎしつつも、外面は曖昧な笑みを浮かべるだけに留める。

本当に、長い期間侍女として頑張ってきてよかった。感情を外に出さないこの技術で、一体どれだけの危機を乗り越えられたことか。

(今回も乗り切ってやるつもりだけど、どう答えたものかしらね)

少なくとも、ブリジットを想うベンジャミンは敵ではない。

そして彼にも、エスターが敵ではないことを理解してもらえたら、なんとかなりそうだが。

「何故、神聖魔法が使えることを申告しなかったんだ。聖女だとわかっていれば、僕たちだって侍女の仕事などさせなかったのに」

「そう、ですね。聖女として立てるほど、私は力が強くないと言いますか」

「嘘だな。お前は涼しい顔で姉様の傍に侍《はべ》っていたが、魔力は均一に流されていた。それも、姉様の魔法に合わせていただろう。あんな繊細な操作ができるのなら、実際にはもっと強くて効果の高い魔法も使えるはずだ」

(バレてるかあ)

やはり今のベンジャミンは、ゲームの時よりも魔法に詳しいようだ。

昨日現地で言及しないでくれただけ、まだありがたい。

見抜かれたエスターがまた口を閉ざすと、ベンジャミンは一瞬眉を顰めた後、ハッとしたように目を見開いた。

「もしかして、父親に何か言われているのか？　お前の出自は複雑だが、お前自身に罪はない。僕は養子でも、この家を継ぐためにいる者だ。言ってくれれば、お前の実力を正当に評価する手助けぐらいはできるんだぞ……！」

「あ……」

――そうか、ベンジャミン様は心配してくれているのか。

自分が聖女だとわかったら名乗り出るのが普通なのに、エスターがそうしなかった理由が〝出自を気にしているから〟だと。

二人で話したいと言った理由が追及ではないのだと気づけば、エスターの胸が温かくなる。

（そういえば、この部屋の周りには誰もいなかったわね）

彼は養子だが、本人の言う通り侯爵家の後継者だ。

王族ほどではないにしても、常に護衛を傍に置いてもおかしくないし、まず御用聞きを控えさせておくのが当然である。

にもかかわらず誰もいなかった。……人払いをしていた、ということだ。

「ありがとうございます、ベンジャミン様」

「お礼が聞きたいんじゃない。僕は真実を知りたいんだ」

ベンジャミンが、ちょっとムッとしたような顔でこちらを睨んでくる。

でも、そこに怒気はほとんどなくて、エスターは思わず笑ってしまった。

「真実、ですか。……まず、私が神聖魔法を使えることは、肯定いたします。教会の定める聖女の資格があることも、自覚しておりました」

「っ！」

素直に答えたエスターに、ベンジャミンは息を呑む。

エスターにとっては選ばなかった職の一つにすぎないが、『聖女』はやはり特別な存在なのだ。

「血縁上の父親である侯爵閣下にも、何も言われておりません。もちろん、奥様にもお嬢様にもです。私が聖女になりうることを知っているのは、幼馴染のヴィンスだけですので」

「……あの護衛だな。どうして僕たちに言わなかったんだ？」

ぎゅっと拳を強く握った彼の姿に、室内の空気も張りつめる。残念ながらブリジットとの恋は叶いそうにないが、ベンジャミンも本当にいい男だ。

（彼に嘘はつかない。ちゃんと正しく、私を知っていてもらいましょう）

そう思ったら、エスターは心からの笑顔になった気がした。

「私は、聖女よりもお嬢様の侍女になりたかったので！」

「え」

侍女用ではなく、素に近い声で正直に告げると、彼の水色の瞳がまん丸になった。

「せ、聖女だぞ？」

「そうですね」

「国が誇る、名誉ある立場なのに」

「そういうのいらないです」

ニッコリ、と。有無を言わさぬ勢いで言い切れば、ベンジャミンは口を半開きにしたまま固まってしまった。

緊張していた空気も、すっかり霧散している。

「そんな者が、存在するのか……？」

「ここにおりますよ。ちなみに、ベンジャミン様は私の母についてはどこまでご存じです？」

「ベネデッタ様の侍女だったことしか知らないが……」

宇宙人と話しているような様子の彼に、エスターは語っていく。

……といっても、自分は母親に生きてお目にかかってはいないので、ゲームで語られた彼女についての話だ。

「――つまりお前の母親は、閣下に手を出されたことそのものよりも、ベネデッタ様に対する裏切りとなる妊娠を憂えて、屋敷を出たのか」

「そうなんですよ。母は奥様第一主義で、きっとそれが私にも受け継がれたのでしょう。お嬢様のお側に仕えて、そう自覚するようになりました」

「えええ……」

なんだか情けない声を出されているが、事実なのだから仕方ない。

聖女になることよりも、ブリジットの側に仕えることのほうがエスターにとっては大事なのだ。推しの幸せが最優先、ともいう。

「別に世界も困ってませんしね。なら私は、お嬢様至上主義を貫こうかなと」

「いやまあ、姉様が素晴らしいことについては僕も同感だけど！」

でも、聖女だぞ、なんて彼はまだぐるぐる悩んでいる。本当に真面目な少年だ。

（これだけ真面目な子が継いでくれるなら、侯爵家は安泰ね）

今代がクソだった分、ベンジャミンにはぜひ頑張ってもらいたいものだ。王太子妃の出身が駄目貴族だなんて、エスターとしても絶対に許せないので。

「……いや、待てよ。姉様はお前の実力に気づいていたのか⁉　だから僕の相手にどうかなんて冗談めかして聞いてきたんだ！」

「それは違うと思いますけど」

彼女は乙女ゲームの攻略対象であるベンジャミンと主人公なら、二人で幸せになれると思って提案してくれたのだろう。

とはいえ、エスターが神聖魔法を使えることも、彼女の実力なら気づいていても不思議ではない。

それでも指摘しなかったのは、一度聖女になると還俗《げんぞく》……ようは結婚できるようになるまで、何年も待たなければならないからだ。

『キミホシ』でも恋愛的ハッピーエンドを迎えるためには神聖魔法を鍛えては駄目だったので、エスターが聖女に任命されないよう、秘密にしてくれているのだと思う。

「とにかく、私は自分で望んで侍女の職についております。それは今後も変わりません。聖女になるよりもお嬢様の幸せのために尽くしますので、ベンジャミン様にも協力していただけると助かります」

エスターが深々と頭を下げると、ぶつぶつ言っていたベンジャミンの口がようやく止まった。次いでソファから腰を上げ、エスターの手を取ってきゅっと握ってくる。

（ん？）

「お前がそこまで姉様を想ってくれているのはわかった。僕だって、姉様が幸せになるためなら努力は惜しまないつもりだ。これからもよろしく頼む！」

「あ、はい」

思わず顔を上げると、ベンジャミンの瞳はキラキラと輝いていた。

彼にとって、聖女の立場を蹴ってでもブリジットに尽くすエスターは、得がたい味方だと理解してくれたのだろう。実際その通りだ。

「正直なところ、姉様と僕が結ばれないことはわかっているんだ。ならば、姉様を絶対に裏切らないお前のような者と、同志として契るのはいい案なのかもしれないな」

「それは全力でご遠慮させていただきたく」

――なんだか妙な提案を口走っているが、彼は味方で大丈夫なはずだ。多分。

「……とりあえず、わかってくれてよかった」

談話室の外に出て見送ってくれたベンジャミンが見えなくなるところまで来ると、肩にドッと疲れが圧《の》しかかってきた気がした。

せっかく一日休みをもらったのに、疲労を増やすなど本末転倒である。

(まあ、神聖魔法が使えることを口外しないでくれるなら、結果オーライってことで)

今後はベンジャミンも、お嬢様を幸せにする仲間として協力してくれるはずだ。

彼の恋に対する頑張りを見るのも好きなので、その方面を応援していくつもりだったが……本人が失恋を自覚しているのであれば、無理はさせまい。

(婚約もあるし、今はどう見ても王子様が優勢だものね。私としては、お嬢様が想う相手と結ばれてくれるなら誰でも歓迎だわ)

ただ、血の繋がらない弟の〝一番傍で見守っていたのに恋が実らない儚《はかな》さ〟にも、乙女ゲーマーとして魅力を感じてしまうだけで。

「エスター」

「うわあっ⁉」

なんて邪《よこしま》なことを考えていたせいか、突然横から名を呼ばれて飛び上がってしまう。

胸を押さえてふり返れば、若干不機嫌そうなヴィンスがこちらを見つめて立っていた。

「びっ、びっくりした……脅かさないでよ、もう!」

「名前を呼んだだけだろ。俺みたいなでかい男に気づかなかったのか?」

「ちょっと考えごとしてたの」

はあ、と息を吐くと、彼は眉間に皺を寄せて、ますます不機嫌さを増していく。

何か気に障ることがあったのだろうか。

(いつもの制服じゃなくて私服着てるから、外出してたのかしら)

見れば灰色のシャツ一枚で、下もラフなズボンとショートブーツだ。開いた第一ボタンの隙間から覗く首と鎖骨が、男らしい色気をちらつかせている。

「何かあったの、ヴィンス」

「……弟君に、お前が呼ばれたと聞いた。何の話だったんだ?」

「ああ」

人払いをしていたのなら、ベンジャミンが誰といるかも伝わっていておかしくない。

エスターとしてもやましい話はしていないし、事情を全て知っているヴィンスには、伝えるべきことだと思っている。

「あのね……」

ということで、神聖魔法がバレたけれど彼が味方になったと伝えれば、ヴィンスは深い深いため息をこぼした後、両手で顔を覆ってしまった。

「え、何、そんなに困るような話だった?」

「………お前が気にしていないなら、何も言わないけどな」

ゆっくり、ゆっくりと顔から手のひらを外した彼は、じとっとした目でエスターを見下ろした後、また息をついた。

呆れとか困惑とか、そういうものが入り混じった表情だ。

「バレてしまったものは仕方ないが、今後はあまり軽率に神聖魔法を使うなよ。弟君のように理解してくれるならいいが、教会に強制連行されたかもしれないんだぞ」

「反省してます」

ヴィンスの指摘はもっともだ。

ブリジット至上主義仲間であるベンジャミンだったからよかったが、もし敬虔《けいけん》な信徒に見られてしまったら、力ずくで教会へ連れていかれる可能性も高い。

しょんぼりと顔を俯かせると、彼の腕がエスターの肩へと回り、ぐっと強引に引き寄せてきた。

「えっ、何!?」

「今日は庭師を手伝ってたから、汗をかいてるんだ。使用人棟へ戻るぞ」

「いや、休みなさいよ」

私服なのでてっきり休んだかと思いきや、ヴィンスも仕事中毒ぶりを発揮していたらしい。

さすが、十年勤めている仲間は伊達《だて》ではない。

「お仕着せ着てるお前が言うなよ。ほら、帰るぞ」

「わっ、待って待って！」

歩幅の違いをものともせずに引きずられて、あっという間に廊下を通りすぎていく。

「……さっき少しだけ弟君を見た。ちょうどお前を見送りに出たところだ。それで、あの方のお前に対する色が、黄色から橙色《だいだい》になっていた」

「え⁉」

やがて、ある程度進んだところで、ヴィンスがぽつりと呟いた。

確認するまでもなく、彼の特殊能力で見る好感度色のことだと思うが、橙色というのはエスターも聞いたことのないパターンだ。

「今更色が変わるって、どういう意味かしら」

「さあな。でも、赤に寄るほど『好意的』なんだろ？　友情の黄色から赤に近づいたのなら、そういうことなんじゃないのか」

「そんなことが……？」

強引に肩を引き寄せたのはこの話をするためだったようだが、エスターとしても困る内容だ。

ゲームでは黄色になった時点で〝失敗〟だったので安心していたのに、ここにきて色が変化するなんて、考えてもみなかった。

（だとしたら、彼が私に恋愛感情を抱く可能性がまだあるっていうこと？　お嬢様とは結ばれないから？）

そんな消去法で恋をされても困るのだが、つい先ほどの話を思い出せば否定もできない。

彼は好きな人と結ばれないのなら、同志と……というようなことを言っていた。ブリジットの将来を考えれば、それはまあまあ有効な選択ともいえる。

「でも……私が嫌だな」

思ったよりも、呟きは低く落ちた。

主人公として生きる道を捨てて、侍女として尽くすことを決めたのは事実だ。

しかし、自分の恋愛や結婚について完全に捨てきったかといえば、そんなことはない。

……したい願望はないが、想っていない相手を宛がわれるのも違うのだ。

それなら、一生独身を貫くほうがはるかにマシである。

「何が嫌なんだ？　まさか弟君が嫌なのか？」

「別に嫌ってはいないけど……お嬢様を支えるために、私とベンジャミン様が結婚したらいいっていう話をさっきも聞いてさ。それは違うと思わない？」

「……そうか」

ヴィンスのほうから、ホッという小さな息の音が聞こえる。

視線を上げて確認しようとしたところ、突然ぐいっと抱き寄せられてしまった。

「わわっ、ちょっと何すんの⁉」

もともと肩を抱いて引きずられていたので、体格差を考えれば動きを封じるのもきっと簡単だ。

顔を押しつけられた胸板は厚く……なるほど、確かに汗の匂いがする。

「急になんなのよ！」

「いや……ちょっと、安心しただけだ」

何度か身じろいでいると、ようやく腕が解けて体が自由になる。

即座にヴィンスの顔を睨みつければ、彼は頬を朱色に染めながら、もにょもにょと口を歪ませていた。

「何？　どうしたの」

「お前はお嬢様のためなら、全てを投げ打つのかと思っていた」

「できることの大半はするけど、結婚は違うでしょ。直接お役に立つわけでもないし」

「そうだな」

ヴィンスはまだ何か言いかけているように見えたが、再びこちらの肩に腕を回すと、また使用人棟へ向けて歩き始めた。

今度は引きずるのではなく、エスターの歩幅にちゃんと合わせて。

「言いたいことがあるなら、ハッキリ言って」

「いつも言ってるのに、伝わらないだろう」

「失礼ね。ちゃんと聞いてるわよ」

長い廊下を経て、裏口の扉を開く。

途端に差し込んできた日はまだ明るく、夕方までもずいぶん時間があるように思えた。

「……俺は」

「俺は？」

「秘密を分かち合うのは、俺だけがよかったから……でも、そういう相手じゃないなら、いい」

ヴィンスは日差しに溶かすようにぽつぽつと呟くと、そのままエスターから顔を背けた。

自分の頭よりも上にある表情はもちろん見えないが……黒髪から覗く耳が、頬に負けず劣らず赤くなっていることぐらいはわかる。

「…………可愛い」

なので、エスターがそう返してしまったのは、ほぼ無意識だった。

「俺が可愛くても嬉しくない」なんて続いた言葉まで可愛くて、ちょっとむずむずしてしまう。

（ずっと一緒に育ってきたお兄ちゃんだもの。いきなり部外者が入ってきたら、変な感じがするわよね）

ベンジャミンは部外者というわけではないが、秘密を共有してきた時間は段違いだ。

漏れるリスクを考えても、仲間は少なければ少ないほうがいい。

「大丈夫よヴィンス。私の兄弟はあなただけで増やさないからね」

「俺もお前の兄弟になった覚えはないが」

ため息をつくヴィンスと並んで、エスターの休日はのんびりとすぎていった。

3章　純白の衣装に恋心を込めて

トラブルがあっても時間は変わらず進み、一大行事である星輝祭の日は着々と近づいてくる。

祭りに一番必要なものはステラリアの花だが、もちろん他にも準備はたくさんあるのだ。

そのうちの一つが、まさに今日揃おうとしていた。

「ようこそいらっしゃいました」

「失礼いたします。アバネシー服飾店の店主、リタ・アバネシーでございます」

エスターをはじめとした使用人たちが侯爵邸のエントランスで出迎えたのは、中年の女性。

深々と頭を下げる姿勢は貴族ではなく平民の作法だが、その装いは女性らしいフリルをふんだんに使いつつもパンツスタイルという、お洒落上級者のそれである。

(この世界観で女性がズボンをはくお洒落ってなかなかないけど、さすがだわ)

ファンタジーのセンスをいまいち理解できないまま十六歳まで育ってしまったエスターだが、品のいい装いだけは職業柄わかるようになってきた。

その感覚を持っていうなら、彼女はまさしく〝上位者〟だ。

ドライヤーのない世界では世話が難しいはずの縮れた赤毛も、低めのポニーテールでうまくまとめて〝こなれ感〟を演出している。

邪魔な毛の編み込みが上手すぎて、プロ侍女のエスターとしても拍手を送りたいぐらいだ。

――ということで、本日の侯爵邸のメインゲストは、こちらの女性リタである。

王都で今一番人気があるアバネシー服飾店のオーナーであり、星輝祭に参加する貴族女性にとっては、是が非でも味方につけたい人物だ。

（その人気者さんがわざわざ会いに来てくれるあたり、コールドウェル侯爵家の影響力の強さが窺えるわね）

さすが私の推し、と快哉《かいさい》を叫びたい気持ちを微笑みの裏に隠して、エスターは彼女をブリジットのもとへと案内する。

そう、星輝祭の重要な準備……祭りで着用するドレスの試着が本日の目的なのだ。

本来、女神にちなんだ女性の衣装は〝白地のワンピース〟なのだが、貴族がせっかくの催事をただのワンピースですごすはずがない。

しかも、恋人たちの祭りである。婚約者がいる者は縁を深める大切な一日になるし、まだ相手がいない者は絶好の婚活機会だ。

そういうわけで、貴族の女性の衣装は盛装……白いドレス一択になっている。

挑む気迫の強さでいったら、王城で開かれる夜会と同じぐらいの真剣さだ。

（各所力の入れようがすごいものね。こう『この戦い負けられない！』感が）

経済力を示すいい機会でもあるので、皆ここぞとばかりに財布の紐《ひも》が緩くなるし、商売人と職人にとっては年一……は言いすぎだとしても、稼ぎ時である。

（ノブレス・オブリージュを率先してやってくれるこの世界の貴族は、いいお客さんだわ）

問題は、お金があっても腕のいい職人が捕まらないことだが、コールドウェル侯爵家にはもっとも人気がある彼女が訪問してくれている。

他家の令嬢たちには申し訳ないが、星輝祭は始まる前からブリジットの一人勝ちといっても過言ではない。

（本人が女神のような美貌を持っている上に、ドレスは一番人気の服飾店製。ふふ、やっぱりこの世界は今、お嬢様を中心にして回ってるわ！）

「……何をニヤニヤしているんだ、エスター」

「あら、ごめんなさい。お嬢様のドレス姿が楽しみすぎて、つい」

背後からボソッと諌めてきたヴィンスに、ホホホと笑って誤魔化しておく。

日々思っているのだが、彼はエスターの妄想に対するツッコミが鋭すぎる。

別に「お嬢様大勝利‼」とか口に出しているわけではないのだから、脳内で大喜びするぐらいはそっとしておいてほしいものだ。

「ブリジットお嬢様付きの侍女さんにそう言っていただけるなんて光栄ですわ。ご期待に沿えるといいのですけれど」

「きっと大丈夫です。アバネシー先生のデザインに間違いはありませんから！」

「あらあら、ありがとうございます」

丁寧な口調ながら熱気を隠していない褒め合いに、リタも嬉しそうに笑みをこぼす。

ちなみに、よそからの客人ということで、護衛はヴィンスを含めて四人体制だ。

御用達《ごようたし》として貴族邸宅に慣れているリタはまだしも、彼女についてきた助手たちは護衛の厳《いか》つい雰囲気に気圧《けお》され気味なので、軽い話題で気を逸《そ》らすのも大事なのである。

（こういう部分まで気を回してこそ、プロ侍女というものよ！）

「エスター、ドヤ顔は仕事が終わってからにしろ」

「し、してないわよ！　ヴィンスこそ、私の顔じゃなくて周囲を見てなさい」

「あらあら、まあまあ」

再度の幼馴染の戯れに、今度は他の護衛と助手たちも釣られて笑いをこぼす。

……よし。空気を和ませるいい仕事をした、ということにしておこう。


「ようこそいらっしゃいました、リタ先生！」

ブリジットの待っている応接室につくと、彼女もまた喜色満面といった様子でリタを出迎えた。

侯爵令嬢として忙しくすごしているが、ブリジットとてまだ十七歳の少女だ。

当然、ドレスやお洒落には興味津々だろう。

「この度は当店にご用命いただき、誠にありがとうございます」

リタたちもそれをわかっているのか、ニコニコと嬉しそうに微笑みながら持ってきたドレスの準備を手早く進めていく。

「じゃあ俺たちは扉の外にいるから。何かあったらすぐに呼んでくれ」

「わかったわ」

代表でヴィンスが一礼すると、残りの三人も揃って外へ出る。

ドレスの試着なので、男性陣はもちろん外で待機だ。

どこからも覗かれることがないようカーテンなどもしっかりと閉め切って、準備は万端にしてある。

「そういえば私、今回のドレスのデザインをまだ確認していないのですよね」

「あら、そうだったかしら。ごめんなさい、エスター」

実はデザインの打ち合わせの時、ちょうど別の仕事で席を外していたのだ。

その後の仮縫いには一応立ち会ったのだが、生地の材質やらの話し合いがメインだったので、今日までデザインを詳しく見られていない。

「今回ご注文いただいたドレスは、比較的シンプルなものですよ」

「えっ、そうなんですか?」

星輝祭のドレスといったら、誰も彼も華やかで派手なものを選ぶのが基本だ。

誰よりも目立ち、神々にあやかって恋を成就させるために。

「……まあでも、お嬢様はご本人が誰よりもきれいですからね。あんまり派手なものを選ぶよりも、シンプルな装いで美しさを際立たせたほうがいいのかもしれません」

「そ、そういうつもりでお願いしたのではないのよ?」

改めてブリジットの顔を見てから頷くと、彼女は困ったように首をふってみせる。

エスターがせっせと手入れをしている艶やかな銀髪から始まり、ぱっちりとした藍色の瞳に神がかり的な配置で構成された美貌。

今日の彼女は、着替えやすいよう前開きの簡素なワンピース一枚だというのに、その輝きは留まることを知らない。

きっとブリジットの場合は、内面の清らかさも外見に表れているのだ。

「……うん、いいかと思います」

「何に納得してくれたのかわからないけれど、本当に違うからね？　わたくしはただ、神々の再会を喜ぶ日に、羽目を外しすぎるのもどうかと思っただけよ」

「おお……」

ブリジットの高尚な考え方に、リタの助手たちが小さく拍手をしている。

彼女は七夕の短冊に、自身の欲望ではなく『空の上で二人が無事出会えますように』とか書くタイプの聖人だったらしい。都市伝説ではなかったのか。

「さすがです、お嬢様。……ちなみに本音は？」

「ちゃんと本心なのだけど……あんまり目立ちたくないだけよ。ただ、それだけなの」

エスターが小声で確認すると、ブリジットは少しだけ申し訳なさそうに囁いた。

確かに、普段から第一王子の婚約者として注目されているばかりか、今回の星輝祭ではたくさんの男性からお誘いを受けていた彼女だ。

祭りの日ぐらいは人混みに紛れて、のんびり楽しみたいと思うのもわかる。

（そのために誰からの誘いも受けず、ドレスもご自分で依頼されたのね）

人によるところはあるものの、男性からの誘いが成功した場合は、同時にドレスや装飾品を贈ることが多い。

特に王族や高位貴族はそういうキザっぽいことをするのが慣習であり、自分の髪や目をイメージできるドレスなどを女性に着せたりする。

彼女は自分のパートナーだと、独占欲を見せつけるのだ。

だが、ブリジットはかなり早い段階から自分でリタに頼んでいた。贈られるドレスなどを受け取る気がなかった証拠である。

（あるいは単純に、ご自分でドレスを決めたかったのかもね。贈り物は嬉しいけど、センスに合わなかったら目も当てられないし。特に衣類は）

「シンプルなドレスは〝だからこそ〟我々の腕の見せどころでもありますわ。さあブリジットお嬢様、ご確認をお願いいたします」

「はい！」

リタの自信ある声に、ブリジットはぱっと表情を輝かせる。

基本にこそ実力が現れるというのは、エスターにもなんとなくわかる話だ。

前世で読んだ本にも中華料理人の実力を確かめる方法として、もっとも材料が少ない卵炒飯《チャーハン》が挙げられていた。真の実力は、シンプルなところでこそ差が出るのだ、多分。

「わあ……！」

そうしてブリジットの前に広げられたのは、真っ白なマーメイドラインのドレスだった。

リタがシンプルと言った通り基本に忠実な形で、フリルなどの装飾もほとんどついていない。

それでも地味になりすぎないよう裾の広がり方に手が入っており、波を模した布の流れが着用していない状態でも美しい。

（しかも、これは……！）

目立つ装飾はほとんどないが、代わりに上質な生地一面に同じ色で刺繍が施されていた。

光が当たると糸がキラキラと輝き、星が瞬くような輝きを残していく。

まさしく〝星輝祭〟の姫に相応しいドレスだった。

「なんてきれいなドレス……」

「ありがとうございます。今回はデザインがシンプルな分、生地も肌触り最高ですよ。ブリジットお嬢様、どうぞ着てみてくださいませ」

「わ、わかったわ」

浮き立つ気持ちを隠せていないブリジットは、彼女にしてはとても珍しく、そわそわしながらドレスに着替えていく。

「すごい、すべすべですね」

「ええ、こだわってもらって正解だったわ」

着付けを手伝うエスターも、思わず感動のため息をこぼしてしまう。

これまで何度も盛装の手伝いをしたことがあるが、ここまで上質な布は触ったことがない。

製作期間に余裕があったからこそ仕入れられた生地だと聞いたので、ブリジットの早め早めの行動は大正解だったといえよう。

「どうかしら？」

「お嬢様、おきれいです‼」

ほどなくして身支度を終えたブリジットは、長年仕えてきたエスターでも反射的に膝をつきたくなるほどに美しかった。

これはもう、女神が降臨したといっても許される。間違いない。

（大人しいドレスだから、清楚《せいそ》全振りかと思ったら……！）

襟元はホルターネックの形なのだが、鎖骨や胸の部分はチュール生地で半分透けており、これが上品な色気を醸し出している。

気品と淑《しと》やかさとほんのり艶やかな雰囲気。この三つが最高にいい感じな今の彼女は、至高の芸術と呼ぶべき完成度だ。エスターが王なら国宝認定をしていた。

「ほ、褒めすぎだと思うのだけど」

「あ、すみません。声に出ていましたか」

あまりの素晴らしさに、国宝云々《うんぬん》まで全部声に出ていたようだ。

だが、エスターの感想に世辞は一切入っていない。

乙女ゲームの世界ということもあって、容姿のいい者を見慣れて育ってきたし、エスター本人も顔立ちは群を抜いている自覚がある。

その主人公のエスターをもってしても、ブリジットのドレス姿は最高だと思えた。

化粧や髪を整えていない試着でこれなのだから、全てに手を加えたら眩すぎて、太陽のように直視できなくなってしまうかもしれない。

「ええ、本当に。侍女さんのおっしゃる通りですわ。大変お似合いです、お嬢様。これだけ着こなしていただけると、我々も職人冥利に尽きます」

「ありがとう、ございます」

リタたち職人にもうっとりと見惚れられて、ブリジットは恥ずかしそうに白い頬を染める。

このいつまでも初々しい態度も可憐で、エスターはぐっと心臓を押さえる。……推しは本当に罪な女性だ。

「あの、それで、ショールもお願いしていたのだけど……」

「はい、もちろんご用意しておりますよ。ただ、ドレスと合わせてみたところ、このほうがよさそうでしたのでアレンジさせていただきました」

照れつつも話を進めるブリジットに、リタの助手が別の箱を開ける。

「これは……」

中から出てきたのは、ほんのりと桃色みのある白のレースだった。

ただし、丈の長さがショールと呼ぶにはかなり長い。ドレスの裾近くまであるので、これはもうマントだろう。

（でも、これは確かにいいわね）

繊細な模様が重なることで、白地に映える陰影すらも美しくなる。

加えて、長めのレース生地がドレスの上で躍る姿は、ウェディングドレスを彷彿とさせた。

「素敵……」

ショールの裾を揺らしながら、ブリジットも夢見る幼子《おさなご》のようにキラキラした目で生地の動きを追う。

彼女もエスターと同じ感想を抱いたのかもしれない。……いつかアデルバートの隣で迎える、結婚式の衣装のようだ、と。

「予行練習もできて最高ですね。アバネシー先生は本当にいいお仕事をされる！」

「エスター！　ち、違うから、もう！」

うっかり親指を立てて賞賛するエスターに、リタたちも満足げに微笑んでいる。

ステラリアの花などの問題はあったものの、今年の星輝祭はブリジットの幸せな未来を彩るに相応しいイベントになりそうだ。


それからリタたちと最後の調整を話し合い、一時間程度で試着は終わった。

エスターからすれば今のままでも完璧に思えたのだが、プロの目にはまだ改善できる点が見つかるらしい。

「では、こちらでまたお預かりしまして、調整が終わり次第ご連絡を差し上げますね」

「はい、よろしくお願いします」

ウキウキと笑っている彼女たちの手を動きは、職人らしく機敏だ。

針仕事に従事する予定はないものの、プロ侍女として見習えるところは見習いたいものである。

「終わったか？」

「ええ、問題はないかしら」

「当然だ」

エスターが先導して扉を開くと、護衛たちは試着が始まる前と全く同じ場所で佇んでいた。

が、何やら目だけは別の方向を見ており、心なしか落ち着きがないように思える。

「どうかしたの？」

「いや、出てくればわかる」

ヴィンスに確認しても、曖昧に返すだけだ。

危険ではないようなので、ブリジットとリタたちにも廊下へ出てもらったのだが、

「――え？」

彼らが見つめていた先、侯爵邸の広いエントランスには、服飾店と見間違うような数のハンガーラックがずらりと並んでいた。

どれにもたくさんの白い衣装がかかっており、端のほうには全身鏡が複数枚と組み立て式の簡易な試着室まで用意されている。

「これは一体……？」

エスターのすぐ後ろにいるブリジットも知らされていなかったのか、目を何度も瞬かせながらエントランスとエスターの顔を交互に見ている。

期待されて申し訳ないが、エスターにもさっぱりの状況だ。

「ブリジット、試着は終わった？」

「お母様！」

と、ここで、反対側の廊下から声がかけられる。

途端に全員が礼の姿勢を取った相手は、この屋敷の女主人にして、現在コールドウェル侯爵家の主でもある夫人ベネデッタだった。

装いこそ既婚女性らしく装飾や露出のほぼない紺色のドレスのみだが、ブリジットとよく似た美貌は今日も若々しく、とても年頃の娘がいるようには見えない。

（あら？）

そして彼女の背後には、いつもの侍女たちの他にも女性使用人がぞろぞろと続いている。

お仕着せもまちまちで、おそらく屋敷中の若い娘が集まっているだろう。

「お母様、あちらは一体何が起こっているのですか？」

「せっかくの星輝祭だもの。今年は我が家の皆に楽しんでもらおうと思ってね。アバネシーさんに協力をしてもらったのよ」

ブリジットがふり返ると、リタは恭しく頭を下げ直してみせる。

それから聞かされた話によると、彼女の店はオーダーメイド専門なのだが、他に普通の服屋も経営しているそうだ。

そちらでは汎用既成品や、貴族が売りに出した古着なども扱っているらしく、今エントランスに並んでいるものはその店の商品なのだと。

「古着を買うにしても、ちゃんと管理をしてくれている店のものがいいでしょう？」

「光栄です、コールドウェル様」

どうやらブリジットだけでなく母親もリタを買っているらしい。

礼を解けと言われたので改めて見てみると、ラックに並んでいる衣類はどれも保存状態がよく、皺なども残っていなかった。

（私はお屋敷にずっといるから衣類に困る生活はしていないけど。でも、この世界の平民の服って結構大変だものね）

新品で買えるものなんて下着ぐらいで、大抵は誰かのお下がりを着るのが基本だ。

貴族邸勤めが人気なのは、仕事は大変でも上等なお仕着せをもらえるから、という話も聞いたことがある。

（でもこれ、古着といっても値が張る品ばかりに見えるわ）

質が非常にいい分、平民も多い使用人には手が出ない高値だと予想できる。厚意はありがたいが、一度の祭りのために買える者は少ないだろうと思ったところで、

「それじゃああなたたち、ここから好きな服を選んでちょうだい。支払いはわたくしがするから、気にしなくていいわ」

夫人がサラッと告げた一言に、女性使用人たち全員の顔がパッと輝いた。

（侯爵夫人太っ腹‼）

星輝祭は恋の祭り、当然意中の相手と出かけたいと思う娘も多いはずだ。

そこに、自分が用意できる衣装よりもはるかにいい品を無料でもらえるなんて、もう夢のような奇跡である。

皆が笑みを浮かべ、嬉しそうに手を握り合う者たちもいる。

「エスター、あなたもよ。これは未婚の女性皆への賞与だから」

「奥様のお心遣いには感服するばかりですが……よろしいのでしょうか。このように素晴らしいものをいただいてしまっては、当日の職務に支障をきたす者も現れそうですが」

「もう、エスターったら」

当然の心配を問うと、母娘《おやこ》は同じように眉を下げて笑った。

エスターとしても水を差すようなことはしたくないのだが、浮き立って仕事が疎《おろそ》かになっては困る。何せここは、天下のコールドウェル侯爵家の屋敷なのだから。

「そういう真面目なところもライラに似ているのね。心配には及ばないわ。今年の星輝祭は、未婚の男女は全員休みにするもの」

「へ…………ええ⁉」

おかしそうに夫人が返した言葉に、エスターだけでなく、集まっていた娘たちも声を上げた。

侯爵邸は勤続年数の長い使用人が多いので、既婚者だけで回すこともできなくはない。

前日までに準備を万端にしておけば、一日ぐらいはまず問題なくすごせるとも思う。

だがまさか、屋敷の主が認めてくれるのは想定外だ。

通常業務を問題なく回せても、どこかで不便を強いることは確実だというのに。

「国を挙げての祭りなのだから、盛り上げるのも臣下の務めというものよ。もし遠慮をしているのなら、今年の祭りで相手を見つけて、来年は屋敷を手伝ってちょうだい」

（福利厚生がいい！）

エスターの質問に少し戸惑った娘たちも、再び喜び一色になって衣装を見つめ始めている。

なんだか力強い目つきになった数名は、おそらく意中の男性がいるのだろう。今年必ず落としてやる、という闘志が感じられた。

「他に質問はないかしら？」

「はい。奥様の優しいお心に感謝申し上げます」

エスターが了承を返すと、それが合図とばかりに女性使用人たちはエントランスのラックに駆け寄っていった。

数は充分にありそうだが、早いもの勝ちには変わりない。

（やっぱり皆、女の子ねえ）

とはいえ、バーゲンに群がるおば様がたの戦場にはならないのが貴族邸に勤める娘だ。

慎ましく歓声を上げて喜ぶ姿は、端から見ても微笑ましい程度に留まっている。

「エスター、行かないのか？」

「うーん、星輝祭にそこまで思い入れもないしね。私は皆が選び終わってからでもいいわ」

横から聞いてきたヴィンスにあっさりと答えると、彼は明らかに残念そうに肩を落とした。

年頃の娘らしい娯楽を薦めてくれるとは、本当に過保護な幼馴染である。

「……やっぱりもう少し早く依頼すれば、エスターのドレスも間に合ったかしら。一着分のスケジュールしか頼めなかったから……リタ先生、今から超特急でどうにかなりませんか？」

「は⁉　おやめください、お嬢様。私はただの侍女ですから！」

エスターが遠慮したのを『めぼしいものがない』のだと思われたのか。

突飛な要望を投げかけるブリジットを慌てて止める。

そもそも、リタは人気絶頂の服飾店オーナーだ。

そんな人物に無理な依頼をするなど、失礼にもほどがある。

「さすがに今からでは難しいですね。我々も、侍女さんのようなおきれいな方には、ぜひ当店のドレスを着てほしいところですが」

「最初の依頼の時点で、二着分を頼んでおくべきでした……失敗したわ」

「いえ、ですから。私はドレスは着ませんって」

乙女ゲームを知っているブリジットはともかく、リタもノリがいいので困ったものだ。

（一介の侍女にオーダーメイドドレスなんて恐ろしいものを着させたら、今まで裏方に徹してきたのが無駄になるわ！　醜聞待ったなし！）

今からではどうやっても間に合わないので冗談だとは思うが、それでも胃に悪い。

ちなみに、ゲームの時の主人公の装いは、ルート入りした攻略対象がそれぞれの特徴を加えた白ドレスを贈ってくれるという展開だった。

対して、悪役令嬢ブリジットはゲームでも自分で依頼をしており、ゴテゴテした非常に派手なドレスだった。正直、あまり似合っていなかったと思う。

現実のブリジットがシンプルなデザインを選んだのも、そこからきているのかもしれない。

「エスターはドレスを着させられたくなかったら、あちらでワンピースを選んでいらっしゃいな。あなたたちはわたくしと一緒にお茶にしましょう」

苦笑をこぼした夫人に誘われて、ブリジットとリタ、助手たちは別室へと分かれていった。

侍女はもちろん、控えていた護衛も既婚者の一人だけが彼女たちについたので、〝未婚者に祭りを楽しませる〟はそれなりに周知されているようだ。

足りない人員は、多分途中で加わることだろう。

「しょうがない、ご厚意に甘えましょう。ヴィンスたちもこっちってことは、男性の衣装もあるのかしら？」

「あの一角がそうじゃないか。ちなみに、お前はどんな服が好みだ？」

「男ものにはそんなに詳しくないのよ。あなたはスタイルがいいから、何着ても似合いそうだし」

大人しくエントランスへ足を向けると、ヴィンスと残り二人の護衛もついてくる。

視線で示されたほうを見ると、確かにその一角のラックには男物の青の衣装がかかっていた。

(着飾るのは女性がメイン、というのはこの世界でも変わらないみたいね)

前世でもウェディングサイトなどを覗いた時は、あまりの差に笑ってしまったものだ。

男性だってもっとお洒落に精を出してもいいだろうに、不憫な話である。

「まあ俺たちの場合、いざとなったらこの制服でも行けるけどな」

「青いものね、あなたたちのジャケット。でも、せっかくだから着飾ればいいんじゃない？」

「そっくりそのままお前に返すぞ、エスター。お前はしっかり着飾ってくれ」

決して今の制服が似合わないとは言わないが、できればヴィンスにも盛装をしてみてもらいたいものだ。

攻略対象ではなくとも、彼は彼で容姿に恵まれているのは間違いない。

いやむしろ、華やかな美形が多い攻略対象と違い、抜き身の刃のような凜々《りり》しい系イケメンのヴィンスには、彼にしかない魅力がある。

そして、イケメンの衣装替えにテンションが上がるのは、乙女ゲーマーのサガだ。

そんなことをあれこれ話しつつ、エスターもエントランスの皆に合流する。

改めて近くで見ると、白ワンピースばかりに囲まれるというのも、なかなか圧巻の光景だ。

「白限定かつワンピース縛りなのに、こんなにあるんだ……」

アバネシー服飾店は王都一人気といわれるだけはある。

傘下の店でもこれだけ取り揃えられるのは、力がある証拠だ。

最初は遠慮していたエスターも、一つ、また一つと豊富なワンピースを覗いていると、だんだんと楽しくなってきた。

（そういや、最後に私服を買ったのはいつだったかな）

傷みやすい下着や靴下類はよく替えているものの、私服といわれると数えるほどしかない。

ブリジットを着飾り、美しくすることに全力を注いできたが、たまには自分をきれいにするために頑張ってみてもいいだろうか。

「どれどれ……」

とりあえず手近なラックからいくつか掴んでみると、値段も結構まちまちなようだ。

デザインも多種多様で、ドレスに近い長裾のものから、膝が隠れる程度の露出高めのものまで並んでいる。

（うーん、あんまり露出はしたくないんだけど、大人しすぎると未婚者の装いじゃなくなってしまうのよね。この加減が難しいわ）

二つほど持って姿見の前に立ってみるが、どうにもしっくりこない。

いかんせん元の顔立ちが整っているので、どれを合わせても〝似合わない〟にはならないのが、また選択を難しくしている。

（悪くはないんだけど、あんまり派手なデザインを着ると、この顔目立ちそうなのよね。別の家のご令嬢から、変なやっかみを買いそう）

贅沢な話だが、美人には美人の危険があるわけだ。

二、三度替えて体に当ててみたが、『なし』の判断に寄ったのでハンガーをラックへと戻す。

周囲の子たちを見ると『あの子はこういう感じかな』というイメージが何となく湧いてくるのに、自分のことは鏡を見ていてもわからなかった。

（客観視って意外と難しいのね……）

気を取り直して別のワンピースを取り、再び姿見の前に立つ。

合わせたそれは、先ほどよりは合うような気がしたが……やっぱりしっくりこない、という感想にいたった。

好みに合わないわけではないのだが、言葉にするのが難しい感情だ。

「む、難しいわ」

「エスターはなんでも似合いそうだもんね」

横で同じように選んでいた侍女仲間は、笑って一着を持ち試着室へ向かっていった。

簡素な作りながら、ちゃんと女性店員が付き添ってくれているので、アバネシー服飾店は従業員教育も行き届いているらしい。

(そんなに簡単に決まるものなんだ。いいなあ)

鏡の中のエスターは、どことなくぶすくれている。

お洒落していいと言われたのだから、素直に喜んで衣装をドンドン選べばいいのに。

何故だろうか。何かがひっかかる、と動きが止まってしまう。

(……もしかして、乙女ゲーム主人公になってしまうことをまだ恐れている、とか?)

ふいに浮かんだ考えに自嘲する。その可能性は十年も前に潰したのに。

確かに、鏡に映るエスターという娘は、非常に愛らしい容姿をしている。地味なお仕着せを着て、髪をシニヨンキャップにひっつめた状態ですら、目を見張るような可憐な容貌だ。

(自分で言うのも何だけど、もし私が本気で着飾ったとしたら……)

その姿は、先ほど女神のように見えたブリジットに匹敵するかもしれない。

『エスター』という存在は、ブリジットを蹴落として彼女の立ち位置を奪い取る、乙女ゲームの愛され主人公なのだから。

（いやいや、ないでしょ。王子様を筆頭に、皆の好感度はお嬢様に対して最高値なんだから。彼らは外見だけに惚れているわけでもないし）

……馬鹿馬鹿しい、と否定する一方で、先日ヴィンスに言われた言葉が蘇《よみがえ》る。

友情になっていたベンジャミンの好感度の色に、変化が見られたと。

（生きてるんだから、心が変わってもそりゃおかしくはないわよ。わかってる……）

よしんば変わることがあったとしても、ベンジャミンはエスターのことを同志だと言っていた。

それは恋ではなく仲間意識で、ブリジットを幸せにするための好感だった……はずだ。

（――本当に？）

自意識過剰だと笑い飛ばせない見てくれの女が、鏡越しに睨みつけてくる。

もしも、全力で着飾ったエスターが、うっかりアデルバートの心を奪うようなことになったら。

……そう、たとえば。エスターが避けてきた主人公らしい行動がスイッチになって、〝ゲームの強制力〟のようなものが働いてしまうとしたら。

（私は、お洒落とかするべきじゃないのかも）

鏡の中の藍色の瞳が、汚らわしいものを見るように歪む。

エスターが表舞台に出ることが十年の努力を台無しにする可能性があるのなら、これまで通りにお仕着せ姿で引っ込んでいるべきだ。

主人公にならないと自分で決めたのだから、ゲームをなぞるような行動は慎んだほうがいい。

（夫人には申し訳ないけど、やっぱり私は当日も屋敷にこもって……）


「お前にはこれだろう」


瞬間、鏡面にふわりと白い生地が舞う。

「えっ……？」

ハッとしてふり返れば、背後に立ったヴィンスが、エスターの体の前に手を伸ばしていた。

差し出された手が握っているのは、一着のワンピース。同じハンガーを使っているので、どこかのラックから選んで持ってきたのだとはわかるが。

「ヴィンス？　自分の服を見なくていいの？」

「俺は後でいい。まずはエスターの衣装だ。お前はいつも、自分の容姿に頓着しないようにふるまってるから、多分俺のほうがわかる」

「え、ええー……？」

まさに今もだだしていた部分を言い当てられて、頬に熱が集まってくる。

あえて頓着しないようにしていたのだが、彼には遠慮にでも見えていたのか。

困惑を隠すように鏡面を見直すと、ヴィンスが選んできた一着が視界に飛び込んだ。

「あ、可愛い」

と、エスターが素直に言えるそれが。

首元がフリル襟になっている以外は基本的な形だが、胸の他、腰や手首にもリボンを結んだ愛らしいデザインだ。

ふくらはぎ丈のスカート裾は二重フリルで飾っており、さらに下からレースも覗いている。

全てが同じ色合いで統一されているので、丁寧な作りながら派手には見えない絶妙な塩梅《あんばい》。

実際に着用してなくても〝これはいい〟と思える、貴重な一着だった。

「うそ、ヴィンスすごい！　センスいい！」

「どうも。何しろ俺は、周囲を見ずにお前の顔ばかり見ている駄目な護衛なんでな」

「何よ、さっきのこと根に持ってるの？」

試着前の注意を持ち出されて、ちょっとムッとしてしまう。

侍女の機微にいちいち反応されたら注意せざるを得ないのだから、あれは仕方ないのに。

「別に根に持ってはいない。事実だからな」

しかし、ヴィンスはふわりと微笑むと、差し出していただけのワンピースをしっかりと両手で摑み、エスターの前に出した。

真っ白な生地に細やかな刺繡があるのも見えて、エスターも両手を当ててみる。

……うん、いい。令嬢でも使用人でもない、ただのエスターにピッタリな一着だ。

「いいな、これ。すごく可愛い……」

「だろう？」

「あ、でも……私が着飾っても大丈夫かしら。それも、選んでもらった服なんて」

エスター自身でも〝似合う〟とわかってしまうようなワンピースだ。

男性に選んでもらった服を着てめかしこむ行為は、主人公らしい行動に当てはまらないか？

（すごく可愛いけど、強制力を誘発するかもしれないなら、やっぱり……）

そろそろと視線を落としてしまうと、鏡越しに様子を窺っていたヴィンスが、不思議そうに首をかしげた。

「俺が選んだら駄目なのか？」

（――ん？　いや……そうか、逆だわ!!）

沈んだ思考に、ぱっと光が差し込む。よく考えればこれは最適解かもしれない。

男性に衣装を選んでもらうことは、ゲームでは〝攻略ルート選択〟にあたる。

ヴィンスに選んでもらい、そのワンピースを着てイベントに参加すれば、もしゲームの強制力が働いたとしても『主人公は別ルート攻略中』という判定になるのではないか？

（当日もエスコートが必要ならヴィンスが協力してくれるって言ってたものね。そうよ、攻略対象じゃないヴィンスに選んでもらうことが、実は正しかったんだわ！）

これならエスターが好きな服で着飾っても問題はない。

多少のやっかみやら同性からの嫉妬はこの外見では避けられないにしても、ヴィンスと一緒にいれば割って入ってくるような者もいないだろう。

星輝祭において、二人でいる男女を邪魔するような愚か者は、馬に蹴られて地獄行きだ。

（そもそも貴族と平民は祭りの会場が別だから、心配になったのはゲームの強制力が働いてしまう可能性だけなのよね。ああ、よかった！）

「駄目じゃないわ、ヴィンス。大正解よ。私、あなたに選んでもらったこれにするわ！」

心からの安堵を込めて答えると、ヴィンスもホッとしたように口角を上げた。

「ん、そうか」

「ええ！」

なんだか嬉しくなって、ワンピースを当てたままポーズを取ってみる。

恋愛イベントに興味はないが、お祭りを目一杯楽しめるのは大変魅力的だ。

「こら、落ち着け」

と、すぐ後ろに立っていたヴィンスの体に、ぽすんと寄りかかってしまった。

「あ、ごめん。可愛い服で参加できるのが、やっぱり嬉しくて」

ブリジットを守るために鍛えられた体はたくましく、エスターの体がぶつかった程度ではびくともしない。

けれど、ほんのりと香る彼の空気は、幼い頃に宿で守ってくれたそれと変わらなかった。

（そういえば、小さい頃の私は、ヴィンスにベタベタくっついてたものね）

宿の夫婦は本当にいい人たちだったが、いかんせん年が年なので、幼子をあやすには体力が足りなかった。

そのため、おんぶや抱っこをしてエスターをあやしてくれたのは、手伝ってくれるヴィンスだったのだ。

「エスター？」

「なんでもない。私にお兄ちゃんがいたら、こういう感じなのかなって思っただけ」

エスターが姿勢を正すと、ヴィンスはきょとんとした顔で目を瞬いた。

思えば、『こういうのが似合う』なんてことがわかるのも、家族という近しい間柄らしいことだ。

普段からエスターが孤立したり、年頃の娘の娯楽を見逃さないよう気遣ってくれるし、ヴィンスは生粋のお兄ちゃん属性なのだろう。

「……お前な」

「う、わ!?」

そう一人で納得していたエスターの体が、またバランスを崩した。

先ほどもたれかかってしまったヴィンスが、今度は後ろから抱き締めている。

差し出したワンピースごと、エスターの体を、ぎゅっと。

（――え？　なに、なんで？）

何が起こったのかわからず、思考が固まってしまう。

わかるのは、背中に当たる広い胸板が、温かくて動けないこと。

鏡に映る間抜けな表情の自分と、それを見つめる彼の瞳が、驚くほど真剣なこと。

「……俺は」

「っ⁉」

囁かれた声が耳に近くて、触れた吐息に肩が震える。

ふり向けないエスターの脳に染み込ませるように、ゆったりと声は続いた。

「お前を、妹だなんて思ったことはない」

「……え」

途端にパッと両手が離れて、思わずたたらを踏む。

なんとかふり返ると、ヴィンスは平然とした顔で「これをもらってこよう」と先ほどのワンピースを持っていってしまった。

ついでに、エスターが戻し損ねていた別のワンピースも片づけてくれている。

「ちょ……ちょっと、ヴィンス⁉」

「なんだ？」

涼しい顔でラックに戻していく手つきに揺るぎはなく、自然に目を合わせてくる。

全く、完全に、いつも通りのヴィンスだ。

（いやいや、だったら今の……何なの⁉）

エスターだけが妙に戸惑っていて、それが少し腹立たしい。

趣味嗜好を理解していて、小さい時から面倒を見てくれた存在が、兄以外の何だというのか。

（妹だと思ったことがないなら、何なのよ！）

うまく言葉が出ずに口を閉ざすと、ヴィンスはしょうがないなと言わんばかりに近づいて、ポン

と頭を撫でてきた。

「サイズ調整がいるんだろう？　そこの店員に聞いてやるから心配するな」

「そんなこと言ってないし、自分で話せるわよ」

「よしよし。ほら、早めに頼んでおこうな」

「いや、だから何なの本当に⁉」

ヴィンスは昔と同じようにあやしながら笑うと、エスターの手を取って店員のもとへ進んでいく。

周囲の皆も微笑ましいようなくすぐったいような顔で見送ってくるので、一人気が立っているエスターがおかしいみたいだ。

（完全に妹の扱いしてくるのに、意味がわからない！）

しかし、エスターの困惑は、直後に別の理由で消し飛ぶことになる。

「お兄さんお目が高いね！」と一部始終を見ていた店員が教えてくれたのは、ヴィンスが選んだワンピースにつけられていた値札だ。

「ひっ⁉」

そこには、他のものと比べてゼロが二つほど多く並んでいた。

無論オーダーメイドドレスの値段には遠く及ばないが、ワンピース一着にかけるには贅沢すぎる金額である。

「好きに選んでいいと奥様が言ったんだから、大丈夫だろう」

「それはそうだけど、まさかこんなに高い衣装が紛れてるなんて思わないわよ⁉」

「他にも何着かあったぞ。まあ心配するな。調整代は俺が出してやるから」

「そういう問題じゃなくてね⁉」

悲鳴を上げつつも、やっぱり『これだ』と気に入ってしまった心は変わらず、なかなかお高めの調整代も受け入れて、エスターのワンピース選びは終了した。

支払い持ちの侯爵夫人には、今後も誠心誠意仕えることで許してもらおう。

(ヴィンスの言ったことを考えるのは……)

——今はもう少し、保留だ。

＊　＊　＊

「失礼いたします。お嬢様、ただいま戻りました」

やっとの思いでワンピース選びを終えたエスターは、ヴィンスも引き連れて、あらかじめ伝えられていた第一談話室へ向かう。

しかしそこでは、またも予想外の光景が待ち受けていた。

「やあ、侍女殿。お邪魔しているよ」

「これは第一王子殿下⁉　ご無礼を」

もはや聞き慣れたテノールが耳に届き、ヴィンスと揃って頭を下げる。

「気にしないで」と礼はすぐに解かれたが、全部で四卓を有する広い談話室の一番手前のソファには、金色の髪を揺らす美丈夫、アデルバートが笑っていた。

(衣装選びでちょっと気が抜けてたわね……でも、訪問の予定なんてあったかしら?)

向かいには当然ブリジットがいるのだが、その表情は困惑一色。

隣の席にいる夫人とリタも、どうしたものかと悩ましげな視線を送っている。

……察するに、また先触れのない訪問ということだ。

(そもそも、エントランスホールは衣装選びに使っているから、扉も完全に閉じられてるわよね。一体どこからいらっしゃったの?)

真っ先に浮かぶのは、使用人の出入りや食品の搬入に使っている裏口だ。

まさか立太子も間近の王族がそんな場所から現れたとは考えたくないが……ここにいるということは、多分それが正解なのだろう。

「失礼ながら第一王子殿下、俺はあなたをしょっぴかなければならないのでしょうか?」

「職務を全うするならそれが正しいと思うけど、私としては顔見知りのよしみで見逃してくれると助かるかな。こっそり抜けてきたから」

「……かしこまりました」

勇気を出して声をかけたヴィンスも、返答を聞いた後はいつも通り扉の隅に移動した。

……こんなの、一使用人にはどうしようもない。

(しかもこっそりって言ったわね。王城からこの屋敷まで、馬車を飛ばしても三十分以上かかるのに。毎度よくやるわ)

今日は供も見受けられないので、他の攻略対象たちはまいてきたようだ。

装いも正装ではなく、灰色のローブで全身を覆っている。王族らしからぬ地味さなので、お忍びで街を見てきた後なのかと……途中までは思っていた。

(なんか、着膨れしてる?)

彼は特別華奢なわけでもないが、それにしてはローブがもこもこしている。

下にかさばる服を着ていなければ、こうはならないはずだ。

「……あっ!」

そこでピンときたエスターは、そのまま声を上げた。

受けたアデルバートもニヤリと笑みを浮かべ、エスターの気づきが『正解』だと目で応える。

「え? どうしたの、エスター?」

突然のやりとりに置いてきぼり気味なブリジットは、彼とエスターを交互に見て顔を曇らせる。

もしかしたら、彼女の中ではよからぬ予想が駆け巡った可能性もあるが、それは大きな間違い
……いや、むしろ逆だ。

「アバネシー先生がいらっしゃる時を見計らって、殿下もいらしたのですか」

「まあね。私の愛しい婚約者の試着も、滞りなく終わったのだろう?」

「はい。最後にもう一度調整が入るようですが、素晴らしい仕上がりでございました」

「それは重畳《ちょうじょう》」

淡々と語り合うエスターとアデルバートに、ブリジットはますます困ったように眉を下げる。

……次の瞬間、おもむろに立ち上がったアデルバートは、羽織っていたローブをぽいっと投げ捨てた。

「え……殿下、それは！」

果たして彼が中に着ていたのは、青を基調としたマントつきの正装だった。

着膨れするのも納得の着込み具合だが、彼がこれを今見せたのには当然理由がある。

「あらまあ……光栄でございます、殿下」

一つは、この正装を手がけたのが、ブリジットのドレスと同じアバネシー服飾店であること。

デザイナーはもちろんリタだ。

彼が公の場でこれを明らかにすれば、同服飾店はますます有名になること間違いなしである。

「ああ、素晴らしい衣装を作ってくれたこと、感謝するよ。おかげで今年の星輝祭は、素敵な夜になりそうだ」

……もう一つの理由は、正装のデザイン。

詰襟のそれは一見普通の正装と同じだが、マントを両肩ではなく胸元の金具で留めることで、柔らかい印象を出している。

どことなくオリエンタルな印象を覚えるが、最大の特徴は袖や上着の裾、そしてマントの布端の処理の仕方だ。

どれもが斜め型のひだ装飾になっていて、波の流れを彷彿とさせる作りになっている。

――マーメイドラインのドレスを着用するブリジットに、合わせるように。

「殿下……それは、もしかして」

「完璧なお揃いにしても私はよかったのだけど、それだと慎ましい君が嫌がるかもしれないから。モチーフだけ合わせてもらったんだ」

「……っ!!」

驚きに目を見開いたブリジットは、口を両手で押さえたまま、エスターやリタの顔を何度も見比べている。

エスターはいつも通り佇んでいるだけだが、実際に手がけたリタは嬉しそうに微笑む。ようは全部わかっていた者の笑みだ。

――種明かしをすると、星輝祭のドレスをどこに依頼したのか彼に訊ねられたエスターが、デザイナーの名前を教えただけである。

ブリジットの依頼時期が早かったのと、アデルバートが王族という最上位権力者だったおかげで、リタへの依頼は無事に受理された。それだけだ。

(一応『公式婚約者のお二人なので、さりげなく同じ要素を取り入れてほしい』というお願いは、私からもしたけどね)

所詮は侍女からのお願いだ。最終的なデザインがどうなるかは、リタの腕次第だった。

(こう見ると、王子様がだいぶお嬢様に寄せたみたい)

男性は青い服を着て参加するのが星輝祭の習わしだが、アデルバートの衣装はその青地の上に銀糸で刺繡をしている。装飾品も全て、金ではなく銀製だ。

社交界でも珍しい銀色の髪を持ち、青系の瞳をした誰かさんが一目で思いつくぐらいに見事な統一ぶりである。

……なお、ここでベンジャミンの名を挙げるような空気の読めないことはしない。

「どうかな、私の愛しい婚約者殿」

「とても……よくお似合いです」

蕩けそうな笑みを浮かべたアデルバートに、ブリジットはこくこくと首を何度も縦にふる。

よほど嬉しかったのか、彼女の白磁の肌は耳まで朱色に染まり、喜びが一目で伝わるほどだ。エスターと揃いの藍色の瞳には、大粒の涙まで浮かんでいる。

ドレスの全容がわかった今日のうちに、アデルバートはどうしても教えたかったのだろうなあと。

見ている側も和やかな気持ちになった。

(この二人を見ていると、ゲームの強制力を心配していた自分が馬鹿みたいね)

他の攻略対象が不安なことは否めないが、アデルバートだけはきっと、世界が終わりを迎えてもブリジットを選んでくれるだろう。

金と銀、太陽と月。イメージされるものは真逆だが、二人が寄り添っていると、最初から一対であったようにしっくりとくる。

たとえエスターがどれだけ主人公らしく着飾ろうとも、聖女として君臨しようとも。

(この二人なら、大丈夫だわ)

その確信は、何よりも喜ばしい安心でもあった。

「それでその、殿下がいらっしゃった理由は、衣装だけではありませんよね？」

しばらくお揃いだとイチャイチャしていた二人だったが、侯爵夫人とリタたちが退場したタイミングで、ブリジットがおもむろに話題を切り出した。

ふわふわしていた空気が一瞬で落ち着き、微笑みながら見守っていたヴィンスも、表情を引き締めている。

「……殿下。私どもは下がったほうがよろしいでしょうか」

「いや、侍女殿たちもここにいてくれ。無関係ではないだろうしね」

先ほどよりもだいぶ硬い声で止められ、ヴィンスと目配せをしたエスターも、そのまま静かに待機を続ける。

ソファに座り直したアデルバートは「別に重い話ではないよ」と前置きしてから、長い脚を緩く組んだ。

「まずはステラリアの生育不良について。視察だけでなく問題解決までしてくれて、本当に助かったよ。ありがとう、ブリジット」

「い、いいえ、アデルバート様のお力になれたなら、幸いです」

（あ、その話か）

身構えていたエスターも、先の視察の件だとわかって安堵する。

ブリジットが施した土壌改善はもちろん、駄目押しの神聖魔法も効いたはずなので、視察は大成功だったと王家も認めてくれたようだ。

アデルバートから語られるのもオーナーからの感謝の言葉がほとんどであり、ステラリアの憂いは完全に断たれたと思ってよさそうだ。

「それで、花の件は解決したのだが……報告にあった、ブリジットを侮辱した輩と、〝神女教〟についてだ」

(ひっ⁉)

平和な話だと思ったのも束《つか》の間、凍えそうなほど冷たい声が落ちて、背中に嫌な汗が噴き出た。

ブリジットを害そうとした者に対して、怒りを覚えるのはよくわかるのだが……できれば殺気は抑えてもらいたい。

反応したヴィンスの手が、剣の柄《つか》にかかってしまっている。

「あ、あの、アデルバート様！　わたくしは大丈夫ですので」

「……すまない。怖がらせてしまったな」

すぐさまブリジットが声を張り上げると、殺気はサッとかき消えた。

容姿の麗しさから戦場よりも花畑が似合う王子という印象だったアデルバートだが、立太子できるだけの傑物《けつぶつ》ではあるらしい。

「……殿下は怒らせないように、気をつけましょうね」

「……そうだな」

こっそり隣のヴィンスと意思共有をしてから、小さく息を吐く。彼の指が完全に柄から離れたのを確認して、改めて聞くために姿勢を正した。

「話を続けようか。ブリジットに無礼を働いた愚か者については、こちらで対処しておくから心配はしなくていい」

（あ、これはあの男、処刑コースかな）

「本題は、彼らの性格が変わるきっかけになったといわれている、神女教という集団だ」

「……はい」

失礼男は王家に任せるとして、この神女教についてはエスターも気になっていた。

元の乙女ゲームには影も形もなかった存在であり、十六年生きてきた今世でも初めて耳にした名だ。もちろん、同僚たちも聞いたことがないと言っていた。

（これでも有力侯爵家に勤める身。もし王都で流行《はや》っているものなら、私たちの耳に入ってもおかしくないはずだけど）

残念ながら、エスターの情報網では何も入ってこなかった。

それはブリジットも同じだったようで、表情を強張《こわば》らせながら説明を待っている。

「私が調べられた範囲での話になるが、宗教と呼ぶには規模が小さいね。正直なところ、同好の集まりといったほうが相応しいと思う」

「では、宗教団体としての登録などもなかったのですね」

「ああ。むしろ、規模が小さすぎて探すのに苦労したぐらいだ」

苦笑を浮かべるアデルバートに、ブリジットは慌ててぺこぺこと頭を下げる。

王族の調査網をもってしても苦労するのなら、よほど小規模の集まりだったに違いない。

（ということは、神女教じゃなくて、神女同好会か神女サークルね）

そう改めると、一気に小物感が増した気がする。神なんて大層な名をしているからなおさらだ。

「でしたら、どうしてわたくしに話してくださった夫妻は、新興宗教だと思っていたのでしょう」

「一種の宗教めいた雰囲気を感じ取ったからではないかな。狂信者っぽいというか、盲信ぶりがなかなか危うい者もいるようだからね」

アデルバートは言葉を選んで説明してくれているが、ようはヤバいやつが多いということだ。

聖女とは完全に別物だと思ったほうがよさそうである。

「それから、彼らの関心の対象である『神女』については、個人を指す呼び名とのことだ。その個人が誰なのかまでは特定できなかったのだが」

「それは聖女とはまた別に、教会が定めた役職名ではないということですか？」

「教会は完全に無関係だったよ」

アデルバートが断言したことで、ブリジットは何かを考えるように俯く。

彼女自身も聖女の名を正式に与えられたわけではないが、あえて差別化された呼称に違和感を覚えるのだろう。

（ただのあだ名なら、お嬢様みたいに〝〇〇の聖女〟って呼べばいいだけだものね）

その一単語だけで、どういう女性なのかは大抵の人に通じる。

だというのに、わざわざ名前を変えているところが、また新興宗教っぽい。

（もっとも、人間を指す名前だってわかっただけでもよかったわ。本当に神の名を冠する〝何か〟

だった場合、ジャンルが乙女ゲームじゃなくてホラーになっちゃう）

前世ではオカルト系の動画もそれなりに漁《あさ》っていたので知識はあるが、現世では全くその手のものにかかわっていない。

魔法は使えども霊感はないのだ。……神聖魔法で祓《はら》えるかもしれないけれど。

「真剣に考えているところ悪いが、神女とやらはそんな大層なものではなさそうだよ。どちらかというと、その女性の信奉者の集まりというか、後援会？　親衛隊？」

（んん？）

アデルバートの発言で、また少し空気が変わった。

小規模で後援会めいた集まり。それも、盲信するような怪しい行動を起こす人々といえば、宗教よりも別の団体が思い浮かぶ気がする。

「……あっ！　アイドルの過激なファンクラブですね！」

（それだ‼）

ぱっと顔を上げたブリジットに、エスターも心の中で『いいね！』を送りつける。

確かに、愛が極まったファンたちの活動は、ある種の宗教めいて見えることが多い。

書籍や音源は複数買うのが当たり前。さらに極まったごく一部の者は、それを他者にも強要したり、貢いだ金額で優劣を決めたりと、怪しい言動には事欠かないのだ。

（つまり、神女とは『めちゃくちゃ応援してる最推し』……すなわち〝神推し〟のことなのね。それならあえて神の名をつけるのも納得だわ）

なーんだと胸を撫でおろすエスターとブリジットだが、一方で説明していた側のアデルバートは目を瞬いていた。

「ブリジット、あいどるとは何かな？」

「失礼いたしました！」

日本の言葉が通用していないのだと気づいたブリジットは、途端に顔を青くして頭を下げる。

同じく意味が通じてしまったエスターも、思いっきり視線を逸らして誤魔化した。

……そうだ、この世界にはアイドルという概念がないのだった。

「エスター、お前も知ってるな？」

「あなた本当に目ざといわね。お嬢様が説明してくださるから聞いてて」

幼馴染は本当にエスターの顔ばかり見ていて、護衛対象を見ていないのではと疑いそうだ。

視界の端ではブリジットが、アイドルとは何かをあわあわしながら説明している。

語源が偶像崇拝なので、あながち宗教でも間違いではないところが実は怖い。

「……なるほど、容姿や一芸に秀でた人気者のことか。だとしたら、今回特定できなかった神女とやらも、候補が挙がってくるかもしれないね」

アデルバートは納得してくれたのか、「可愛い呼び方だね」と共感もしている。

発案者などについてツッコまれなかったのはエスターからしてもありがたいが、今の返答は少し気になった。

「失礼ながらアデルバート様、ただの同好の集まりならば、放っておいても問題ないのでは？　わたくしも先の一件で被害らしいものを受けてはおりませんし、趣味の活動に干渉しても、得られるものがあるかどうか」

「それはそうなんだけどね。……ちょっと気になるところもあるから、一応ハッキリさせておきたいんだ」

どことなく言いづらそうに返答したアデルバートは、おもむろにソファから立つと、何故か向かいのブリジットの隣へ移動してきた。

突然の行動に、ブリジットは紅潮しながら驚いている。

「え、えっと?」

「ただの趣味活動ならそれでいいのだけどね。……この神女教とやらに、メトカーフ公爵家から資金が流れていた形跡があったんだ」

「……っ！」

穏やかになっていた空気が、再び固まったのがわかった。

メトカーフ公爵家は名の示す通り高い地位の貴族の一つだが、ブリジットにとっては非常に思うところのある家だ。

――この家の令嬢ハリエットが、ブリジットの唯一のライバルだったのだから。

(ライバルといっても、本人たちの仲が悪かったわけではないのよね)

正しくは、王家が選択したライバルである。

つまり、第一王子アデルバートの婚約者最終候補の二名というわけだ。

結果は今の通り。第一王子本人によって、コールドウェル侯爵家のブリジットが選ばれた。

政略的な優位性はほぼ互角、令嬢本人の実力も大差はなかったと聞いている。

それでもアデルバートがこちらを選んだのは性格的な相性か、単純に彼の好みだろう。

（ま、私のお嬢様を選んだ審美眼は認めるわ！）

ちなみに、ハリエットも一応『キミホシ』のシナリオに名前だけ登場している。

悪役令嬢ブリジットは残念ながらどのルートでも婚約を解消されてしまうので、主人公が王子ルート以外に進んだ場合は、彼女が王太子妃に繰り上がるのだ。

（ご本人も何度か見たことがあるけど、きれいで大人しい普通のご令嬢だったわよね）

候補として競っていた期間も、これといって嫌がらせがあったわけではない。

というより、結構あっさりとブリジットに決まったので、喧嘩《けんか》をする暇もなかった。

「……ハリエット様のお家が、何かなさっているのでしょうか」

いくらか間を置いてブリジットがこぼした声は、かすかに震えていた。

当人たちの認識はこんな感じだが、世間的にはハリエットとメトカーフ公爵家は負けた側だ。

ブリジットに逆恨みの感情を持っていてもおかしくはない。

「私としても、疑惑を否定したいところなんだ。ハリエット嬢は婚約者候補だったが、別に私との婚約を望んでいたわけではなかったからね」

「そう、なのですか？」

「ああ。今も稀《まれ》に話す機会があるけれど、平穏そのものだよ」

アデルバートはそう言って、ブリジットの細い手をしっかりと握り締めた。

「私が愛しているのは君だけだよ、ブリジット。だから安心してくれ。何かわかったら、すぐに報《しら》せよう。約束する」

「……はい」

二人はしっとりと見つめ合い、何やら甘い空気に戻っていく。

彼に任せておけば、調査は問題ないだろう。

（それにしても、ここでハリエット様が出てくるとはね）

本人は関係ない可能性もあるが、メトカーフ公爵家の資金が流れているファンクラブ（仮）の男にブリジットが侮辱されたのだ。

一部の者にしか公開していない〝氷魔法適性があること〟をあの男が知っていた点からも、残念ながら無関係とは考えにくい。

「……ヴィンス」

「メトカーフ公爵家と令嬢ハリエットだな。こちらでも周知しておく」

「お願いね」

阿吽《あうん》の呼吸で首肯する幼馴染を頼もしく感じつつも、モヤモヤした気持ちは拭えない。

特に問題のない、推し活動の一環ならいい。だが、その可能性は低いだろうという予感もある。

（ずっと平穏無事とはいかないか）

時間だけは今日も一見穏やかに、平等にすぎていく。

4章　ドレスと剣と幼馴染と

すっかり星輝祭の準備にかかりきりになった数日間だったが、もちろん祭りの準備以外の日常も並行してすぎていく。

特にブリジットは、侯爵令嬢であり間もなく王太子妃となる女性だ。

学ぶべきことは多岐にわたり、毎日忙しく勉学に励んで……いることはいる。

いや、彼女が不真面目という話ではなく。むしろ逆で、侯爵邸で学べる妃教育はほぼ終わってしまっているのだ。

しかしながら、せっかく雇った教師たちをお役御免にしてしまうのももったいない。

彼ら彼女らもブリジットと話せる時間を楽しみにしているそうなので、復習を兼ねた交流の時間というのが授業の実態となっていた。

また、最近はさらにその時間を有効活用するべく、ブリジットに仕える侍女たちが学べる場にもしている。

侍女なら、部屋に控えていたという理由で授業を一緒に受けられるからだ。

おかげでマナー教育の時間などは、ブリジットの傍に侍りたい女性使用人がたくさん立候補をしてくるほど。

普段から専属として控えているエスターは、勉強熱心な彼女たちのために、一時的に立場を譲ってあげるのだ。

(まあこう見えて、私はマナー教育終わってるし)

最初は養子として引き取られる予定だったこともあり、幼少期のエスターはブリジットの話し相手をしつつ、一緒に淑女教育を受けさせてもらっていた。

もちろんその一方で、掃除やらの雑用もやっていたので忙しかったが、何もできずに早逝した前世を思えば、充実した日々だったといえよう。

かくして、他の娘たちに侍女の仕事を譲ってあげたエスターは、現在手持ち無沙汰である。

一応数か所に手伝いが必要か聞いたものの、あらかじめ欠員がわかっていた使用人たちは、ちゃんと穴が空かないように人員を手配しており、エスターには「たまには休んでいていい」と言ってくれる者がほとんどなのだ。

屋敷の主人に似たのか、配慮ができる素晴らしい使用人ばかりで、エスターも鼻が高い。

(信じられないぐらいホワイトな労働環境だわ)

本当に、ありがたいことはありがたいのだが……こちらはあいにく仕事中毒だ。

ベッドに入っている時ならまだしも、お仕着せに着替えて出勤した状態では、休むとかサボるといった発想が浮かばないように鍛えられているのである。

「うーん、手隙の時間がもったいないわ。何かないかしら……」

「エスターはそんなに暇が嫌なの？」

「落ち着かなくてね」

ため息をこぼすと、近くにいた料理人たちが苦笑いを浮かべた。

ちなみに現在地はキッチンだ。置きっぱなしになっていた運搬用カートを発見したのでキッチンに戻して、また手持ち無沙汰になったところである。

（洗い物ぐらいなら手伝うけど、キッチンは料理人の聖域だからね）

一緒くたな屋敷もあるらしいが、侯爵家では料理人以外は調理に手を出さないことになっている。お邪魔をするのは、せいぜいお茶用のお湯を沸かして持っていくぐらいだ。

「それじゃあエスター、ちょっと差し入れに行ってくれない？」

「差し入れ？」

持ってきたカートを拭き終えた一人が、その上にお盆とガラス容器のセットを載せる。

グラスは四つ、ピッチャーには水とスライスされた柑橘《きんきつ》類が入っていた。

「もちろん構わないけど、これをどこに？」

「裏庭のほうに運動もできる広いところがあるでしょ。あそこにお願いするわ。今、ベンジャミン様が剣術の稽古をされているから」

「あ、そうなの？　初めて聞いたわ」

お願いね、と託されて、エスターは持ってきたばかりのカートを再び押していく。

考えるのは、目的地にいるベンジャミンのことだ。

（剣術の稽古の時間なんてあるのね）

ステラリア視察の時にも彼は護衛たちと同じ制服を着ていたが、実はそれほど剣技に長《た》けた人物ではなく、どちらかというと頭脳派なのである。

ゲームでも現世でもそこは変わらず、その優秀さゆえに分家から養子に選ばれた経歴だ。

なので、彼がわざわざ剣術を習っているのは意外だった。

（子どもの頃はいくらか義務で習うけど、本格的に剣術を修める必要はないはず）

分家出とはいえ、ベンジャミンは侯爵家の後継者だ。

常に護衛がつく彼に戦う術はそれほどいらないし、その時間を政治や領地運営を学ぶことに回したほうが建設的だろう。

にもかかわらず稽古の時間を取っているのなら、彼がそう望んだということ。

「意外と体を動かすのが好きなのかもね」

廊下の窓から見える空はよく晴れていて、心地よい天気だ。

こんな日に外で剣をふるっていたら、そりゃあ水分補給が必須だとエスターでもわかる。

「……ふむ」

おもむろに触れたガラスピッチャーは、体温よりもいくらか冷たい程度のぬるさだ。

内臓にはちょうどよさそうだが、外で運動をした後にはちょっと物足りないかもしれない。

「少しだけ、ね」

ピッチャーに触れたままの手に、ほんの少しだけ魔力を集める。

途端に、カランと爽やかな音を立てて、透き通った氷が水中に躍った。

（やっぱり便利よね、氷の魔法）

溶けることなく冷やせるという特性は、大変便利だ。

ヴィンスに見つかったら軽率だと怒られてしまいそうだが、よりよいものを提供できるよう努めるのは使用人として当然のことだ、うん。

「よし、じゃあお水がいい感じに冷えるのを待ってから、差し入れしようかな」

先ほどよりもきもち歩く速度を落として、エスターはゆっくりと進んでいく。

侯爵邸はどこもかしこも清潔に保たれているが、たまにはこうして遅い歩調で進むのも、違う視点からの確認ができて新鮮だ。

「やあっ！」

「お、やってるわね」

やがて裏庭が覗ける程度に近づいたところで、勇ましい声とカンと響く高い音が耳に届いてきた。

大人になりきっていない声の持ち主はベンジャミンだろう。

打撃音から察するに、稽古には木剣《ぼっけん》を使用しているようだ。

（木剣だって当たったら痛いのに、ずいぶん気合が入っているみたい。遊びで学んでいる様子ではなさそう）

息抜きではなく、ベンジャミンが本気で稽古に取り組んでいるのがここにいても伝わってくる。

そういえば彼は、先の視察でもブリジットを守れなかったことを悔やんでいた。

好きな女性のために頑張っているのなら、なかなか格好いい話じゃないか。

（ああ、見えた。意外と様になってるわ）

裏庭に出られる通用口をそっと開けると、少し離れた場所でベンジャミンが木剣をふるう姿が見えてきた。

汚れてもいい濃い灰色のシャツとパンツに、膝丈の丈夫な革ブーツ。

あどけなくも美しい顔には必死の表情が浮かび、滴《したた》る汗がここからでもわかるほど真剣に斬り込んでいる。

（……ん⁉　待って、相手の人⁉）

ベンジャミンの頑張る姿も素晴らしいが、彼の相手をしている人物に気づいたエスターは、思わず叫びそうになってしまった。

ベンジャミンの二倍はありそうな分厚い体に、目測二メートル近い長身。

体格の割には整った渋めの顔立ちは「ナイスミドル！」と称えたいぐらいで、燃えるような赤髪と同じ色の口ひげを蓄えている。

オジサマ好みの女性の心臓に、一撃必殺を決めそうな中年の男性なのだが、

（騎士団の副団長様じゃない！　そんな方に稽古をつけてもらってるの⁉）

何を隠そう、割ととんでもない立場のお方である。

当代の騎士団長はすでにおじいさんに足を突っ込んでいる年で、後方からの指揮と指導専門になっていると聞く。

つまりは、前線で騎士たちを動かすトップがこの副団長なのだ。

いくらコールドウェル侯爵家に勢いがあるとはいえ、こんな肩書きの者に剣術の先生役を頼めるとは、一体どんなコネがあるのだろう。

乙女ゲーム云々を抜きにしても、色々とすごい家である。

「……エスターちゃん？　何してるの」

「あ、お疲れ様です」

思わず立ち尽くしていると、通用口近くで控えていた護衛が片手を挙げて声をかけてきた。

以前も視察に同行した、ベンジャミン専属のジムだ。

ゆっくりとこちらに近づいた彼は、カートを見て嬉しそうに笑った。

「差し入れか、助かるよ」

「私は運んできただけですよ。それにしても、すごい方に稽古をつけていただいているんですね」

「ああ、副団長だろ。いつも依頼してるのは別の騎士なんだけど、ご本人が望んでたまに来るんだよ。あの方、うちにお気に入りがいるから」

「お気に入り？」

繰り返して訊ねれば、彼はニヤッと意地悪く口角を上げる。

わざわざ言うのなら、今教えているベンジャミンがそうではないと予想がつくが、ならばどういう意味のお気に入りだろうか。

（まさか、お嬢様を慕う組ってことはないわよね。あの方既婚者だもの）

ピンとこないエスターが首をかしげると、タイミングよくガランと何かが転がる音が響いた。

はっとしてそちらを見れば、木剣を弾《はじ》き飛ばされてしまったベンジャミンが、驚いた表情のまま固まっている。

が、すぐに気づき「すみません！」と謝りながらしゃがみ込んだ。

「いや、そろそろ休憩にしようか。だいぶ腕が疲れてるんだろ」

「しかし……」

「焦るなよ坊ちゃん。大丈夫だ、前よりはいい動きになってるぞ」

「あ、ありがとうございます！」

木剣を拾い上げたベンジャミンは子どものような無垢《むく》な笑みを浮かべると、副団長に深々と頭を下げる。

この様子だけでも、真剣に副団長を慕っていることが伝わってきた。

「坊ちゃん、お疲れ様です」

「ありがとう、ジム。……あれ、お前は」

「お疲れ様です、ベンジャミン様」

ジムと共に合流すると、彼はわずかに瞠目したが、今日はエスターが侍女ではない日だと思い出したようだ。

苦笑を浮かべながら「大変だな」とこちらのことも労《ねぎら》ってくれる。

「キッチンから差し入れです。どうぞ」

「ん、ありがたくもらおうかな」

早速冷えた水をグラスに注《つ》ぐと、彼は氷入りであることにすぐ気づき、嬉しそうに笑った。

もしかしたら、氷からブリジットを連想したのかもしれない。

グラスを一気に呷《あお》った彼は、はーっと長く息を吐く。遠目からでも汗をかいているのがわかるほどだったので、やはり喉が渇いていたらしい。

「……美味《うま》いな。なんだか力が漲るようだ」

「それは何よりです」

エスターがおかわりを注げば、今度はちまちまと舐めるように飲んでいる。

ただの水なのに味わうような姿に、エスターの頬も緩んでしまった。

（多分、氷に私の魔力の回復効果が乗ってるのね。余計なことは言わないけど、手助けになれたならよかったわ）

神聖魔法を使わずとも、聖女の魔力そのものにもわずかながら癒し効果があるのは、割と有名な話である。

体力消耗していたベンジャミンにとって、経口補水液代わりになったなら何よりだ。

「副団長様にもお持ちして大丈夫でしょうか」

「ああ、召し上がると思うよ」

エスターが託されたグラスは四つだ。ベンジャミンと副団長、それからジムの分と……もう一つは予備だと思われる。

（私の分ではないものね。侍女が話しかけても怒らない方だといいけど）

念のためベンジャミンにも了承を得てから、少しだけ近づく。

ところが、稽古を終えたはずの彼は、何やら自分の荷物を広げていた。

（まだ何かするのかしら？）

何事かと見ていると、騎士団で訓練に使うという刃を潰した剣が二本取り出される。

教える時に用いる木剣とは違い、刃はなくとも素材は鋼鉄。威力は比にならない。

「待たせたな！　さ、やろうぜ」

「……わかりました」

（えっ⁉）

木剣の代わりに訓練剣を構えた副団長は、ウキウキした様子を隠さずに声をかける。

そして、答えたのは……木陰から現れたヴィンスだった。

「ヴィンス？　どうしてここに」

「最初からいたぞ。そこだと危ないから、もう少し下がってろ」

どうやら通用口からだと、ちょうど植樹の陰になっていて見えなかったようだ。

なんてことないようにエスターを下げた彼は、副団長から訓練剣を受け取り、慣れた様子で二、三度ふってみせる。

「なんでヴィンスがベンジャミン様の稽古に参加しているのかしら」

「さっき言っただろ？　あいつが副団長様のお気に入りだよ」

「ヴィンスが!?」

再度合流したジムに指摘されて、思わず声が裏返ってしまった。

確かに、彼はブリジットの専属護衛を任せられるだけあり、侯爵邸で雇われている中では随一の強さだと言われている。

だが、所詮は一貴族の私兵だ。国が誇る武力機関の、それもバリバリ前線に立つ副団長に気に入られるほどとはエスターも思っていない。

「エスターちゃんはお嬢様の近くにいる分、ある意味常に守られてる立場だからなあ。いい機会だから見ておきなよ。……あいつめちゃくちゃ強いから」

「そんなに、ですか」

それまで笑っていたジムの空気が変わったのを感じて、エスターも息を呑む。

言われてみれば、エスターはブリジットを最優先にしてきたので、ヴィンスが戦っている姿を見たことはない。

心を乱されるような現場を主人に見せないことも、侍女の仕事だからだ。

最悪の事態になればエスターが魔法で戦う覚悟もあったが、優秀な護衛に守られているおかげで、この十年大変だったこともなかった。

(素振りとか練習なら覗いたことはあるけど、知らないと言われたらその通りね)

エスターが姿勢を正すと、釣られたのかベンジャミンも背筋を伸ばして観戦態勢になる。

だんだんと張りつめていく空気の中――最初に動いたのは、副団長のほうだった。

（速い‼）

あの巨体でどうやって速度を出すのか。

目で追うのがやっとの一振りに、しかしヴィンスは的確に対応する。

「ッ！」

ギンッと響いた重い音に、エスターは両手を強く握った。

木剣がぶつかる軽い音とは全然違う。これは、まさしく剣戟《けんげき》の音だ。

「お、これを受けきるか。さすがだな、ヴィンス！」

互いに地面を踏み込んだと思えば、再び重いぶつかり合いが二撃、三撃と続く。

重なる度に間に火花が飛び散る様が、いかに激しい攻撃であるのかを物語っていた。

「すごい……」

「でしょう？　あの方が坊ちゃんに『強くなりたいならヴィンスに教われ』と言っていた理由がわかりましたか？」

「ああ……ここまでとは、思わなかった……」

ベンジャミンも二人の訓練に釘《くぎ》づけになっているようだ。

ジムと話す彼はどこかぼんやりしており、見つめる目だけが爛々《らんらん》と力を持っている。

もちろんそれは、同じ場にいるエスターも同じだ。

（すごいすごい……私の幼馴染、強かったんだ‼）

剣術の知識のない身からすれば、専門的なすごさは全くわからない。

けれど、彼らのそれが〝戦い〟であり、とてつもなく高次元であることはわかる。

体は踊っているように軽やかなのに、耳に届く音は重く力強い。

強烈に、鮮烈に、彼の剣戟の軌跡が目に焼きつけられていく。

「かっこいい……」

――こんなの、見惚れる以外にどうしろというんだ。

「……ははっ、やっぱり、年には勝てない、なッ！」

「ご冗談を」

さらに驚くことに、先に息が上がり始めたのも副団長のほうだった。

風を斬る音に呼吸が交じり始め、ぶつかる間隔が少しずつ長くなっていく。

「…………」

無論、打ち合っている本人たちもそれは感じ取っていたのだろう。

思いっきりガンッとぶつけ合った後、どちらからともなく訓練剣を払った。

ダンスの終わりのような、名残惜しくも美しい所作に、ベンジャミンがため息をこぼす。

最後の最後までキレのある、素晴らしい手合わせだった。

「っあー！　やっぱりいいな！」

「光栄です」

が、次の瞬間に副団長が歓声を上げたことで、緊張した空気は霧散してしまった。

満面の笑みを浮かべた彼は見るからに汗だくだが、同時にとても満足げだ。

「エスターちゃん、二人に飲み物持ってってあげてくれるか？」

「あ、はい！」

異質な空気に呑まれていると、ジムからそっと耳打ちされて、急いで二人分のグラスを用意する。

そのまま勢いで差し出せば、副団長はニコニコしながら受け取り、一気に飲み干した。

対するヴィンスは何か言いたげだったが、静かに受け取ってゆっくり飲んでいる。

……多分、氷がエスターの魔法製だと気づいたのだ。相変わらず目ざとい男である。

（それにしても……）

副団長が全身全霊といった様子なのに、ヴィンスは平然としたままで汗一つかいていない。

いくら副団長がベンジャミンの指導後だったとはいえ、ここまで差が見えると無知なエスターでも察してしまう。

ヴィンスが、彼に並ぶ実力者なのだと。

（騎士団の、副団長様相手に？）

にわかには信じられないが、汗だくの副団長を見れば手加減をしていたとは考えにくい。

となればやはり、ヴィンスめちゃくちゃ強い説が信憑性《しんぴょうせい》を増すのだ。

乙女ゲーム『キミホシ』では、一貴族邸の門番にすぎなかったサブキャラクターが、現実ではここまでの進化を遂げることになるなんて。

おそらくきっかけの一つであるエスターとしても、感慨深い。

（私やお嬢様も大幅に変わったけど、一番変わったのはヴィンスなのかも）

共に育ってきたつもりだったが、いつの間にかエスターは置いていかれたのかもしれない。

そう考えると、少しだけ寂しい気もした。

「やっぱりお前の強さは群を抜いているな、ヴィンス。もう何度目かの誘いにはなるが……そろそろ騎士団に入るつもりはないか？」

「騎士団⁉」

副団長の熱のこもった誘い文句に、思わずエスターが声を上げてしまった。

言うまでもなく、騎士団は国の剣であり盾、誉れ高き公職だ。

剣を握る者の大半が目指す頂きでもある。

（お嬢様の専属護衛とはいっても、所詮は雇われの私兵だもの。騎士になれば、今よりもヴィンスの立場はぐっとよくなるわ！）

驚きと喜び半々の感情でエスターはヴィンスを見つめる。

……が、彼は複雑そうに眉を顰めると、ぐいっとエスターの肩を抱き寄せてきた。

（え）

「いつも通りの返答で申し訳ございませんが、お断りさせていただきます。こいつのいない職場は、俺にとって何の意味もありませんので」

（断るの⁉）

あまりにも淡々と、当たり前のように「お断り」をするヴィンスに、こちらが困惑してしまう。

それも、理由が幼馴染の小娘のためだなんて。そんな理由で昇進を断るなんて。

「ヴィンス、どうして⁉　騎士って、なりたくてもなれない仕事よ⁉」

「そう言われてもな。俺は別に、剣を極めたくて鍛えたわけじゃない。俺と相性がよくて、かつお前の傍にいるのに一番ちょうどよかったから、剣を覚えたんだ。弟君のように頭がよかったなら、執事とか室内勤めの職を目指していた」

「えええ……」

ヴィンスの声には一切迷いがなくて、ますますエスターは困る。

うっかり胸元に掴みかかったら、そのままぽすりと両腕が背中に回されていた。

「自覚しろ、エスター。俺の関心ごとは、十六年前からお前だけだぞ」

「十六年前だと赤ん坊よ。私のために断るなんて、もったいない……」

「あーお二人さんや、副団長様の前でイチャつくのもほどほどになー」

向き合ってぶすくれていると、横からジムの茶化すような声が聞こえてくる。

はっとして揃って姿勢を正せば、副団長はお腹《なか》を抱えたまま震えていた。

「あ、あの、失礼いたしました……？」

「……っふは、悪い……ちょっと待ってくれな……！」

おっと、これは笑っているのか。

分厚い筋肉質な体をくの字に曲げて、ぷるぷると震える彼は、先ほど素晴らしい剣戟を繰り広げていた人物とは別人のようだ。

……それから十秒ほど待って、彼はようやく顔を上げてくれた。

鋭い眦《まなじり》に、拭いきれていない笑い涙をそえて。

「いやー面白かった。断られるのはいつものことだが……そうかそうか、お嬢ちゃんがヴィンスの姫君か！　ただの口実かと思ってたが、実在したとは」

「そ、そんなに何度もヴィンスはお断りしてたんですか⁉」

「おう。もう数えるのもやめちまったな！」

からからとなおも笑う副団長だが、こちらはそれどころではない。

名誉なお誘いを何度も断っているって、どんな失礼な男だ。

国中の騎士を志す若者たちから刺されてもおかしくない。

「……ああ、なるほど、確かに。これは侍女にしとくのはもったいない美少女だな。もし貴族のご令嬢だったら、今頃引く手数多《あまた》で大変なことになってるだろうよ」

「侍女でも大変なので、俺がこうなったんですが」

「違いない！　実物を見たら納得だ」

副団長はうんうんと頷き、一人で勝手に完結してしまう。

いや、何がどう納得なのか、エスターに説明してくれていい場面だと思うのだが。

「副団長様、えっと」

「お嬢ちゃん、こいつはあまり語らないだろうから知っておいてくれ。こいつの剣術は、ほとんど自己流だ」

「は、はい」

ヴィンスがちゃんとした剣術を習っていたとは、エスターも聞いたことがない。

そもそも彼は孤児の出だ。寄る辺のない身一つで、エスターを追って侯爵家まで来てくれたのだから。

そんな彼の技術が、独学であることに驚きはしないが。

「師に教わって身についたもんじゃなく、必要だから会得した〝戦うため〟の術《すべ》だ。そんなやり方で、この騎士団副団長が欲するほどの実力にいたった」

背中に回ったままのヴィンスの手に、少しだけ力がこもる。

「そうまでした理由は何か――誰のために、強くなったのか。……わかるよな？」

パチンとウインクした副団長に釣られて、未だくっついたままのヴィンスに視線を戻す。

……触れている胸板は厚くて、がっしりとした、エスターとはまるで違う鍛えられた体だ。

かつて幼いエスターをあやしてくれた〝お兄ちゃん〟のヴィンスは、こんな体つきをしていなかった。

(もっと頼りなくて、二人で寄り添ってやっと一人分ぐらいしかなかったのに)

エスターよりもずっと背が高くて、しっかりしていて、どんな困難も跳ねのけてしまいそうな立派な男性がそこにいる。

なのに、こちらの視線に気づいたヴィンスは、宝物を見つめるように微笑んだ。

日頃あまり感情を表に出さない彼が、エスターにだけはいつも見せてくれる瞳。

柔らかくて、陽《ひ》だまりのような、優しい笑い方を。

（あ、これは、駄目だ）

頬が炙《あぶ》られたように熱くなって、思わず彼の胸元に顔を押しつける。

それがますます『イチャついている』ように見えることなんて、気づける余裕もなかった。

「ははっ！　見込みがないわけじゃあなさそうだな。しかし、やっぱり惜しいぜ。お前なら即戦力として、騎士団でもいいところに置けるのに」

「お嬢様が第一王子殿下のもとに嫁ぐ際には、おそらくこれもついていくでしょう。その時は俺も、近衛騎士に加えていただこうかと思ってます」

「あー近衛かぁ……あそこはうちの管轄とは微妙に違うんだが。まあ、同僚として働けることを楽しみにしてるさ」

副団長はまたからからと笑いながらも、気を取り直して「続きやるか！」と声を上げている。

あれだけ打ち合いをしておいて、よく体力がもつものだ。

「……エスター、稽古を再開するから離れてくれるか？」

「ごめん!!」

そして当然、くっついたままの侍女など邪魔でしかない。

慌てて離れると、彼はちょっと名残惜しそうに笑いながら「またな」と小さく手を挙げた。

……いやいや。ヴィンスがそんな色男のような所作をすること自体、エスターにとっては想定外もいいところである。

「大丈夫か？　気をつけて戻ってな」

「あ、はい」

こうなると、ニヤニヤ笑っているいつも通りのジムに、逆に安心してしまうぐらいだ。

そそくさとグラスを回収したエスターは、全てをカートに載せて、大急ぎで裏庭を後にする。

「かっこいいな……僕もあんな風に」

去り際、妙にキラキラした目でヴィンスを見ていたベンジャミンについては、今はとりあえず流しておこう。


「お帰りエスター。……どうしたの？」

「……なんでもないわ」

そのまま慌ただしくキッチンまで駆け抜けたエスターは、プロ侍女らしからぬ空気のままカートを返却した。

言われなくても、顔が真っ赤であろうことは自覚している。

こんなに感情を堂々と出しているところをブリジットに見られたら、心配されてしまいそうだ。

「具合が悪いわけではないのね？　もし辛かったら、そこの椅子使っていいから」

「うん、ありがとう。ちょっと頭を冷やしたら仕事に戻るわ」

素直に案じてくれるキッチンメンバーに礼を告げて、人気の少ない廊下へと歩み出る。

……誰もいないことを確認してから、壁にもたれかかり、すとんとその場にしゃがみ込んだ。

服越しに伝わる冷たい壁の感触が、今は心地いい。

(こんな風に惑わされるつもりはなかったのに……調子が狂うわ)

よもや、攻略対象以外のところがあんな格好いい言動を取るなんて、反則ではないか。

(ヴィンスも厳密には無関係じゃないけど！　でも、あんな成長の仕方をするとは思わないじゃない……そりゃ、もともと格好いい顔だけどさ！　サブキャラだったじゃない‼)

ふいに、先日の衣装選びの光景が頭に蘇る。

真剣な表情で囁かれた『妹だと思ったことはない』という声が。

顔が熱い。お腹の中も熱い。ヴィンスに触れていた部分も全部、熱くてたまらない。

「……私をどうしたいのよ、あの男はもおお……っ！」

頰を両手で押さえつけて、やたらと暴れている心臓が落ち着くのをじっと待つ。

――その質問に答えられる者には、きっとまだ聞けない。

＊　＊　＊

エスターが何を考えようとも、日々は残酷なほど平等にすぎていく。

一大イベント星輝祭の開催までも、残すところあと三日だ。

花屋の店先には開花間近のステラリアが並び、飾り布を張ったり屋台を組み立てたりと、祭り前特有のそわそわした空気が街に溢れている。

そんな中、当日までは通常業務をしっかりこなすよう言われている侯爵邸の使用人たちは、平穏

な日常を守るために慌ただしく働いているのだが、

「エスター、弟君のお前への好感度がまた赤に近づいているんだが」

（またか）

お茶を取りに行くだけのエスターについてきた図体《ずうたい》のでかい男に、小さくため息をこぼす。

あの稽古の日からヴィンスとの関係が変わったのかと言われれば、特に何もない。

正直、多少は恥ずかしくなったりするのかと思っていたが、ずっといつも通りのままだ。

まあ、もともと幼馴染として二人ですごしていたので、変わるところが特にないというのもあるが……ただ一点、彼の様子がおかしくなった部分がある。

それは、エスターとベンジャミンとの仲を指摘してくるようになったことだ。

ヴィンスと二人になる度に聞いてくるので、正直辟易《へきえき》している。

「何度も言うけど、ベンジャミン様から私への評価が上がっているのは、全部あなたのせいよ」

「何故俺がかかわるんだ？　これは好意の指標なんだろう」

「あなたが『私のために強くなった』と言ったからよ！　上がったように見えるのは私個人への好感度じゃなくて、〝ヴィンスが守る女〟という評価なの！」

すでに同じ問答を何回も繰り返しているのに、しつこく聞いてくるから困ってしまう。

（一体何が気になるのかしら、全く）

少し前ならエスターも気にしたかもしれないが、ベンジャミンの想い人がブリジットのまま変わっていないのは誰が見ても明らかだ。

そして、稽古の日から変わったのは、ヴィンスへの評価なのである。

（お嬢様を守りたいと思っていた彼にとって、〝私のために剣技を極めた〟と豪語したヴィンスは、立場を抜きにして憧れるわよ。その強さもね）

今のベンジャミンがヴィンスを見る目からは、尊敬と憧憬がひしひしと伝わってくる。

ブリジットや他の同僚たちにも「ベンジャミンとヴィンスの間に何かあったのか」とよく聞かれるので、顕著な変化なのは間違いない。

（ついでに、ベンジャミン様が私に訊ねてくる内容も、ヴィンスにかかわる話だけなんだもの。昔のこととか、私を守った武勇伝はないのか、とか）

そこにエスター本人への関心は一切、全く、欠片《かけら》もないのだ。勘違いのしようがない無関心ぶりに、女として寂しくなるほどである。

だというのに、何故エスターとの仲を彼が気にするのか、さっぱり謎だ。

「私はベンジャミン様のことを何とも思っていないし、あちらも私のことは『自分の好きな人の付属品』ぐらいにしか思ってないわよ。何度も言ってるのに信じられない？」

「つまり、お前がただの側付きではなく、もっといい女だと弟君が気がついたということだろ」

「もう、ヴィンス！」

ティーセットを載せたカートを押す手を止めて、背後に立つヴィンスに向き直る。

あの日の自信満々な様子は鳴りを潜めて、不機嫌そうに拗《す》ねた幼馴染がそこにいた。

「言いたいことがあるならはっきり言ってよ。何がそんなに疑わしいの？」

「別に疑わしいわけじゃない。……星輝祭で、お嬢様は第一王子にエスコートされる予定だろう？　そうすると弟君が一人だから、パートナー役にお前が選ばれるんじゃないかと聞いたんだ」

「私が？　ありえないわ。侯爵家のご令息の相手なんだから、どこかの令嬢がパートナーに決まってるじゃない。私はただの侍女よ？」

「だが、お前は……」

「ヴィンス」

ぎゅっと彼の制服の袖口を引っ張る。

ヴィンスは一瞬瞠目した後、真剣な眼差《まなざ》しでこちらを見つめ返してきた。

「あなたは、星輝祭で私とベンジャミン様を組ませたいの？」

「逆だ。お前のエスコート役を弟君に譲りたくないから、言っている」

「ベンジャミン様だって譲られても困るわよ。私はパートナーが必要ならヴィンスにしか頼まないわ。だいたい、貴族とは祭りの会場が違うのは、あなただって知ってるでしょ、もう」

「……そう、だな」

ヴィンスはまだ何か言いかけたが、曖昧に笑って頷いた。

妙なほどぐいぐい押してきたかと思ったら、急に不機嫌になったり沈んだり、忙しい男だ。

（副団長様にはあんなに自信満々に宣言していたのに、変なの）

色恋を捨てようと思ったエスターを散々混乱させたのだから、それを貫けばいいのに。

（……そりゃ、あんまりぐいぐいこられても困るけど……）

頬に上りかけた熱を、気合で鎮める。

とにかく、返答を聞けたエスターは彼の袖から手を離し、またカートを押していく。

目的地であるブリジットが待つ部屋は、今日は私室ではなく応接室だ。

お湯が冷める前に合流しなければと足を速めて向かっていくと、

「お帰りなさい、エスター。今ね、星輝祭でのあなたのパートナーをベンジャミンに頼めないか話していたところだったの」

扉を開けた瞬間にブリジットからかけられた声に、思わず転びそうになってしまった。

(いや、原因あなたですか!!)

まさかのオチに言葉が出ない。

ヴィンスが悶々《もんもん》としていたのは、これをもっと早くから聞かされていたからのようだ。

「……こういうこと?」

「お嬢様第一のお前なら、提案されたら断らないだろう」

「そりゃ普段はそうだけど……いつから出てたのよ、この話」

確かに、エスターはブリジットの頼みなら、極力叶えたいと思っている。

しかし、だからといって幼馴染との先約を反故《ほご》にするほど愚直ではないし、何よりベンジャミンがエスターを望んでいないことも知っているのだ。

「ご冗談はおやめください、お嬢様」

「冗談のつもりはないのだけど」

カートを押して中に入ると、応接用ソファで向かい合っているベンジャミンも、かなり困った様子で苦笑している。

二度も本命から別の女性を提案されるなんて、弟という立場も憐れなものだ。

「あなたとベンジャミンが二人で話していたというのも聞いたし、先日は剣術の稽古に差し入れもしてくれたのでしょう？　もしよかったら、と思って」

（うわ、どこから話が漏れたのかしら）

別に口止めはしていないので伝わっても仕方ないが、『恋の祭りのパートナー役』にかかわってくるのなら、そこはまずエスターに確認してほしいものだ。

「せっかくのご提案ですが、お嬢様。侍女などを宛がってはベンジャミン様に対して失礼ですし、星輝祭は私もヴィンスと先約がありますので」

「あっ、そうだったのね！　ごめんなさい、勝手なことをして……」

なるべく優しい声で、けれどしっかり断りを告げると、はっとしたブリジットはエスターとベンジャミンに対して頭を下げた。

彼女に悪気は一切なく、単純に先約を知らなかっただけのようだ。

むしろ、エスターが祭りに一人で参加しなくていいように、気遣ってくれたのだろう。

「ヴィンスもごめんなさいね。知らなかったとはいえ、失礼なことをしてしまったわ。決して命令じゃないから、エスターと楽しんできて」

「謝罪など不要です。ですが、お気遣いいただき感謝します」

続けてヴィンスにも謝罪が伝えられ、彼の表情もはっきりと和らいだ。

……エスターがお嬢様第一なのは事実だが、それ以外をないがしろにする女だと思われるのは心外なので、今後は少し気をつけることにしよう。

「姉様、お話しした通りでしょう？　ヴィンス先生の邪魔をする気は、僕にはありませんって」

（ヴィンス先生⁉）

聞いたことのない呼び名に、またしても転びそうになる。

どうやらベンジャミンは、こちらが思っている以上にヴィンスを尊敬しているようだ。

エスター同様に驚くヴィンスに、爽やかな笑みを浮かべて親指を立ててくる。

「ま、まあ、俺は弟君が敵にならないでくれるのなら、大変ありがたいですが」

「とんでもない話です！　先生のお手伝いをすることはあっても、邪魔など断じていたしません。僕でよければ、いつでも協力させてください！」

「はい……ありがとう、ございます……」

つい先ほどまで疑っていた人物から強力な善意を向けられて、ヴィンスはバツが悪そうに一歩後ずさる。

面白いことになっているが、これでヴィンスが仲を疑ってくることは二度とないだろう。

ひとまず星輝祭のパートナー話は解決したとして――次の問題だ。

「それでお嬢様。アバネシー服飾店からの連絡は、まだ来ていない感じですか？」

「ええ、残念ながらね」

エスターが淹《い》れたお茶を受け取ったブリジットは、白い顔に憂いを浮かべる。

ブリジットが今応接室にいるのは、決してパートナーの話をするためではない。

本日、件《くだん》のアバネシー服飾店からドレスが戻ってくる予定だったからだ。

（予定では、朝の十時前後に来ると聞いていたのだけど）

ちらりと備えつけの時計を見れば、そろそろおやつの時間だ。

ベンジャミンがこの部屋にいるのも、心配して様子を見に来たのが理由である。

（あの突然来る王子様でもあるまいし、アバネシー先生が約束を違《たが》えるなんて）

祭りまで余裕があるとはいえ、何の連絡もないのはおかしな話だ。

特に、オーダーメイドドレスは単価の高い品なので、取り扱いが適当になるとは考えにくい。

「……やっぱり、お店で何か問題があったと考えるのが妥当でしょうか」

「そうなのよね。星輝祭前でお忙しいだけなら、いいのだけど」

「あの服飾店には、ドレスを何度か納品してもらっていますよね。いくら繁忙期とはいえ、報せの一つもないのは僕も気になります」

ベンジャミンもカップは手に取ったが、口はつけずにゆらゆらと中のお茶を揺らしている。あまり彼らしくない、不安げな仕草だ。

領地経営について学んでいる彼は、商売は信用が命だとわかっているからこそ、状況を案じているのだろう。

（それに、正直楽観視しているのもまずい気がするのよね）

そっと視線を窓の外へ向けると、半透明の小さな光がふわりと飛んで消える。

あれは幽霊ではなく、精霊と呼ばれる存在だ。

基本的に目視はできないものの、何か問題があったり地場が乱れたりすると、こうして知覚できることがある。

何より、エスターは一応聖女になりうる者だ。彼らが騒ぐ様子を肌で感じ取れてしまう。

「エスター？」

「失礼いたしました。虫の知らせといいますか、どうにも胸騒ぎを覚えまして……」

【そうか、エスターは聖女の力があるはずだものね。何か感じるのかも】

正直に答えると、ブリジットは日本語で呟いた。

彼女のゲーム知識でも気づいてくれたなら、提案してみても大丈夫なはずだ。

精霊が乱されるような場となれば、魔法に長けた者が行くべきなのだから。

「お嬢様、もしよろしければ、私がアバネシー先生の様子を窺ってきても構いませんでしょうか。ただお仕事が忙しいだけならよいですが、そうでないならこちらから出向いてみるのも手ではないかと」

「それなら、わざわざエスターに行ってもらわなくても大丈夫よ。万が一のことも考えて、誰か男手を頼みましょう」

「いえ、実は私のワンピースの手直しも依頼しておりまして。私事を挟んで恐縮ですが、受け取りも兼ねているので行かせていただけると助かります」

「……でも、あなたみたいなきれいな子を一人で行かせられないわ。今は特に星輝祭前で、街にも人が増えているでしょうし」

ブリジットが本当に心配そうに瞼を閉じたのを見て、過保護ぶりに苦笑してしまう。

侍女なんて、一人でお使いをするのは当たり前なのに。

（第一、例のブローチをつけていけば、私の主が誰なのかは明白。よっぽどのお馬鹿さん以外は手を出したりしないわ）

ねえ、と同意を求めてヴィンスと視線を合わせると、彼はわずかに驚いた後、「わかった」と言って頷いた。

「お嬢様、俺がエスターに付き添います」

「え、その『わかった』だったの？」

そんなお願いをしたつもりはなかったのだが、ヴィンスはキリリとした顔で『任せろ』と言わんばかりの様子だ。

これに喜んだのは、ブリジットではなくベンジャミンである。

「姉様、ヴィンス先生が一緒なら絶対に大丈夫ですよ。店の様子を見てきてもらいましょう」

「……そうね。二人なら大丈夫そうだわ」

（ヴィンスの信頼が厚いわあ）

まあ、あの稽古を見たエスターにも、並大抵の賊では太刀打ちできないことはわかる。

それに、エスターだってやろうと思えば全属性の魔法を使えるのだ。これでも見た目ほど弱くはない。

「それじゃあ急だけど、行ってもらっていいかしら、エスター」

「はい、お嬢様。お任せください」

恭しく礼をするエスターに、ブリジットも微笑んでくれる。

さて、そうと決まれば善は急げだ。

この屋敷からアバネシー服飾店まで、徒歩で行けば日が暮れてしまう距離がある。近くで辻馬車《つじばしゃ》を拾えればいいが、早めに動くに越したことはない。

「姉様、動かせる馬車はありましたっけ」

「すぐに確認しましょう」

「当家の馬車ですか⁉　それは駄目ですよ！」

と思っていたら、ベンジャミンがえらい提案をしてきた。

送迎や付き添いならわかるが、一介の侍女が屋敷の馬車でお使いさせてもらうなんてありえない話だ。しかも侯爵家の馬車は、エスターの給金で何年分かかる代物か、考えるだけで恐ろしい。

「お二人とも、お気遣いはありがたいですが、馬車でお使いはいくらなんでもいけません。御者も困るでしょうし。俺が馬を駆っていきますので、足はご心配なく」

「ヴィンス先生は乗馬もお上手なのですね！」

「……いつもお出かけの際は随行しておりますが」

ますます目を輝かせるベンジャミンに、ヴィンスは何とも言えない表情で首肯する。

どうやら彼は、馬車の横を走っていた護衛とヴィンスが同一人物だと忘れているらしい。

恋は盲目とよくいうが、尊敬もたまに盲目にさせるようだ。

「なるべく急いで参りますので。弟君、俺が不在の間、お嬢様をお願いします」

「は、はい！　任せてください！」

『頼りにしている』ようにヴィンスに言われたベンジャミンは、やる気満々に頷いた。

ヴィンスに敬意を寄せる彼にとって、護衛対象を託されるなど誉れに違いない。

（まあ、普通に別の護衛が控えてるけどね）

そのままエスターはヴィンスに手を掴まれて、応接室を後にする。

「……年下の扱いが上手ね」

「俺もこの仕事が長いからな」

まだ二十歳の若者とは思えない貫禄《かんろく》を漂わせるヴィンスを笑いながら。

二人は一度使用人棟に戻って身支度を整えると、馬のいる厩舎《きゅうしゃ》へと急いだ。


「……ありゃ、ヴィンスさんとその姫か。どうしたんです？」

（姫⁉）

屋敷の裏に用意された厩舎へ行くと、馬番の古参使用人が和やかに会釈をしてきた。

侍女はあまり近づかない場所だが、手入れが行き届いているのか、それほど匂いが気にならないのがありがたい。

それはさておき、姫とはどういうことか。そう認識しているのは、副団長だけではないのか？

「えっ、ど、どういうこと？　私が『ヴィンスの姫』とか言われてるのは、共通認識なの⁉」

「急ぎで街まで行くことになったんだ。どれか出してくれ」

（流された⁉）

エスターのツッコミは揃ってスルーされ、馬番は笑いをこぼしながら一頭の馬に馬具を装着していく。ふざけているように見えて作業は素早いところが、彼の仕事の長さを物語っていた。

「別にあだ名ぐらいいいけど……深い意味はないんでしょうし。でも、私はお姫様なんてガラじゃなくない？」

「見てくれは充分姫だぞ」

「顔立ちはお母さんの功績だし。それにしても、こういう時にヴィンスが専属で助かったわ」

最後に頭絡《とうらく》に手綱を取りつけて、準備万端になった馬が慣れた雰囲気で近づいてくる。

当然だが、馬たちも全て侯爵家の財産だ。勝手に動かすなど本来は許されないが、それぞれの専属となっている護衛たちは、自身の判断で借りることができるのだ。

乗る機会も多いため、馬たちはヴィンスやジムをはじめとした護衛に懐いているのも助かる。

「なるべく気性の穏やかな子を選びましたが、姫はどうぞお気をつけて」

「お気遣いどうも。どっちにしても、私は一人で馬に乗れないんだけどね」

「知ってる。ほら来い、お姫様」

エスターが答える前に脇の下に両手が入り、ひょいっと抱き上げられる。

「うわ⁉」

そのままぽすんと鞍《くら》の上へ。間髪入れずにヴィンスも背後に乗り込み、さっと手綱を摑んだ。

「こ、この年で高い高いされるとは……」

「いいからさっさともたれかかれ。ほら、行くぞ」

エスターが微妙にショックを受けている間にも彼は馬を器用に操り、さくさくと屋敷の門をくぐり抜けていく。

子どものような扱いは若干屈辱だが、重いと言わなかっただけ及第点としておこう。

「私が平民でよかったわね、ヴィンス。これがお嬢様だったら、対応が失礼で解雇案件よ。年頃の女性をあんな風に抱き上げるなんて」

「心配しなくても、ご令嬢を馬に相乗りさせる予定はない」

それはそうだ。

気を取り直して前を見れば、大きな屋敷が並ぶ風景がぐんぐん遠ざかっていく。

普段は車窓から眺める景色が視界いっぱいに広がるのは、なかなか壮観だ。

「いい眺めね……風も気持ちいい」

「気に入ってもらえたなら何より。……それで、さっき言ってた虫の知らせってのは？」

「ああ、ある意味そのままよ。精霊たちが騒いでたから気になってね」

一部では信仰の対象でもある精霊を虫扱いしたら怒られそうだが、今回は胸騒ぎがしたという意味なので流してもらおう。

今もじっと目を凝らせば、時折チカチカと光る彼らの姿がある。

馬上からでも確認できるぐらいなので、騒ぎの現場は大変なことになっていそうだ。

「精霊か。神聖魔法が使えると、そういう存在も見えるのか」

「普段はほとんど見えないんだけどね。でも、魔法にかかわる問題が起こったりすると、なんとなく感じ取れるのよ。状況的にアバネシー先生が来られないのも関係ある気がするの。あの方、これまでも時間はちゃんと守ってくださったでしょう？」

「違いない」

エスターのお腹に回った手にぐっと力が入ると、馬の速度も同時に上がる。

……今気づいたのだが、ヴィンスの左手がお腹にあるということは、彼は右手一本で手綱を操っているようだ。

いくら慣れているとはいえ、器用な男である。

（……相乗りって、結構近いのね）

落ちないように支えられているので当然だが、エスターの背中はぴったりとヴィンスの胸元にくっつき、彼の鼓動が伝わってくるほどだ。

つまりは、後ろから抱き締められているのだと気づいて、なんだか気恥ずかしくなってくる。

腕の中にすっぽり収まってしまう体格差や、手綱を握る手の力強い動きなど。

（間近で見ると、頼もしくてドキドキするかも……）

「エスター、落ち着かないだろうがしっかり寄りかかってくれ。落ちるぞ」

「わ、わかってるわ。ごめん！」

つい身じろいでしまえば、背後から注意が飛んでくる。

慌てて彼に体を預けたが、一度意識してしまうと、心臓が早鐘を打って止まりそうにない。

（そんなこと考えてる場合じゃないのに。……ヴィンスに顔が見えなくてよかった）

今のエスターが思い切り赤面していることは、鏡を見なくてもわかってしまったから。

ほどなくして、貴族の邸宅区画を抜けた馬は、そのまま城下町へ向かって駆けていく。

閑散としていた道に人影が見え始め、やがてすぐに賑わいへと変わった。

星輝祭に向けた、華やかな装飾と浮かれた人々。

栄える街の平和な光景に眦を緩めたところで――それが間違いだと気づいてしまう。

「待って、これ、騒ぎだわ」

活気ある喧噪《けんそう》だと思ったそれは、正しくは驚きと混乱の声だ。

はっきりとは見えないものの、人々の表情も暗く、不安げに揺れている。

「……おい、アバネシー服飾店は、この通りの先だよな」

「そうよ」

周囲の機微に鋭いヴィンスも、空気を張りつめていく。

目的の場所へ近づくにつれて、不安げな人々がどんどん増えているのだ。

いわゆる、野次馬にも見えた。

「お前ら、それ以上近づくんじゃねえぞ‼」

——果たして、目的の服飾店に繋がる道の先に見えたものは、今まさに強盗に襲われている真っ最中の光景だった。

「マジですか……」

「残念だが現実だな」

そりゃあドレスを届けに来られないわけだ。

店の入口前には一人の男が大型のナイフを持って立っており、その腕のうちには女性が囚《とら》われている。どう見ても人質だ。

（あーそれで警備隊が近づけないのね）

馬上から見れば、店を取り囲む人々の最前列にこげ茶色の制服の警備隊が並んでいるのがわかる。しかし、人質が犯人に近すぎるせいで動けないようだ。

「これ以上馬で近づくのは無理だな。一旦下りるぞ」

「そうね」

最寄りの街灯に手綱を括《くく》りつけて、エスターたちも人混みの中へ分け入っていく。

（なるほど、これは難しいわ）

ある程度まで近づくと、どうやら人質は身なりのいい若い女性であることがわかった。

乱れたサラサラの金髪のせいで顔はわからないが、装いは上質な深紅のフリルワンピースで、白い手袋までつけている。おそらくは貴族、それもかなりいい家の令嬢だろう。

彼女に危害を加えられないために、警備隊は慎重になっているのだ。

「複数犯だな。店の中にも……三人か」

「先生は大丈夫かしら」

「血痕は見えないが、急いだほうがよさそうだ」

犯人の背後のガラスショーケースから中を見たヴィンスも、眉を顰める。

いつから騒ぎになっていたのかわからないが、約束の時間から考えても五時間ほど経っている。

これは一刻も早く解決すべきだ。

「ヴィンス、人質がいなければ彼らを倒せる？」

「それは余裕だが、どうにかできるのか？」

（余裕なんだ）

改めて、幼馴染の頼もしさに感心してしまう。

エスターが魔法で捕まえる以外なら、彼をサポートして解決してもらうのが一番早そうだ。

「よし、神聖魔法を応用して、人質を解放させるわ。人目もあるし、できれば殺さないでね」

「わかった」

短い作戦会議を終えると、二人揃って人混みを進み、最前の警備隊に近づく。

一瞬怪訝《けげん》な顔をした隊員たちも、エスターがつけてきたブローチを見て、コールドウェル侯爵家の者だとすぐにわかってくれた。

「侯爵家の方が、どんなご用件で？」

「これからあの強盗を倒します。ので、捕縛を任せても？」

「はい？　そ、それはもちろん構いませんが……」

たった二人で何を言っているのか、と目で如実に語る隊員たちに微笑み、エスターは視線を犯人へと移す。

「ヴィンス、隙を逃さないでね」

「誰に言ってる」

視線はそのまま、すぐ隣にいる彼に安堵してから、魔力を集中する。

（さあ……ふわふわになってしまえ‼）

続けて、人質には効果が出ないよう標的を絞ってから、魔法発動。

――次の瞬間、喚《わめ》いていた男の頭がフラリと後ろへかしいだ。

「どうした、犯人の様子が……？」

「おわ……なんだ、ふわふわして……いい、きぶんだ……」

ユラユラと頭を揺らしていた男は、泥酔でもしているようにだらんと両腕を下げる。

人質からナイフの刃が離れたその好機を、もちろんヴィンスは逃さなかった。

「あだっ⁉」

瞬くよりも早く懐に駆け込んだ彼が、鞘に入れたままの剣を突き上げる。

柄が下顎を確実に捉えたと思えば、犯人は鈍い音を立てて、そのまま崩れ落ちた。

……何故自分が気絶させられたのか、理解する間もなく落ちたはずだ。

（はっや……目で追えなかったわよ）

隙を作ったのはエスターの魔法なのだが、ヴィンスの動きが速すぎて合図を出す前に終わってしまった。

「ひ、人質と犯人を確保！」

「エスター！」

そして、事態の変化に警備隊が声を上げたのと、ヴィンスがこちらを呼んだのは同時だった。

はっとしたエスターは警備隊と共に立ち上がり、二人で服飾店の中へ突入する。

「くそ、どうなってる⁉」

両開きの扉を開ければ、すぐさまこちらに剣とボウガンを構える強盗仲間の男たちの姿。ヴィンスが言った通り三人だ。

うち一人は武器を店奥のほう……おそらく店員たちに向けているので、こちらも魔法の餌食になってもらう。

「お前ら、どこの」

「はい、終わりよ！」

「ふにゃ……」

秒でゆるゆるになった奥の男が、構えていたボウガンを床に取り落とす。

「ヴィンス今、よ……？」

「終わった」

早速彼に倒してもらおうと思いきや、声をかける前に犯人は昏倒《こんとう》させられていた。

慌てて確認すれば、エスターが無視した前方の二人もとっくに沈んでいる。

「……瞬間移動？」

「いや、普通に殴っただけだぞ」

剣帯から外された鞘ごとの長剣をほら、と見せる彼は、やはりいつも通りのヴィンスにしか思えないが、賊はきっちり三人床とキスしている。

「副団長様がほしがるわけだわ……」

エスターの幼馴染は、悔しいがめちゃくちゃ強くて格好いいらしい。

正直に言って、この男を一貴族の護衛などにしておくのは国の損失かもしれない。

「人質さえなんとかできれば、警備隊でも捕まえられただろう。こいつら素人だ」

「あなたの基準で言われたら、あちらも困ると思うわよ」

まあ、その人質をどうにかする部分でサポートできたようなので、結果よしとしよう。

ちなみに、エスターが使った魔法は、精神回復魔法のアレンジだ。

本来は呪いなどに侵された者の心を浄化する効果があるのだが、力の指向性をいじって多幸感だけを高めている。

酔っ払ったように……悪くいうと、危ないおクスリでトリップしているようなフワフワを意図的に作り出しているので、決して公にはできない使い方だ。

(周りに影響が出ないようにするのも難しいから、私以外は使えないでしょうけどね)

チートは正しく使いましょう。

とにもかくにも、問題は解決だ。奥のほうへ歩み寄ると、案の定後ろ手に縛られた男女二名の店員と、気絶させられたリタが転がっていた。

「先生、大丈夫ですか⁉」

すぐさま駆け寄り、首で脈を測る……ふりをして、さっと回復魔法を施す。

大きな外傷はないが、髪の間にわずかに血が滲《にじ》んでいる。頭を強く殴られたのなら、なおさら心配だ。

(よし、脈はある。なんとかなれ……なんとかして、私の魔法！)

目立たないよう、けれど心を込めて、魔力をリタの全身に行き渡らせる。

十秒ほど待って、ようやく彼女の顔色がよくなってきた頃、開きっぱなしの入口から警備隊員たちがまとまって入ってきた。

「すごい、全部終わってる……」

気絶させられた犯人たちには縄を、人質にされていた店員の二人には薄いブランケットがかけられる。担架も続いてやってきたので、後は医療機関に任せれば大丈夫だろう。

「いやはや、ご協力本当に感謝いたします。風のように迅速な動きで、ついていけませんでした。市民を守る立場にいながら、お恥ずかしい限りです」

そうして皆が店の外に出ると、最初に声をかけた警備隊員が深々と頭を下げて礼をしてきた。

エスターはもちろん、ヴィンスの動きも割と人間を超えていたので、彼らがついてこられなかったとしても仕方ない話だ。

(特に私は、目指そうと思っても目指せないチートだからね)

無論、エスターとて努力をして力をつけたのだが、生まれつきの才能が異常なのも事実。

警備隊の皆が落ち込む理由はないのだ。

「お役に立てて何よりです。私どもは、ブリジットお嬢様の指示で来ただけですし」

「ブリジット……ああ、『銀の聖女』様ですか!」

あえて丁寧に礼をしたエスターに、警備隊員の顔がぱっと明るくなる。

ブリジットの噂を知っているのなら好機だ。エスターはニッコリと、できうる極上の笑みを作って答えた。

「そうなのです！　私たちはブリジット・コールドウェルお嬢様に従うだけですもの！」

「あの方の差配ならば納得です。そのご慧眼《けいがん》、さすがは王太子妃となるご令嬢だ。我が国は次代も安泰ですな！」

(よし！)

喜色満面の警備隊員に、エスターも心の中で拳を握る。

警備隊といえば、騎士団よりもずっと国民、特に大多数の平民に身近な団体だ。

困った時に助けてくれる彼らは、どの街でも民からの友好度が高く交流も盛んなので、噂を流すにはもってこいなのである。

（立場上悪い噂は流さない彼らも、自分たちにかかわる美談なら喜んで口にするもの）

そしてますますブリジットの評価が上がり、全国民に祝福されながらアデルバートに嫁ぐのだ。

これこそ完璧なハッピーエンドといえよう。

「エスター……」

「嘘は言ってないわよ。私たちは共にお嬢様の専属使用人で、許可をいただいてここに来たんだもの。主人の評価を上げることは、従者にとっても誉《ほまれ》だわ」

「間違ってはいないが……お前自身の評価はいらないんだな」

苦笑するヴィンスにエスターは肩をすくめて返す。

もし正当な評価などされてしまったら、ヴィンスは騎士として戦場へ向かうことになるし、エスターは聖女として教会に所属しなければならなくなる。

こうやって、幼馴染として共には生きられないのだ。

（だったら、別に私は評価なんていらないわ。今の生活に満足してるもの）

警備隊員が去っていったので、エスターはぐっと両腕を伸ばして息を吐く。

さて、一仕事終えた後は、本来の任務だ。ブリジットの星輝祭のドレスを探さなくては。

（とはいっても、店内はずいぶん荒らされているみたい……）

店を彩っていたであろう衣装はトルソーごとなぎ倒され、ものによっては靴跡がついてしまっている。王都一番の人気店の品なのに、ひどい扱いをするものだ。

「どうしましょうかね、これ。勝手に探して持っていったら、火事場泥棒みたいだし」

「……それを聞ける人間が来たみたいだぞ」

「え、どちら様？」

ヴィンスの声の方向に顔を向けると、急ぎ足で入口から入ってくる数名と目が合う。

うち三名はこの店の店員のようで、こちらに会釈をした後に商品の確認に向かっているのだが……最後の一人を見たエスターは、思わず固まってしまった。

「先ほどは助けてくれて、ありがとう」

少し汚れてしまった深紅のスカートを摑み、淑女の礼をしてくるのは、つい先ほど入口前で人質にされていたご令嬢だ。

腰までのサラサラの金髪に、たれ目がちな赤茶色の瞳。

おっとりという言葉を擬人化したような、されど目を見張るほどの美女でもある令嬢を、エスターはよく知っていた。

「メトカーフ公爵家の、ハリエット様……」

ぽつりと呟いた後、慌ててヴィンスと共に頭を下げる。

そう、彼女こそアデルバートの婚約者最終候補の片割れである公爵令嬢だ。

少し前に話題に上ったのに、その後音沙汰がなかったから忘れてしまっていた。

（公爵令嬢じゃ警備隊がうかつに動けないわけだわ。そういえばこの方、お嬢様と正反対の美女ってことでも有名だったのよね）

銀髪に対して金髪、つり目に対してたれ目。コールドウェル侯爵家が青を好むのに対して、メトカーフ公爵家は赤……それも深紅を好む家だ。

この対比ぶりがまた面白いと、社交界でも話題になったと聞く。

「どうかかしこまらないで。あなたたちは、わたくしの命の恩人だもの」

「恐れ入ります」

「そのブローチ、それから大きいあなたのお洋服も知っているわ。コールドウェル侯爵家の方たちね。後でしっかりと、お礼を送らせてもらうわね」

おっとり、ニコニコ、と。若干遅いテンポで喋《しゃべ》るハリエットは、微笑みを浮かべたままだ。

刃物を向けられて人質にされた後だというのに、怯えや不安は一切感じ取れない。

(さすがは公爵令嬢ね。感情を表に出さないよう教育されているわ)

社交界は伏魔殿《ふくまでん》ともいわれる恐ろしい世界だ。特に高位貴族は、少しでも弱みを見せれば食い殺されてしまう。

ハリエットのこのぽやんとした態度も、仮面の一つなのかもしれない。

「僭越《せんえつ》ながらメトカーフ様、一つお訊ねしても?」

「あら、何かしら」

「あなた様が、人質になってしまわれた理由です。公爵家のご息女が、一人で街にいらっしゃるとは思えないのですが」

質問したのは純粋な疑問と、違和感からだ。

人質が彼女ほど高い身分の者でなければ、警備隊員たちとて尻込みせずに動けたはず。

（平民を軽視するつもりはないけど、多少かすり傷を負わせてでも解決させたほうがいいもの。事態が長引くほど人質も疲労が溜《た》まってしまうし）

だが、最上位の令嬢となればそうはいかない。傷一つでもつければ大惨事だ。

（だからこそ、常に侍女や侍従が。外出となれば護衛役がついているはずなんだけど）

「ええ、もちろん、一人では来ていないわ」

ハリエットの柔らかな視線が、再び店の入口に向けられる。

開けたままになっている扉の外では、エスターとよく似たお仕着せ姿の女性と、黒地に赤刺繍の軍装を着た男性が、所在なさそうに佇んでいた。

「困ったことにね、店の外で待機してもらっていた護衛は、ちょうどあの時、席を外していたみたいなの。街の人に頼まれて、荷物を載せるのを手伝っていたのですって。それから侍女はね、強盗の声に驚いて、店の外へ逃げてしまったのよ。わたくしを置いてね、ふふ……」

（こ、怖っ……！）

ハリエットの声は終始穏やかで言葉遣いも優しいのだが、だからこそ余計に恐ろしい。

もっとも、護衛対象から連絡なく離れたり、侍女のくせに主人を置いて逃げるのも大問題だ。

公爵令嬢に仕える者が、その程度というのも正直情けない。

「あなたたちのように、主人の命を忠実にこなす素晴らしい方もいるのにね。本当に、お恥ずかしい話だわ」

「お、お怪我がなくて何よりです」

この様子では、外の二人は解雇確実というところか。

いや、解雇だけならいいが、職務怠慢でクビになったと広まってしまえば、同職には二度とつけない。どちらも愚かな失敗をしたものだ。

「メトカーフ様、ございました！」

と、重い空気になってきたエスターたちの間に、箱を持った店員が駆け込んできた。

かぱっと開けた内側からは、白い生地が覗いてみえる。

（なるほど、この方もアバネシー服飾店でドレスを頼んでいたのね）

ハリエットの婚約の話は聞かないが、未婚の公爵令嬢ならば引く手数多だろう。

星輝祭は、候補を絞るのにちょうどいい機会ともいえる。

「ああ、よかった。無事で何よりだわ」

ほっとした彼女の様子から察するに、騒動の中でもドレスは状態よく残っていたようだ。

人質にされドレスまで失っては悲惨すぎるので、エスターもこっそりと胸を撫でおろす。

「そうだわ、あなたたちが来た理由も、同じかしら……？」

「はい。お嬢様のドレスをこちらにお願いしていたので、受け取りに来たのですが」

この有様でして、とエスターが苦笑すると、ハリエットは痛ましいものを見るように憐れみの表情をあらわにした。

（おや？）

「……どうか、気を落とさないでね。コールドウェル侯爵家のブリジット様のドレスは、わたくしも騒ぎが起こる前に拝見したの。だって、ショーケースに飾ってあったのだもの」

「こっコールドウェル様ですか⁉」

しょんぼりと俯くハリエットに続いて、箱を持ってきた店員が悲鳴を上げる。

「ショーケース……」

それは、入口すぐ横に設《しつら》えられた、大きなガラス窓だ。

最初の一人を倒した時には、すでに何も載っていなかった。

「…………」

ゆっくりと、エスターもショーケースへ視線を向ける。

そこには、床にしゃがみ込む残り二人の店員と――無残に広がる白い生地があった。

（あれ、お嬢様のドレスか……ッ‼）

まさかの、一番最悪なオチである。

強盗を倒し、人質を助けたエスターたちに待っているのが、ドレスを失う結果だなんて。

「泣いてもいいかしらね」

「俺も泣きたい気分だな」

「あらあらあら」

放心するエスターたちを前に、ハリエットは抜けた声をこぼし、店員たちは青白い顔でドレスの埃《ほこり》を必死に払っている。

だが、残念ながら繊細な刺繡が施されている布地には、細かい汚れがしっかりと入り込んでしまっていた。

「ももも申し訳ございません！　本当に、何とお詫《わ》びしたらよいか……」

「いえ、お店も被害者ですしね」

「でも、星輝祭までもう日がないわ。今から別のドレスを見繕えたらいいのだけど」

ゆっくりおっとりしている割には厳しいところを突くハリエットに、エスターと店員たちの心の柔らかいところが抉《えぐ》られる気がする。

残念だが、星輝祭は三日後だ。今からドレスを用意するとなると、既製品でないと間に合わない。

（でも、侯爵令嬢……それも、第一王子の婚約者がそんなドレスで参加したら、いい笑いものだわ）

思い出されるのは、ドレスの試着をした日の二人だ。

ブリジットもアデルバートも、モチーフが同じ装いで参加できることを本当に喜んでいた。

アデルバートなど、わざわざ公務を抜け出して『お揃い』を知らせに来たほどだ。

ブリジットもはしゃいだりはしなかったが、頰を染め、幸せそうに笑っていた。

（あの二人の祭りを台無しにするなんて……そんなことさせられない！）

ならば、どうするのか——スンッと表情が抜け落ちて、エスターの覚悟が決まった。

「……よし、やってやろうじゃない。店員さん、これこのまま箱に詰めていただけます？」

『このまま!?』

エスターの発言に、三人の声がきれいに重なった。

端から見れば、血迷ったように見えたかもしれない。

「エスター……?」

唯一事情を知っているヴィンスは訝しげだが、強く頷いて返す。

伊達にチートを持って生まれてきていないのだ。ここで使わずしていつ使うのか。

「で、ですが、いくらなんでもこのままは……」

「ご心配なく。私、洗濯も裁縫も得意なんです」

「……かしこまり、ました」

淡々と答えるエスターに、店員も渋々と了承する。

彼らからすれば、どうしようもない状況だ。顧客がいいと言ったら従うしかない。

「どうか、無理はしないでね」

そう囁いたハリエットは、最後までゆっくりした雰囲気のまま店を去っていった。

（ハリエット様は今どうでもいいわ。このドレスをなんとかすることが最優先だもの）

店員たちが箱に詰めている間、「いくらなんでも」と憔悴《しょうすい》した別の店員に乞われて、書類を作成してもらう。リタに事情を伝え、彼女が快復したら何らかの補塡をしてくれるというものだ。

「ですが、お店の修繕もあるでしょうし。私どもとしては、アバネシー先生にはお体を第一にしていただきたいです」

「お気遣いいただき、本当にありがとうございます！　店のほうはしっかりした保険にも加入してますし、私どもも全力を尽くしますので。……全く、あのカルト連中め。何が神女様だよ！」

「え？」

憤る店員の声に、書類を書くエスターの手が止まってしまう。

神女と、確かにそう聞こえた。

「……その名前、どちらで？」

「強盗たちが口々に言っていたんですよ。私は店長に逃がしてもらって店の外にいたのですが、狂信者めいていて気持ち悪かったです」

(神女教は、アイドルファンクラブじゃなかったの……？)

先の迷惑行為以外は害のない集まりだと聞いていたのに、強盗や暴行を起こすような輩が所属しているなら話は別だ。

しかも、偶然か必然か、今日この場にはメトカーフ公爵家のハリエットがいた。

(やっぱり、関係があるの？　でも、ハリエット様は大きなナイフを突きつけられて人質にされていたわ。関係が読めない)

支援してくれる家の娘に刃物を突きつけるなんて、そんな失礼なことをするだろうか。

それとももしや、公爵家の支援とハリエットは無関係で、ただ巻き込まれてしまったのか。

「エスター、大丈夫か？」

悶々と考えていると、横からヴィンスが来てそっと肩を引き寄せる。

……確かに、これは今悩むべきことではない。

気にならないとは言わないが、今日のところは侯爵邸に帰るのが先だ。

「大丈夫よ。ありがとう、ヴィンス」

「あまり一人で気負うなよ」

「わかってるわ」

彼の手にエスターも手を添えてから、途中だった書類を書き切り、アバネシー服飾店を後にする。

来た時にはまだ青く明るかった空は、すっかり橙色に染まっていた。

＊＊＊

「エスター、大丈夫なの⁉」

時刻は、間もなく夜になろうとしている頃。

やっとの思いで屋敷に戻ったエスターを出迎えたのは、エントランスまでわざわざ来ていたブリジットだった。

「遅くなって申し訳ございません、お嬢様」

即座に謝罪し、頭を下げるエスターに、彼女はそれを止めるように近づいてくる。

「そんなことはいいのよ。それより何があったの？　顔色が真っ青だわ」

「ええと、少し問題がありまして……詳細は、また後ほど警備隊から連絡があると思います」

「警備隊⁉」

意外すぎる単語に、瞠目した彼女は肩を震え上がらせる。

まさかドレスのお使いに行った侍女が、警備隊の世話になるとは考えられないだろう。

実際には、世話を〝した〟のがエスターたちなのだが。

「それよりお嬢様、ドレスは無事に受け取って参りました。どうぞご確認ください」

「え、ええ」

エスターが抱えていた箱を差し出すと、ブリジットは戸惑いつつも蓋を開けた。

畳まれて入っているのは、白いドレス——最後に見た日と同じ、美しく輝くそれだ。

「広げてみないと調整した部分はわからないけれど、〝問題ない〟と思うわ。わざわざありがとう、エスター」

「……そう言っていただけて、何よりです」

ブリジットのその感想で、エスターの苦労は報われた。

そう安堵した瞬間、体から力が抜けて、かくんと膝から崩れてしまう。

「エスター!?」

「……失礼しました」

ちょうど背後にいたヴィンスが支えてくれたので事なきを得たが、今日ばかりは無茶がすぎたようだ。

力の入らない足は自立することもできず、視界はうっすらと白んでいる。

「二人とも、今日の仕事はいいから休んでちょうだい。ヴィンス、エスターをお願いしていい？体調が優れないなら、お医者様も手配するから」

「感謝します。本人が言うには、休めば治るそうですので」

エスターの代わりに答えたヴィンスは、そのままエスターを横抱きに持ち直して、使用人棟のほうへ歩き始める。

主人の前で情けない姿は見せたくなかったが、今夜一晩だけは許してほしい。

「……ほんとに、ドレスが直ってよかった……！」

「お前が無事じゃないだろう、全く」

ブリジットに見えなくなった途端に呟いたエスターに対して、深いため息が聞こえる。

エスターが今へろへろになっている理由は、もちろんドレスを使える状態にしたためだ。

……時を少し遡って、城下町から離れた頃。

人目のつかない場所に二人で降り立ち、エスターはぐしゃぐしゃになったドレスを元通りにするための魔法を使った。

——神聖魔法の中でも禁じ手とされる極意、〝時間干渉〟による巻き戻しである。

癒しを主目的とする神聖魔法の中でも異端な技術で、おそらく世界中の聖女たちでも使える者はほとんどいないだろう。

どうしようもない状況を覆す、最後の一手。

無論そこには超高度な技術と魔力操作、そして膨大な魔力が必要であり、規模によっては聖女の命を賭して行われる魔法なのだ。

（まさかそれを、一着のドレスに対して使うとは思わないでしょうね）

他の者が聞いたらしょうもないと思われるだろうが、これがエスターの譲れない願いだ。

全神経を集中して、魔力を練り上げる。

……戻す時間は、ちょっと多く見積もって七時間ほどだ。

調整が終わり、ブリジットに届けるまでの、ほんのわずかな時間だけショーケースに飾られていた特別なドレス。

それでもきっと、あのドレスをきっかけにして、アバネシー服飾店にお願いしたいと思った者は数多くいるはず。そんな一着を取り戻すのだ。

（お嬢様に相応しい、最高の輝きを……！）

ごっそりと内臓を持っていかれるような、激しい消失感がエスターの体を襲う。

それでも、集中して、集中して――奇跡のような魔法は、無事に結果を出してくれた。

星輝祭の一夜を彩る最高のドレスが、戻ってきたのだ。

（その結果、魔力切れした私はこの有様なんだけどね）

なんとか帰還までは耐えたが、今は指一本動かすことすら億劫《おっくう》だ。

ヴィンスが運んでくれるままに任せて、意識はふわふわと浮き沈む。

「ほら、ついたぞ」

やがてエスターの私室まで運んでくれた彼は、生花を扱うような丁寧さでエスターをベッドに下ろした。馬に乗せる時の子ども扱いとは大違いだ。

「ありがとー……」

「これは？」

ほぼ寝落ちしかけているエスターの枕元に、小脇に抱えられていた紙の袋が置かれる。

「それから、これ」


「お前がサイズ直しを頼んでいたワンピースだ。忘れていただろ？」

「……忘れてたわ」

そういえば、そんな口実でお使いに出たのだった。

強盗なりハリエットなりで、優先順位からすっぽり抜けてしまったのだ。

……ああ、精霊たちの様子を確認することも忘れていた。ただの強盗事件で精霊が騒ぐとも思えないのに。焦って色々抜けすぎている。

「お前がお嬢様の幸せのために頑張るのは素晴らしいと思うけどな。……もう少し、自分の幸せのことも考えてほしい」

ヴィンスの真剣な声が、ゆっくり染み入るように落ちる。

髪を撫でてくれる手つきもとても優しくて、最後まで頑張っていた意識が、微睡《まどろ》みに溶けてしまいそうだ。

「……ヴィンスが」

「ん？」

「あなたが、大切にしてくれるから。私は、充分すぎるほど、幸せよ」

なんとかそれだけ伝えると、エスターは今度こそ完全に目を閉じる。

「……だったら、俺に本気で幸せにさせてくれ」

遠のく意識の中に、そんな声が聞こえた気がした。

＊　＊　＊

——懐かしい夢を見た。

身長が今の半分ぐらいの頃の……まだ前世の記憶を取り戻す前のエスターだ。

よたよたと覚束《おぼつか》ない足取りで歩く幼子の視界には、両手を広げて待つ少年のゴールがしっかりと見えている。

（ああ、ちっちゃいヴィンスだ）

やっとのことでゴールまで辿りつくと、小さな子どもの手が背中を撫でてくれた。

小さい頃のエスターは本当にヴィンスにべったりで、いつも彼の背を追いかけ、くっついていた覚えがある。

ヴィンスも嫌がればいいのにニコニコと受け入れるものだから、調子に乗ったエスターはますますくっつき虫になる。昔から本当に、面倒見のいい男だ。

（おじいちゃんとおばあちゃんが気遣っても、大丈夫だって笑って子守りを引き受けてくれたのよね。男の子なんだから、もっと外で遊んだりしたかったでしょうに）

それはエスターが五歳で記憶を取り戻してからも変わらず、むしろきもち大人っぽくなった（と思われる）エスターを余計に心配してくれるようになった。

多分、以前よりも魔法の練習など、行動力が高くなったからだろう。

当時九歳のヴィンスは荷運びの手伝いも忙しかったはずだが、文句一つ言うことなく、時間が許す限りエスターの傍にいてくれた。

急に乙女ゲームの主人公になったエスターにとって、彼の存在がどれほど救いだったことか。

（コールドウェル侯爵家に追いかけてきてくれたことも、そうね）

貴族の邸宅まで追ってきてくれるなんて、どれだけエスターを大事に思ってくれていたのか。

それも、ゲームの彼は成人した十六歳で屋敷に勤め始めたのだが、今世のヴィンスはたった十歳でエスターのために動いてくれたのだ。

少々過保護な気がするものの、ヴィンスが傍にいてくれたおかげで、エスターが本当に一人になることはなかった。

（年不相応に落ち着いた、私の頼れるお兄ちゃん）

前世で得られなかった兄妹愛とは、きっとこういうものなのだと教えてくれた人。

（――本当に？）

そう思う度、疑問が頭をもたげる。

ヴィンスは孤児院育ちだから、年下の子の面倒見に慣れているのだと、皆言った。エスターもそう思っていた。彼にはたくさんの弟と妹がいるからだ、と。

けれど、ヴィンスと暮らす中で、彼が院の弟妹を気にしている姿はあまり見たことがない。

もちろん、屋敷に来てからも手紙のやりとりをしている様子はあったが、それぐらいだ。

終始気にしてくれたり、傍で守ろうとしてくれたのは、エスター以外にいなかったように思う。

（まず私の傍に来たことで、他の子たちとは離れてるものね。町の皆で協力して運営していた孤児院だったし、向こうに手が不要だったのかもしれないけど）

あるいは、エスターがどうしようもなく危なっかしくて、目を離せなかったとか？

深く考えれば考えるほど、違和感が募っていく。ヴィンスは本当にお兄ちゃんなのか、と。

（誰よりも傍にいて、私の頭を撫でて、抱き締めてくれる人。私を守るために強くなって、私のことを『妹だなんて思ったことはない』と言った男の人）

——それって、どういう存在だろう？

ヴィンスの態度は昔から一貫している。一度もブレたと思ったことがない。

誰よりもエスターを大切にしてくれる人、だ。

カラフルではない黒い髪。眼光の鋭い茶眼。整っているけれど刃のような凛々しい顔立ちは、いつも警戒しているように厳めしいのに、エスターに向けられる時だけは柔らかくて温かい。

いつの間にかずいぶん高く伸びた身長も、鍛えられたたくましい体も、幼いエスターがくっついていた少年とはほぼ別人なのに、同じ心地いい香りがする。

（ヴィンスは変わったけど変わってない。成長したけど、中身が変わってない。じゃあ、私はどうかしら？）

よちよちとヴィンスにくっついていたエスターと、結婚できる十六歳になったエスター。

ただ〝だいすき〟だった頃の自分と、ヴィンスの言動に戸惑ったり気恥ずかしくなったりする自分は、本当にずっと同じか？

本当にずっと、『兄』に対しての親愛だけを向けているのか？

「……いえ、同じかどうかなんて関係ないわね。私の願いはわかってるもの。私はずっとヴィンスの隣にいたいだけ。隣にいられなくなるのが、一番嫌」

キラキラした幼い頃の二人が、白い光の中に消えていく。

迫る目覚めに怯えながら、ただ、これから始まる一日も彼の隣にいられればいいな、と。

そんな臆病な幸せを願って、夢は覚めた。

5章　君のために、一番輝く星でありたい

一晩ぐっすり休ませてもらったエスターは、翌朝にはすっかり回復していた。

正直な話、あの魔法を使って復活するには早すぎるだろうが、そこはもう主人公チートとして流しておこう。

とにかく、一人で動けるようになったエスターは、昨夜の謝罪も兼ねてバリバリ働こうと思っていた……のだが、それを制止したのは、主であるブリジットだった。

「強盗と対峙《たいじ》したなんて、どうしてそんな大事なことを教えてくれなかったの⁉」

「も、申し訳ございません！」

いつも通りにブリジットの部屋を訪れたまではよかったものの、エスターを見るや否や涙を浮かべて訴えてきた彼女に、エスターの背中は冷や汗だらだらである。

どうやら昨夜、エスターたちの帰宅を追うようにして、警備隊が報告に来たらしい。

そこでアバネシー服飾店の強盗事件の概要が、屋敷の者全員に伝わったのだ。

（来るだろうなと思ってたけど、ずいぶん早かったわね）

人質解放にはいたらなかったものの、警備隊自体は優秀な集団なのだろう。

なお、リタも運ばれてすぐに意識を取り戻したとのことだ。

それを伝えてくれただけでも、エスターとしてはありがたい。

「昨夜は色々あって体が限界だったもので……報告が遅れてしまったこと、重ねてお詫び申し上げます」

「違うの、エスター！　報告が遅れたことなんていいの！　危ないことをする前に連絡がほしかったのよ」

つかつかと歩み寄ってきたブリジットは、そのままエスターを抱き締めるようにぎゅっとくっついてきた。

「お嬢様？」

「強盗なんて、そんな危険なところにあなたを向かわせてしまったのよ……リタ先生を助けてくれたことには感謝したいけど、あなたが怪我をしてしまったら、わたくしは自分を許せないわ」

熱い吐息がゆっくりと肩に染みていく。エプロンを掴む細い指は、ずっと震えていた。

「本当に、無事でよかったエスター……」

「はい。……ご心配をおかけいたしました」

諦めてブリジットの背に手を回し、ポンポンと撫でる。

途端に彼女も、涙を擦《こす》りつけるようにぐりぐりと頭を揺らしてきた。

（お嬢様のほうがお姉ちゃんなのに、なんだか妹みたいね）

『キミホシ』シナリオでは悪役だった彼女だが、現実ではこんなに純粋で優しい。

今世では、彼女を幸せにしたいと心から思う。

「……でも、エスターたちはすごいのね。お店の外にも中にも人質をとられていて、対処が難しかったと聞いたわ。そんな状況を、たった二人で解決するなんて」

「それがですね、ヴィンスが笑っちゃうぐらい強くて。あっという間だったんですよ」

「まあ。では、ベンジャミンが言う〝ヴィンス先生〟は本当なのね。専属としてついてもらっているのに、それほど強いなんて知らなかったわ」

「そうなんですよ。恥ずかしながら、私も幼馴染のくせに全然知りませんでした。あの男が傍にいてくれるなら、お嬢様も絶対に安全間違いなしですよ」

「それは嬉しい話だわ、ふふっ……」

涙が落ち着いてからもブリジットはしばらくの間エスターにくっつき、時折擦《す》り寄るように頭を預けてきた。

推しに甘えてもらえるのはちょっと恥ずかしいが、専属侍女の役得というやつだ。

……アデルバートには、間違っても言えないけれど。

「こらブリジット、甘えるのはほどほどになさいな。エスター、疲れているところごめんなさいね」

そうして二人でじゃれていると、呆れたような女性の声が聞こえてきた。

揃ってふり返れば、そこには複数の侍女を連れた侯爵夫人が立っている。

部屋に入ってすぐにブリジットに詰め寄られたため、普通に扉が開けっぱなしだったのだ。

「あなたのことだから問題はないでしょうけど、今日は大事をとって一日休みよ。これは、侯爵家当主代理としての命令です」

「えっ⁉　で、ですが、二日後の星輝祭でもお休みをいただくのに」

　エスターが戸惑いをあらわにすると、侯爵夫人もあからさまにため息をついてみせた。

「あなた一人いないぐらいで回らなくなるほど、当家は人材に困っていないの。体は問題なくても、心の問題が出るかもしれない。いい子だから、わかるわね？」

「……かしこまりました、奥様」

　現在この家の最高権力者である彼女に、一使用人が逆らえるはずもない。

　ブリジットから離れ深々と礼を返すと、侯爵夫人は安堵したように微笑んだ。ついでに、妹に甘えていたブリジットは、ちょっと居心地悪そうに裾をいじっている。

「そうだわ、今のうちに伝えておきましょう。星輝祭では、あなたにも王城の会場へ参加してもらうから、そのつもりでね」

「王城⁉　そちらは、貴族の方専用なのでは」

　なんてことなく付け足された夫人の言葉に、思わず声が裏返ってしまった。

　星輝祭は国中で行われる祭りなのだが、身分によって会場が違うのだ。

　エスターたち使用人が毎年参加していたのは街で行われるもので、通りには屋台が立ち並び、皆でわいわい飲食を楽しんで一夜をすごす。

　ただ、恋愛の祭りだけあって〝告白スポット〟のようなものもある。この日に賭けている恋する者たちは、ステラリアを手に勝負を決めると聞いた。

そんな賑わいとは一線を画すのが、王城の会場だ。

貴族の子息・子女しか入ることはできないが、ふるまわれる食事やお酒は、夜会同様にシェフが用意した高級品ばかりである。

当然、そういう場ではマナーも求められるので、教養を修めていない平民には遠い世界なのだ。

(王城の使用人が準備から接待まで全てを請け負ってくれるから、各家の侍女や護衛も同行しないのが通例なのだけど)

呆然《ぼうぜん》とするエスターに、夫人はますます笑みを深める。

「今年は祭りの会場を拡大して、敷地内の庭を全て開放してくださるそうよ。より多くの者が楽しめるようにね」

「楽しめるって……まさか、使用人も客分として参加させていただけるのですか⁉」

「そういうことよ」

それはまた、ずいぶん大胆な決定だ。てっきりブリジットの侍女として控えるのかと思ったが、彼女の言葉通りなら平民のエスターも〝王城の客〟として参加できることになる。

「もちろん、教養のない使用人を連れていくことはできないけれど、当家は向上心が高い子ばかりだもの」

(あっ！)

そういえば、ブリジットのマナーの授業の際に、エスターではなく他の侍女やメイドたちをつかせているのだった。それも、必要人数より明らかに多く。

料理人たちやベンジャミンまで知っていたので、当然屋敷の主人である夫人も知っていて見逃してくれていたのだろう。

「安心して、別に叱るつもりはないわ。ベンジャミンも『護衛や他の部署の男性使用人たちにも、同じようにマナーを学ばせたほうがいい』と言っていたしね」

「そう、なのですね……」

安心していいのか、一応謝るべきなのか。

とりあえず苦笑を浮かべるエスターだったが、ついと袖を引かれて視線を動かす。

引っ張っていたのは、隣のブリジットだ。藍色の瞳はキラキラ輝いており、血の繋がっていないはずのベンジャミンと表情が重なった。

「嬉しい、今年のお祭りはエスターたちも同じ会場で楽しむことができるのね」

「え、ええ、そうみたいですが、お傍に控える務めではないなら、ご一緒はできませんよ。邪魔をしたら、第一王子殿下に怒られてしまいます」

「そっ……それは、そうね。わたくしも邪魔はしないけれど、同じ景色を見られるのはやっぱり嬉しいわ」

アデルバートの件で隠せない照れが頬に出たが、それ以上に誰かと会場を共有できるのが嬉しいようだ。ヴィンスに憧れる弟と同様に、ニコニコ笑っている。

(私たちは去年まで感想を聞くだけだったものね。……いや、令嬢同士なら感想が共有できると思うけど、あんまり話さないのかしら)

ブリジットの友人が少ないとは聞いたことがないが、貴族令嬢同士の交友は、あまり込み入ったことは話せないのかもしれない。

まあ、ブリジットが喜んでくれるならよしとしよう。

どのみち、それが夫人の決定なら侍女は従うしかないのだ。


「さて、急に暇になってしまったわ……」

出勤してすぐに使用人棟へ戻ることになってしまったエスターは、人のいない静かな廊下をのんびりと歩く。

夫人の言いつけでは、他部署へ手伝いに行くわけにもいかない。

それで本当に体調を崩しでもしたら、もっと長期間の休養を言いつけられる可能性もあるのだ。

仕事中毒のプロ侍女として、それは避けたい。

(魔力もちゃんと回復しているし、それはなさそうだけどね)

精神的な傷もありえない。何せエスターは、強盗たちの姿をほとんど見ていないのだから。

「ヴィンスの倒す速度が異常すぎたもの。トラウマを気にするなら、店員さんたちやハリエット様のほうが危ういと思うわ」

そこまで口にして、ぴたりと足を止める。

昨夜は気絶するように寝てしまったので考えられなかったが、あの場にハリエットがいたのはやはり偶然だったのだろうか。

神女教とやらの詳細が全くわからない以上、メトカーフ公爵家は怪しいとしか思えない。

（そもそも、神女って誰なんだろう）

アイドルファンクラブ（仮）なら、神女は容姿や特別な技術に優れた人間のはずだ。

（『キミホシ』で目立ってた女の子なんて、他にはいなかったわよね）

強いて言うなら、ブリジットの居場所を奪うほどの魅力を持つ存在……主人公であるエスターがそれだ。

しかしながら、侍女として生きてきた今、ファンクラブを持たれるような覚えはない。

屋敷の仲間だって気軽な態度で接してくるし、街へ買い物に行っても同様だ。

多少オマケをしてくれたり、社交辞令じみた会話はあるものの、神推しされるような記憶はエスター本人には全くないのである。

（王子様の妹姫も、特別褒め称えられるような話は聞かないし。奥様もおきれいだけど、それならそっくりなお嬢様を神女教の男が罵倒するのは変よね。……他には思い当たらないわ）

「一体誰なのかしら、わからないな」

「何がわからないんだ？」

緩く首をふって、再び歩き始めようとしたところですぐ隣から声がかけられる。

「あ、ヴィンス」

そちらを向けば、ずいぶん近い場所でヴィンスが苦笑を浮かべていた。考えに集中していて気がつかなかったらしい。

（そういえば、お嬢様の部屋にいなかったわね）

ヴィンスも同じ専属勤務のため、多少出勤時間がズレてもブリジットの部屋の前で合流するのだが、今日エスターが訪れた際に彼はいなかった。

「おはよう。疲れは取れたか？」

「おかげさまでね。今日は一日休めって言われちゃったけど。ヴィンスも同じ感じ？」

「まあな。先に強盗事件の顚末《てんまつ》を、奥様と同僚に報告してきたところだ。あとは強制休養だと」

肩をすくめてみせる彼に、仕事中毒仲間として笑ってしまう。

見たところヴィンスも元気そうなので、二人揃ってほぼズル休みだ。

「それで？　俺の接近に気づかないほど考えていたのは、昨日のことか？」

「そうとも言うかな。神女教の神女って誰なのかと思ってさ」

「……ああ。昨日の強盗たちも、例のあいどるとやらの同志らしいな」

ヴィンスが歩調を合わせてくれながら、二人でゆっくり進んでいく。

昨日の一件の危うさを考えれば、背後にある神女教にも何らかの捜査が及ぶはずだ。

特にアバネシー服飾店は、アデルバートの注文を受けたことで王家が認めた店になっており、手を出した罪はより重くなる。犯人たちの背後が洗われるのは、ほぼ確実だろう。

（乙女ゲームの知識があてにならない以上、捜査結果を待ってから改めて考えるしかないか）

「そんなに神女が気になるのか？　強盗たちは全員捕縛されたはずだが」

「だって、同じ集団に二度も迷惑をかけられたのよ？　それも、どっちもお嬢様にかかわるところで。せっかくの星輝祭なのに、不安要素があるのは怖いわ」

怖い、と正直にこぼすと、ヴィンスの歩みがピタッと止まった。

「あれ？　ヴィン……むぐっ⁉」

何かあったかと問おうとする前に、腕を引かれて額がぽすんとぶつかる。……ぶつかった先は、ヴィンスの胸元だった。

「急に何⁉」

「いや、らしくない不安げな顔をしてたから、ついな」

やや強引だったが抱き締められたのだと認識すれば、一気に体温が上がる。

最近はヴィンスを妙に意識する機会が多かったせいで、なおさら心臓が暴れ出してしまった。

「大丈夫だ、エスター。俺の傍にいる限り、怖いことなんて起こさせないからな。昨日も見せただろう？　強いぞ、俺は」

「それは……そうね。めちゃくちゃ強かったわね」

そのままぽんぽんと背中を撫でられて、条件反射で安堵してしまう。

昨夜夢で見たばかりの、幼い頃と同じシチュエーションだ。

違うのは、小さな男の子だった彼が、立派な大人の男性に成長していること。

（……いかん。ほぼ干物でも、私も女だったのね。くっついてるの恥ずかしくなってきた）

わずかに触れているだけでも、先ほどくっついてきたブリジットとヴィンスでは全く違う。大きくて筋肉質な体に、鼓動は速まるばかりだ。

（話題を変えましょう！　えっと……）

「ね、ねえ、ヴィンスはさ。孤児院の年下の子たちも、こうやって守ってあげてたの？」

胸元から顔を上げて訊ねると、ヴィンスは二度ほど瞬きをした後、どこか呆れたように笑った。

「俺のいた孤児院は、町の皆の協力で運営していた。助け合うのは当然だろう」

「……そうね。変なこと聞いてごめんなさい」

「だが」

ぐり、とエスターの頭頂に彼の顎が乗った。

「あいにく俺の体は一つだけでな。ずっと傍にいられるのは定員一名だけだ」

（……それはそうだ）

気を紛らわせようとしたのに、墓場を掘ってどうするのだか。

（不安は紛れたけど、違う意味で緊張してきたわ、星輝祭）

ステラリアの育成不良などのトラブルも乗り越えたのだし、皆……特にブリジットとアデルバートには楽しい祭りをすごしてもらいたい。

けれど、今のエスターは色んな意味で困るかもしれない。王城会場に参加を命じられた以上、パートナーをヴィンスに頼むことは決定なのだから。

（……今後も一緒にいられれば、それだけでいいんだけどな）

今日の外は雲が多く、ほんのりと曇っている。

当日は晴れるといいなと思いながら、エスターは目を閉じる。

諸々《もろもろ》を先送りにするために。

＊＊＊

なんやかんや慌ただしく時間はすぎ、星輝祭の開催は明日に迫っている。

（さ、さすがにちょっと疲れた……）

昨日は強制休みになってしまったエスターも、今日は挽回《ばんかい》とばかりに目一杯働いたので、無事に祭りへ行く資格を得ている。

が、ちょっとはりきりすぎたようだ。体の節々が痛みを訴えており、回した肩や首からはコキコキと嫌な音が鳴った。

（今夜は早く休みましょう）

別の対応があったため、ブリジットの就寝準備は先輩侍女に任せたが、明日の盛装はエスターにやらせてもらう予定だ。

彼女の支度に全力を出すためにも、疲労を持ち越すわけにはいかない。

「さ、帰りま……」

「エスター」

使用人棟へ戻ろうとしたエスターを、愛らしい声が呼び止めた。

確認するまでもなく、それは大切なお嬢様の声だ。

「お嬢様？　どうかなさったんですか？」

「遅くにごめんなさいね。少しだけ話せないかしら」

ふり返れば、寝間着の上にガウンを羽織っただけのブリジットがこちらを見つめている。

何か問題があったのかとサッと見てみるが、髪もきちんと整えられているし、具合が悪そうにも見えない。

……いや、むしろ、エスターとお揃いの藍色の目には、強い意志が窺える。

何かを決意したような、そんな前向きな感情だ。

「もちろんです、お嬢様」

エスターはこっそり安堵した後、先導されるままブリジットの私室へとついていく。

やがて部屋に入ると、彼女はベッドに座るように促してきた。

「それはいけません、お嬢様。私は仕事着のままですし……」

「お願い。同じ目線で、ちゃんと話したいの」

とっさに一歩後ずされば、ブリジットは逃がさぬと言わんばかりに手を掴んで引き留める。

(星輝祭のためにも早く休んでもらいたいのに、どうしたのかしら……)

ブリジットは戸惑うエスターの手を引っ張り、半ば無理やりベッドに座らせた。

続けて彼女も隣に腰を下ろすと、掴んだままの手を両手で握ってくる。

「お嬢様……？」

「エスターは明日の祭り、ヴィンスと約束をしているのよね？」

「え？　そう、ですね」

エスコートなんて大それたものはともかく、パートナーはヴィンス以外ありえない。

ベンジャミンの件で一度ちゃんと伝えているし、気遣い屋のブリジットでもさすがに他の男性を斡旋してくる展開はないと思うが……。

「――ごめんなさい、エスター」

「へ」

エスターの予想を超えて、ブリジットは深々と頭を下げてきた。

それはもう、膝に額がつくのではないかというほど、深く。

「お、おやめください、お嬢様！　謝っていただくことなど、何も！」

「いいえ！　わたくしは、あなたに謝らなくてはいけないの。あなたの気持ちを無視して、わたくしは勝手なことをしようとしていたのだから」

「えっと……ベンジャミン様のパートナーの件でしたら、もう済んだことですし」

「ベンジャミンだけじゃないのよ」

ゆっくりと顔を上げたブリジットの眦は、うっすらと涙で濡れていた。

すぐに雫《しずく》となったそれがこぼれ落ちても、両手でエスターの手を握っているブリジットは拭おうともしない。

「わたくしは、あなたと貴族の令息の縁を結べないかと、動いていたことがあるのよ。あっ、誤解しないで！　当家とは全く関係ない話だから。ただ、そのほうがあなたが幸せになれるんじゃないかと、勝手に思って……」

ぎゅっと、握る手に力がこもる。俯いた彼女の瞳から、また大粒の涙が落ちた。

(まさか、このタイミングで伝えられるとは)

彼女がよかれと思って〝主人公と攻略対象との恋愛成就〟のために動いていたことは、エスターはもちろんヴィンスも気づいていた話だ。

だが、こう改めて謝罪されるとは思ってもみなかったので、返答に困ってしまう。

「ちなみに、その、一度だけアデルバート様にも進言したことがあるのよ。わたくしではなく、エスターを婚約者にって……」

「それは絶対に駄目ですよ、お嬢様！　何故そのような暴挙を!?」

「だ、大丈夫よ。雑談中の冗談で流してくださったから」

あまりのことに、夜だと忘れて大きな声が出てしまった。

ゲームのように彼本人が他の女性を選んだならまだしも、今の二人の婚約には、普通の貴族間のものとは比べものにならないほどの思惑が絡んでいる。

数多の候補の中から選ばれたブリジットが、冗談でも〝平民の侍女〟を自身の代わりに推すなど、あちこちに失礼すぎだ。

下手をしたら、提案されたエスターのほうが無礼打ちされかねない。

「あなたのほうが、アデルバート様に相応しいと思ったの。これは本心よ。何と表現したらいいか困るのだけど……わたくしは所詮、代わりがきく存在だから。あなたのほうが王太子妃に」

「それ以上おっしゃるなら、いくらお嬢様でも怒りますよ」

エスターが強く言い切ると、ブリジットはハッとしたように目を見開いてから、笑った。

泣き笑いのような情けない表情でも、推しはやっぱり美しい。

（代わりがきく存在だなんて、ひどい自己評価だわ。『キミホシ』でハリエット様が繰り上がる展開のことを言っているのだろうけど、ここはゲームじゃないのよ！）

今のブリジット以上に王太子妃に相応しい存在など、どこにもいないのに。

「誰が何と言おうとも、お嬢様こそが殿下の隣に立つべき方です。あなたのこれまでの頑張りを、私が一番知っています。奥様よりも詳しいと自負しております。どうか自信を持ってください。あなたは誰よりも素晴らしい女性ですよ」

「……エスターは本当に、わたくしを大事に思ってくれているのね」

「当たり前です。私の忠義をお疑いですか」

「いいえ。でも……恨まれても仕方ないとも思っていたのよ。だって姉妹なのに、片や貴族令嬢で片や侍女だなんて」

（なんてこと。お嬢様にそんな風に思わせてしまっていたの……？）

改めて、心優しいブリジットに嬉しさと申し訳なさが同時に募る。

エスターの選択は、この世界においても正解だ。なのにブリジットは、ずっと侍女の娘ではなく『妹』を仕えさせることに心を痛めてくれていたのか。

（やっぱり前世の記憶があることを伝えなくてよかったわ。常識や感覚が通じると気づかれたら、

余計にお嬢様を悲しませてしまうところだった）

「……お忘れですか、お嬢様。私がお嬢様にお仕えしているのは、私自身が願ったことですよ。令嬢として引き取っていただいたのに、侍女になりたいと頼んだのは私です」

「それは、出生を気にしてではなくて？」

「ないとは申しませんが、些末《さまつ》なことです。私は一度だって選択を悔いたことはありませんよ。侍女の仕事も好きですし。何より、私はあなたが大好きなので！　あなたの喜ぶ姿こそが、私にとって最高のやりがい、最高の名誉なんですよ」

「……そう」

弱気なブリジットの発言全てに、エスターは迷いなく返す。

応酬を終えたブリジットは最後にしっかりと頷くと、きゅっと両目を閉じた。

「お嬢様……」

数秒を待って最後の一粒が頬から流れ落ちた後、彼女は決意を込めた眼差しをこちらに向けた。

エスターを呼びに来た時に見せた表情である。

「――わたくしは、アデルバート様のことをお慕いしているわ」

（え？　存じておりますが？）

よもや、バレていないとでも思ったのかと心配になったのも束の間、ブリジットはへにゃっと破顔した。無垢な、子どものように。

「違うわね。……あの人が好きなの。定められた婚約者だからではなく、立場も関係なく。ただのブリジットとして、アデルバート様が好きなのよ。でも、あなたに申し訳なくて、その感情をハッキリとお伝えできなかったの」

「えっと……何故、私に遠慮する必要が？」

「ふふっ、そうよね。変な話よね」

首をかしげて返したエスターに、ブリジットはおかしそうに声を上げて笑う。

——無論、エスターには意味がわかっている。

乙女ゲーム『キミホシ』において、主人公とアデルバートが結ばれるルートは、いわゆるメインシナリオだった。

だから彼女はずっと、ゲームでの己の立場を弁えてアデルバートと接していたのだろう。

彼と結ばれるのは悪役令嬢ブリジットではなく、主人公エスターであるべきだと。

【ゲームとは、違うのよね。ここは現実だもの】

日本語で呟いた彼女の小さな小さな声には、万感の思いが込められていた気がした。

「明日の星輝祭では、ちゃんと想いをお伝えするわ」

「それはぜひ！　きっと殿下も喜ばれます」

「……そうだと、嬉しいわね」

泣いて紅潮したものとはまた違う赤みが、彼女の白い肌を染め上げる。

アデルバートといえば、真っ先に好感度が天元突破した男だ。

ブリジットから想いを返されたら、それはもう大喜びする様が簡単に予想できる。

（同時に絶っっ対に逃げられなくなると思うけど、幸せにしてくれるなら任せましょう）

家のための結婚が今なお主流の王侯貴族の世界で、トップに立つ次期国王夫妻が真に愛し合って結ばれたら、きっと国にもよい影響があるはずだ。

「それでその、決意表明もしたし、これからは姉妹で恋の話ができたら嬉しいなと思って」

「恋？　お付き合いするのは歓迎ですが、私は色恋には疎くて……」

「え？　だって、エスターはヴィンスのことが好きなのでしょう？　もしかしたら恋に興味がないのかもと思っていたのだけど、そうよね？」

「うえっ⁉」

突然意外な話題をこちらにもふられて、変な声が出てしまった。

エスターがヴィンスのことを好き？　……恋愛的な意味で？

「あ、あの、なんでそんな話に……」

「だって、明日はヴィンスと約束をしているのでしょう？　星輝祭は恋の祭りよ」

「それは、そう、なん、ですが」

ブリジットのことを考える時には当たり前にあった前提が、自分の時にはすっかり抜けていた。

……あるいは、意識的に考えないようにしていたのか。

「私たちはそういう関係ではないですよ、多分。互いに面倒ごとを避けるための役といいますか」

「あら、だったら他の子でもいいんじゃない？　エスターには悪いけど、ヴィンスにパートナーを頼みたいという子、わたくしが知っているだけでも六人はいるわよ」

「そうなんですか⁉」

「ええ。ベンジャミンに聞いた話では、エスターに頼みたいという人も結構いるらしいわ。でも、エスターはヴィンスがよくて、パートナーを頼んだのではないの？」

ヴィンスじゃなくてもいいのなら、お互い別の人を頼めるわよ？

そう、言外に提示された選択肢に、エスターは口を噤んでしまった。

（私が、ヴィンス以外の人と二人になるなんて、考えたこともなかったわ）

これまでずっと、それが当たり前だったから。

同時に、ヴィンスの隣に自分以外の女性が立つことも、考えたことがなかった。

――エスターさえ変化を望まなければ、関係は変わらないと過信していたのだ。

（……そうよね。あのヴィンスが、モテないはずがないんだ）

「わたくしは、あなたたち二人は割けない間柄だと思っていたのだけど。だって、専属でついてもらう以前から、二人はいつも一緒だったじゃない。だからわたくしも、間に割り込まないように気をつけていたのよ？」

「違ったの？」と、不思議そうにこちらを見つめてくるブリジットは、『それ』が疑いようのない前提条件だと思っているようだ。彼女とアデルバートのように。

（私、は）

「その話はまたにしましょうお嬢様！　まずは瞼をなんとかしませんと！　大事な祭りの日にお顔が腫れてしまったら大変です」

「えっ……そ、そうね！」

エスターの指摘に頬から赤みが一気に消えたブリジットは、ずっと握っていた両手をようやく離した。

その機を逃さずエスターも立ち上がり、サッと侍女の姿勢を整える。

「すぐに温冷タオルを用意して参りますので、お嬢様は簡単に涙を拭いて待っていてください。柔らかい布で、優しくですよ！」

「わ、わかったわ」

いつも通りのお嬢様と侍女に戻ったことに安堵しつつ、早足で私室を出てキッチンへ向かう。

【攻略対象ではないけど、今のヴィンスならきっと、エスターを幸せにしてくれるわよね】

……かすかに聞こえた優しい願いは、あと一日だけ、考えないことにして。

＊　＊　＊

そして迎えた翌日、いよいよ今夜が星輝祭だ。

昨日まで全力で働いていた未婚の使用人たちは、持ち越したわずかな疲れを抱えつつも、誰も皆晴れやかな顔をしている。

……別にそこまで頑張らなくても参加できたとは思うが、気持ちの問題だ。

「さあさあ、私のお嬢様を今夜は世界一きれいにしなくちゃ！」

そう意気揚々と道具を準備し、今日もブリジットの私室へと向かったのだが――

「何やってるのエスター。あなたも今日は支度される側に決まってるでしょ」

「何故⁉」

彼女のもとにはすでに既婚の先輩侍女たちがスタンバイしており、ついでにエスターも支度をすると別室へ連行されてしまったのである。

ブリジットを美しく着飾るのは己の役目と自負していたエスターにとっては、なかなか残酷な所業だ。

「あんまりです先輩……私はお嬢様をきれいにできるのを楽しみにしてたのに」

「何よ？　わたしたちの腕が信用できないっていうの？」

「そうじゃありませんけど！」

むしろ、この屋敷の既婚侍女たちは、ブリジットだけでなく侯爵夫人の支度も務めてきた歴戦の猛者《もさ》だ。エスターのような小娘など足元にも及ばない。

わかってはいるのだが、専属の肩書きをいただく以上、やらせてほしかったのである。

「あなたの腕がいいのはわたしたちも認めてるわ。でも今夜は駄目よ。どうせエスターはお嬢様の支度に全力を出して、自分を疎かにするだろうから」

「いいじゃないですか、私は適当でも」

「いいわけないでしょ。あなた、今日は護衛の幼馴染と約束してるんでしょ？　適当な姿でエスコートをさせるなんて、失礼なことだと思わないの？」

「……それは、失礼ですね」

「わかればよろしい」

彼女の言うことは、ぐうの音も出ないほどの正論だ。

固まってしまったエスターをこれ幸いと、先輩侍女はさっと服を着替えさせて、鏡台の前に座らせてしまう。

気づいた時にはカットクロスのような白い布がかぶせられており、手際よく化粧水が準備されていた。自分にされると、彼女の腕のよさが改めてよくわかる。

「はい、こっち向いて」

「んぐ……でも先輩、相手はいつも一緒にいるヴィンスですよ？　今更私が着飾ったところで、何か変わりますか？」

「あなた、自分のことは本当に馬鹿なのね。変わるに決まってるでしょ。いつもの姿を知っているからこそ、違うところを見せなきゃ駄目なのよ！　そんなこともわからないなんて」

（散々な言われようだわ）

エスターの私物よりもはるかに質のいい化粧水が、肌に染みこんでいく。

続けて乳液なども ぽいぽい使われていくが、瓶の装飾を見る限り、どう考えても侍女の手が出るような代物ではない。

「先輩、これ私が使ったら駄目なやつでは……」

「奥様から許可をいただいているから心配しないで。若いとやっぱり肌のハリが違うわね。こっちは下地を馴染ませるのにも苦労するのに」

「いや、大して年変わらないと思うんですけど」

ツッコむ最中にも、彼女の手はてきぱきとエスターの顔を彩っていく。

「……よし終わり。次、髪の毛ね」

そのままあっという間に目元の調整まで終えて、瞬きの後には筆がブラシに変わっていた。

魔法チートの自分が言うのも何だが、これこそ魔法のような技術だ。

「すごい……」

「あなたもすぐにできるようになるわよ」

適当でいいとは言ったものの、エスターもやはり女だ。

どんどんきれいになっていく自分を見ていると嬉しくなって、気分も浮き立ってくる。

……ヴィンスは、着飾ったエスターを喜んでくれるだろうか。

「あなたたちみたいにずっと傍にいると、わからなくなるかもしれないけどね」

丁寧に髪を梳《す》き、鏝《こて》で巻きながら、いつになく真剣な声で先輩侍女は続ける。

「だからこそ、意識した瞬間に一気に爆発するわよ。……まあ、あの幼馴染くんは今更だろうけど。

今夜はそういう好機だと思いなさい」

「先輩、妙に具体的ですね」

「わたしはね、気づいた時には相手の結婚式に呼ばれていたのよ。町教会の小さな式だったけど、あいつめちゃくちゃいい男で、死ぬほど悔んだわ」

その後に出会った旦那は、もっといい男だけど、とフォローしつつも、鏡越しに見る先輩侍女の目には寂しさが濃く滲んでいる。

(経験者の言葉は、重いな)

彼女の夫は、この屋敷の料理人だ。

二人の仲が良好であることは皆が知っているが、それが失った恋をバネにしたものだなんて、エスターも今の今までわからなかった。

(でも、そうね。私もヴィンスが結婚するって言ったら……だいぶ、寂しい、かも)

彼から恋愛相談を受けたことはないので、そんな事態はまずないとは思うが。

もし、彼の隣に自分以外の素敵な女性がいて、結婚を前提に付き合ってるなんて伝えられたら……エスターは嫌みな小姑《こじゅうと》にならない自信がない。

(いけないいけない、『エスター』は主人公なのに！　これじゃ私が悪役令嬢だわ)

多分、誰かに意地悪したくなってしまうのは、こういう気分だ。

昨夜ブリジットに質問された時だって、エスターはヴィンスの隣に自分以外がいる可能性を考えてすらいなかった。

(だってそこは私の場所だし。……こう考えることが、『それ』なの？)

もし兄に恋人ができたとして、世間の妹たちはこんな感情を向けるものだろうか。

(こんな風に、いもしない誰かを嫌だと思ったりするのが、妹？　その人をどかしたいと思うのも、魔法を使ってでも遠ざけたいと考えてしまうのも、本当に妹？)

自分の中の黒い一面を見てしまった気がして、慌てて頭からかき消した。

「はい、終わり。花冠をつけるから、髪は毛先だけ巻いておいたわ」

「は、はい！」

妄想に囚われている間に、先輩侍女の仕事はきっちり終わったようだ。

バサッとクロスが外されると、あの日ヴィンスが選んでくれた真っ白なワンピースの上で、丁寧に巻かれた亜麻色の髪が躍っていた。

「わ、きれい……先輩すごいです！」

髪はさらさらツヤツヤで、巻き方も乱れることなく整っている。

もともと美少女だった顔は、控えめながら要所要所を際立たせる化粧でより華やかに。

そしてワンピースも、各所についたリボンはぴちっと左右対称に結ばれていて、座っていたにもかかわらず全く型崩れしていなかった。

「これが真のプロ侍女……！」

「やっぱり美少女を着飾るのはたまんないわね。いい仕事したわ！」

鏡台の前でくるくると全身を確認してしまうエスターに、先輩侍女も実に満足げだ。

彼女の功績ということで、今日はエスターも言わせてもらおう。

「私、可愛い‼」

「ええ、最高に可愛いわよエスター。自信持ちなさい」

「ありがとうございます‼」

衣装髪形とはよく言ったものだ。生まれつき『主人公は美少女だから』とあぐらをかいていたが、今日この時より訂正させてもらう。

ダイヤの原石は、気合を入れて磨かなければ損だと！

（いやまあ、あえて磨かないようにしてたのも確かだけどね。この仕上がりを知ってしまったら、もったいないって思っちゃうわよ）

危惧していた攻略対象も、一人はブリジットと結ばれ、一人は色恋よりも自己研鑽の方向へ変わろうとしている。

後の二人は申し訳ないが、交流があまりないので考えてもいない。

今の状況ならきっと、エスターが一晩ぐらい着飾っても問題ないだろう。

「エスター」

乱してしまった裾を整えて、先輩侍女が穏やかに微笑む。

「楽しんできなさい。絶対に、後悔しないように」

「……後悔」

先輩侍女と目を合わせたエスターは、頷き、淑女の礼で返す。

後輩として、また人生の師に敬意を表して。

（さて、私の準備は終わったけど、お嬢様はどうかしら）

スカートの裾を気をつけて捌《さば》きつつ、エスターは集合場所となっているエントランスへと向かう。

未婚の若者は全員参加とは言われたが、もちろん王城へ行けるのは最低限の教養を修めている者だけだ。

外ではすでに馬車が待機しているようで、御者が慌ただしく準備を進めている。

「うっわ、エスターきれいね……！」

先に集まっていた侍女仲間たちは、こちらに気づくとすぐに拍手で迎えてくれた。

そういう彼女も落ち着いた形の白ワンピースに身を包んでおり、ぐっと艶っぽく見える。

「そっちも色っぽくてすごくいい感じよ。熟練の技を体験させてもらって、とても勉強になったわ」

「それは本当にね。あたしたちも頑張らなくちゃ。お嬢様もすごくきれいよ」

「早くお会いしたいわ、楽しみ！」

彼女はすでにブリジットの仕上がりも見てきたようだ。

羨ましいと思いつつも期待を募らせていると、まさにそのタイミングで主人は現れた。

「待たせてごめんなさいね。さあ、行きましょうか」

「あっ、女神」

階段を下りてきたブリジットの神々しさに、脳直《のうちょく》で呟いたエスターはそのままスッと両手を合わせた。

試着の時点で美の象徴とも思えたブリジットは、より美しく仕上がったドレスと丁寧に結われた銀糸の髪の艶やかさで、直視するのが恐れ多いほどの姿になっていた。

しかも、ハーフアップにされた結い部分には小粒の真珠チェーンが飾られていて、銀髪の輝きの中に星をちりばめたようになっている。

海をモチーフとしたマーメイドラインのドレスにはこれこそが最適だ。先輩侍女たちの手腕に心から感動し、感謝の課金をしたいぐらいである。

「うう、お嬢様きれい……死ぬ前に最高の芸術を見られたわ……」

「泣くんじゃないわよ、エスター。ここで化粧が落ちたら、先輩に合わせる顔がないわ」

「わかってる。心の中で号泣しとく」

端から聞く分には軽く、けれど感動が突破しすぎて無に近くなった侍女一同は、エスター同様に手を組んだり合わせたりして、主の姿を目に焼きつける。

この家に勤めて、本当によかった。

「まあまあまあ、皆すごく素敵だわ！　こんな美人ばかり連れていけるなんて、他家に自慢できるわね。……なんで祈ってるのかしら？」

「美の女神を拝んだらご利益ないかな、と思いまして」

ありがたや、と目を閉じる侍女たちに、「なあにそれ」とブリジットは笑って応える。

ああ、ドレスを直すために魔法を使ってよかった。エスターの神聖魔法は、きっとあの時のために備わっていたのだ。

「それではお嬢様がた、どうぞ」

恭しく礼をする御者に案内されて、ブリジットと侍女たちは侯爵家の馬車へと乗り込む。

幸い当家には大型馬車が二台あるので、ブリジットも含めて四名ずつ、計八名が王城の会場へ向かうことができそうだ。

「馬車を持っていない家は、どうされるのでしょう」

「王家が用意した送迎用の馬車が迎えに来てくれるそうよ。ほら、道で誘導と警備をしてくださっているのも、王家直属の方々みたい」

「これはすごいですね」

護衛を連れていかないならどうするのかと思ったら、馬車での移動時点から王家が手配してくれているようだ。

屋敷付近は特に貴族邸宅が並ぶ区画なので、道の端に並ぶ者も多い。

白を基調とした軍装は、騎士団のものだろう。

「ところでお嬢様、当家の男性使用人はどうされたのですか?」

「ベンジャミンも含めて、先に会場へ行ってもらっているわ。せっかくの星輝祭ですもの。現地で待ち合わせというのも楽しいでしょう、とお母様がね」

「なるほど」

全員が一度に移動したら大渋滞を起こしてしまうので、先入りはこちらにもありがたい話だ。

女性のほうが支度に時間がかかる上に、令嬢たちのコルセットなども長時間つけていると大変なので、そのあたりを配慮した部分もありそうだ。

馬車は思ったよりもずっとスムーズに、王城へ向けて進んでいく。

車窓から眺める景色には、夕暮れの空に真っ白なステラリアの花が舞っていた。

馬車の行列を作って進むことしばらく。

日が落ちきるのとちょうど同じぐらいに到着した会場は、白亜の城がそびえ立つ別世界だった。

(いつ見ても、ここだけは慣れないわ)

敷地をぐるりと取り囲む人口池の橋を渡り、鉄格子つきの巨大な門を見上げながら入っていく。

一応王城を訪れたことはあるが、侍女は基本的に馬車付近で待機だ。

なので、こうして客人として招かれて降り立つのは初めてである。

「ようこそいらっしゃいました。コールドウェル侯爵家の皆様」

馬車が停止すると、上等な衣服をまとった従者が扉を開けて出迎えてくれる。

彼らの服装は皆一様に黒で、星輝祭の参加者と区別しているようだ。

「このまままっすぐお進みください。花冠をご用意しておりますので、お忘れなく」

順路を説明した従者は、一礼した後にすぐまた別の馬車へと向かっていく。

侯爵令嬢に案内がつかないなんて普通ではありえないが、彼らも来訪者が増えた分、人手をギリギリで回しているようだ。

(祭りの日に働いてくれるだけでも感謝しなくちゃね。それに、敷地のいたるところにランプがあって明るいから、足元も心配ないわ。この量を全て灯《とも》せるあたり、王家ってすごいわね)

エスターたちの後にも馬車はひっきりなしに到着しており、捌くのも大変そうだ。

「本当に多くの人が参加しているのですね」

貴族の子息・子女だけではここまでにはならないので、侯爵家のように使用人が多く参加しているのだと思われる。

その中に、王城の会場を見たいと思う〝だけ〟の者はどれだけいることか。

「大半が、貴族に見初めてもらうの狙いよね」

「でしょうねえ。最初からわかっていたことだけど、今夜は荒れそう」

ぽつりと呟くと、侍女仲間たちもうんうんと頷く。

まあ、玉の輿《こし》を狙う者が多いのは、雇っている貴族側も承知の上だ。

だからこそ、教養を修めている者だけを厳選して連れてきただろうし、さすがに主人の顔に泥を塗るような使用人はいないと思いたい。

「とりあえず、エスターもお嬢様と一緒にあたしたちの内側にいなさいよ。ヴィンスさんと合流するまでは守ってあげるから」

「え？　どうして？」

「どっかの令息に目をつけられたら大変だからよ。ほら、隠れた隠れた」

侍女たちはさっと集まると、中央のブリジットとエスターを守るように列を組んで進んでいく。

美の女神であるブリジットを衆目から守るのはわかるが、同じ侍女としては申し訳ない限りだ。

「仕方ないわよ、エスター。今夜のあなたは本当にきれいだわ」

「眩いほどに美しいお嬢様に言われましても」

「それは褒めすぎだと思うけれど。でも、お互い喜んでもらえたら嬉しいわね」

小さく笑い合いながら、ほどなくして侯爵家の一同は黒いお仕着せの一団のもとに辿りついた。

彼女たちが、参加者にステラリアの花冠を配る役割のようだ。

籠に収められたステラリアはどれも状態がよく、先の視察の成功を改めて実感させてくれる。

「ブリジット、待っていたよ」

と、そこに響いた男性の声に、周囲がざわめいた。

声の主は金色に輝くこの国の第一王子、アデルバートその人である。

(相変わらずフットワークが軽すぎるわね、この王子様は！)

まさかこんな入口近くまで第一王子が来るとは誰も思わないだろう。

皆即座に頭を下げて、尊い方が近づいてくるのを待つ。

「皆、頭を上げてくれ。せっかくの祭りで仰々しい態度は不要だよ。私は愛《いと》しい婚約者を迎えに来ただけだしね」

(わあ、熱烈)

さらりと述べる彼に敬意を表しつつ、侯爵家の侍女たちは静かにブリジットから離れる。

途端に、周囲からこぼれた感嘆のため息が重なった。

「――なんて美しく、お似合いなのか」

誰かの呆けたような呟きが、全てを物語っている。

試着の時にすでに見ていたアデルバートの衣装だが、こうして二人並ぶと本当に〝対〟となる仕上がりだ。リタにも盛大な拍手を送りたい。

「……愛しい人。今宵は私に、あなたをエスコートさせてもらえるかな」

「はい、喜んで」

当たり前のように取った手の甲に口づける彼を、ブリジットも愛しさ溢れる瞳で見つめる。

もうこれだけで、乙女ゲームならエンディングスチルとして提供できる最高の構図だ。

特大の絵画として額装して、屋敷のエントランス一面に飾りたい。

「すごいものを見てしまったわ……」

寄り添って去っていく二人を見送りながら、誰も彼もうっとりと頬を染めている。

星輝祭は恋人同士の二神が再会できた日。その象徴のような光景を目《ま》の当たりにして、王国の次代も安泰だと思えたに違いない。

「感心してないで、あたしたちも行きましょう。お庭の会場はこっちみたい」

「あ、ごめんごめん」

エスターは引き続き仲間たちに隠されながら、花冠を頭に順路を進んでいく。

やがて開けた視界の先には、それはそれは盛況なガーデンパーティーが待ち構えていた。

（ここまで集まってると壮観ね）

見事なまでの青と白。遠くから見たら青空と雲にも見えそうなそれらは、全て未婚の参加者たちである。

時折、給仕の黒が目に入るものの、九割が同じ色の装いをしているのはかなり面白い。

（街の会場だと、半分ぐらいは私服の店員さんや小さい子どもたちで、恋の祭りって印象薄いもの

ね。大半がルール通りの正装の若者って、すごい光景だわ）

ただ、中にはすでに交換を終えたのか。花冠をかぶっている男性とコサージュを胸につけた女性の組み合わせも散見される。

特に男性が花冠をかぶると大変目立つので、祝福と冷やかしを一身に受けていた。

「これ、参加者を見てるだけでも面白いかも」

「気持ちはわかるが、できれば別の楽しみ方をしてくれるか」

エスターが人間観察にわくわくし始めた、直後。

守ってくれていた仲間の「あ」という声と共に、エスターの体は引っ張られて囲いの外へ出た。

「わわっ」

とん、と踏み出してよろけた体を、分厚い胸板が支えてくれる。

反射的に上を見れば、引っ張った張本人である彼のほうが、目をまん丸にして固まっていた。

「ヴィンス！　びっくりした。もうちょっと丁寧に迎えに来てよ」

「いや、変なところにいたから、俺から隠れているのかと……」

「皆が守ってくれてたのよ。変な人に目をつけられないようにって」

「ああ……」

ぽやぽやと答える声には、彼らしい凛々しさは感じられない。

……と思いきや、見る見るうちにその頬が真っ赤に染まっていった。

「…………これは、隠すべきだと、思った」

（お、や？）

幼馴染のヴィンスが、自分の姿を見て、紅潮している。

その事実に、言いようのない高揚感が胸を埋め尽くした。

「先輩がね、支度してくれたの。……どう？」

「見惚れた。最高にきれいだ」

「そ、そう？　よかった……えっと、ありがと」

これまでも平然と、当たり前のように伝えられてきた容姿を褒める言葉が、ちょっと雰囲気が変わるだけで全然違うものに聞こえる。

彼の熱が移ったようにエスターの顔も熱くて、止められない。

「……じゃあエスター、あたしたちも楽しんでくるわね」

「あっ、ありがとね。いい夜を！」

ニヤニヤしながら去っていく仲間たちのことも、なんだかくすぐったい気分で見送れる。

恥ずかしくはあるけれど、正直、悪い気分ではなかった。

「ヴィンスが選んでくれたワンピースも、先輩が着付けてくれたから。その、いつもよりは……ちゃんとお洒落できてると、思う」

「……ああ。よく見せてくれ」

よりかかっていた体を離して、ゆっくり一歩下がる。パートナーだとわかるように片手を引かれたままだったのだが。

（――待って、正装!?　フロックコート!?）

自分の姿を見せると同時に、ヴィンスの全身も明らかになる。

視界に飛び込んだのは、スリーピーススーツの中でも結婚式によく好まれる正装姿の彼だった。

一番内側のシャツは乳白色で、中のベストは藍色。そして縫製のしっかりした上着とスラックスが上品な青色の組み合わせだ。

首元はシャツより少しだけ色の濃いアスコットタイが飾り、手袋を入れる胸ポケットには満開のステラリアのコサージュが飾られている。

「いや、ずるい……何これ、かっこいい……」

背が高く、均整の取れた体格の彼なので、ますます映える。

見惚れさせられたら、なんて考えていたのに、すっかりこちらがやられてしまった。

「……そうか。よかった」

「どうしたのよこれ。ヴィンスはあの時、服を選んでなかったじゃない」

「貸し衣装だ。弟君が、せっかくの祭りだからと手配してくれてな。王城会場組は全員、正装で参加させてもらっている」

ちらっと目線を動かした彼を辿れば、少し離れたところにベンジャミンの姿が見受けられる。

相変わらずキラキラした目でヴィンスを見つめる姿は、自分のことのように幸せそうだ。

彼も同じように青色の正装を着用しているので、近くで見たら見事な美少年ぶりだろう。

「正直、隣に並ぶ自信が消し飛んだところだが、お前が気に入ってくれたなら問題なさそうだな」

「問題ないどころか、これは私が放置されてもおかしくないわ……悔しい。かっこいい……」

「放置は絶対にしない、してたまるか。……ただ、連れ立って自慢するか、誰の目も届かない場所に隠すかは悩むところだ」

「か、隠されるのは困るかも……」

「そうか？」

ヴィンスの目が、今度はエスターの背後を示す。

何ごとかとふり返ってみると、こちらを注目する人々の姿があった。

……一人二人ではなく、おそらくこの場に集まるほとんどが、自分たち二人を見ている。

「どうしよう、うるさかったかしら」

「馬鹿、見惚れているんだよ。移動するぞ、なるべく人の少ない場所に」

「見惚れ……そ、そうね！」

皆に軽く会釈をしてから、摑んでいただけの手をしっかりと握り直す。

そのまま早足で去る際にも、視線はずっと追いかけてきた。

……侍女仲間たちの配慮は大正解だったようだ。改めてお菓子でも差し入れよう。

「いやでも、女性客が見惚れていたのはヴィンスよね。……やっぱりヴィンスはモテるんだ」

「俺はついでだろう」

「……これだから自覚のない美形は困るわ」

「感覚が麻痺《まひ》するんだよ。普段からお前やお嬢様や第一王子を見てるからな。弟君も整った容姿をしているし」

「あら、そこに私も加えてくれるの？」

「俺にはお前が一番だよ」

「いち……」

（この男、どうしてそう恥ずかしい台詞《せりふ》をポンポンと！）

さらりと告げられる言葉に、心臓がうるさくて仕方ない。

意識した瞬間、一気に来ると先輩侍女が言っていたが、あれはこういうことなのだろうか。

（しかも、こんな格好いい姿で……こっちの気も知らないで）

茹《うだ》った頭で必死に冷静を装っているのに、もう誤魔化せなくなってしまう。

「……エスター？」

「今こっち見ないで……情けない顔してるから……」

王城なので、歩く時は周囲の視線を意識して、なんて出発前に考えていたのが嘘のようだ。

（そんなもの意識する余裕があるか！）

——そうしてしばらく歩いて、ようやくついた比較的空《す》いている場所は、庭の外れの一角に区切られた立食スペースだった。

街の会場ならもっとも混み合うここが空いているというのが、客層と目的の大きな違いだ。

（た、助かった！　お祭りらしいところなら、冷静になれるかも！）

「ヴィンス、お肉もらいましょ、お肉！」

「そんな天使みたいな姿で肉を要求するあたりが、お前らしいな」

(天使って何⁉)

白いクロスをかけたテーブルには、片手で摘《つま》める小分けオードブルから、常駐の料理人が切り分けてくれる肉料理まで様々なものが並んでいる。しかも無料。

肉、魚、野菜から果物まで彩り豊かな料理がところ狭しと並んでいるのに、それを味わっているのはごく少数の参加者だけだ。

非常にもったいないと思うと同時に、立食コーナーにいる者は社交下手だと不当評価される貴族のやり方を気の毒に思う。

(私、やっぱり令嬢としての人生を選ばなくてよかったわ)

取り分け皿にひょいひょい載せながら、今頃王子と一緒に挨拶回りをしていそうなブリジットを憂う。祭りなので大した数ではないと思いたいが、それでもエスターはごめんだ。

(普段は結構ぺこぺこしてるお嬢様だけど、公の場に出ると侯爵令嬢って感じだものね)

TPOを弁えられる主人を自慢に思う反面、帰ったら食事もちゃんと取ってほしい。

「エスター、肉を切り分けてもらってきたぞ」

「ありがとう。こっちも適当に取ったけどこれで足りる?」

「お前、本当に結構しっかり食べる気なんだな」

呆れたように笑うヴィンスも、今日は目がずっと柔らかい。

慈しむような様子に鼓動を速くしつつ、隅に用意された簡易席へ並んで腰を下ろした。

「それにしても、殿下とコールドウェルのご令嬢は、本当にお似合いだったな」

（お？）

途端に聞こえてきたのは、同じように軽食休憩をしている参加者の声だ。

うっとりとした響きに、思わず聞き耳を立てる。

「ああ。なんといっても、あの正装とドレスだ。素晴らしかったよ。お二人のために仕立てられたものだろうが、神々のお姿が重なって見えたな」

「全くだ。メトカーフのご令嬢も美しかったが、やはり星輝祭は二人揃ってこそだな」

「……エスター、ソースが服につくぞ」

「あっ、ごめんなさい！」

じっとりとしたヴィンスの指摘で、慌てて我に返る。彼の言う通り、聞くほうに注力したせいで肉料理のソースが服につきそうになっていた。

せっかくのワンピースを汚すなどもってのほか。しかも白なので、染みが目立ってしまう。

「危なかった。ありがと、ヴィンス」

「あいつらの話に聞き入っていたのか？」

「お嬢様が褒められるのは、やっぱり嬉しいじゃない」

ヴィンスにも聞こえていたはずなので、首をかしげて同意を促す。

婚約が覆ることはありえないにしても、周囲から疎まれるか祝福されるかでは雲泥の差がある。

ブリジットには、なるべく多くの者に祝福されて嫁いでほしい。

「ふーん……」

ところが、ヴィンスはどこか不機嫌そうに目をすがめた。

同じ専属だからわかってくれると思ったのに、彼の考えは違うのだろうか。

「え？」

と、おもむろに彼の左手がエスターの右手に重なる。

たった今、肉の切り身にフォークを刺したばかりの右手に。

「あ、ちょっと」

そのまま彼は、エスターの手を引き寄せると、肉をぱくりと食べてしまった。

自分の皿が手元にあるのに、わざわざエスターに食べさせられるような形で。

「自分の食べればいいのに……」

「エスター」

ゆっくりと、舌が薄い唇を舐める。たったそれだけのことに、何故か心臓が跳ねた。

「な、なに？」

先ほどまでずっと優しかった茶色の瞳が、鋭くも妖しい光をたたえる。

ランプの明かりを映しているだけだとわかっていても、目が逸らせない色気があった。

「俺といるんだから、あまりよそ見はしないでくれ」

「――……は」

ぞわっと、肌が粟立《あわだ》った。

決して不快ではなく、けれど止められないぐらい背筋がぞくぞくする。

心臓も激しく暴れて、痛いぐらいだ。

(ヴィンスが、私にそんなことを言うなんて。そんな、まるで)

——嫉妬する、恋人のような、独占欲。

続いた妄想に、全身が燃えるように熱くなる。

ヴィンスはお兄ちゃんだったはずだ。過保護で面倒見がよくて、エスターが一人にならないようにずっと見守ってきてくれた。

けれど、やっぱり〝違う〟のか。胸がときめいてうるさいのも、一緒にいられることが嬉しくて、くすぐったいのも、家族に対する親愛とは違ったのか。

「…………」

黙ってしまったエスターをしばらく見つめた彼は、自分の手元の皿の肉を右手でフォークに刺すと、それを今度はエスターの唇まで運んできた。

「……あ」

反射で咥《くわ》えて咀嚼《そしゃく》すると、彼は満足そうに微笑む。二人の間の手は、変わらず握られたまま。

「じ、自分で、食べるわよ」

「美味いか?」

「味、わかんない」

王城で出された高級な食事なのに、頭がぐるぐる回ってそれどころではない。

……どうして、こんな風になっているのかもわからないのに。

「俺も、よくわからなかった」

「だったら普通に、食べれば、いいのに……」

「せっかくだからな」

エスターが混乱しているにもかかわらず、ヴィンスはそれを何故か嬉しそうに眺めてくる。

その後すぐに右手は解放してもらえたものの、料理の味はやはりさっぱりだった。

＊　＊　＊

「こっちは静かね」

味がわからないなりに軽食を取った後、二人が向かったのは庭の奥に用意された人工林の遊歩道だった。

枝が整えられているのでここも庭なのだろうが、よそと比べるとずいぶん木が大きく、自然豊かな景色になっている。

（こんなところにもランプが設置してあるし、明日は片付けが大変そう）

とはいえ、こちらは主な交流会場よりはだいぶ数が少ないので、せいぜい腹ごなしの散歩程度の利用しか考えていないのだろう。

喧噪は遠く、かすかに聞こえるどこかからの音楽が風情を感じさせる。

「こんな風にしんみり祭りに参加するのは初めてかも」

「そうだな。だが、人の多いところに行くと、注目されて動きづらい」

「あはは」

一応食後に人が集まる場所にも行ってみたのだが、穴の空きそうな視線が怖くて、早々に退散してしまった。

二人でいるのでこちらに声をかける目的ではないと思うが、それにしても胃に悪い。

（皆の様子も見ておきたかったんだけどな）

とりあえず、ブリジットとアデルバートが和やかにイチャついている姿と、ベンジャミンが特定の相手をパートナーにしなかったせいで、令嬢たちに囲まれていたのは見た。

交流がなさすぎて忘れがちなチャーリーとデービッドは、影すら見ていない。星輝祭に参加しているかどうかも謎である。

少なくとも、主人公エスターと悪役令嬢ブリジットの二人に絡む未来はなくなった以上、乙女ゲームの強制力を心配する必要もなさそうだ。

「エスター、こっちだ」

「どこに行くの？」

食事中はちょっとおかしくなったヴィンスとの空気もいつも通りに戻ったので、後は帰る時間まで二人でのんびりと祭りを楽しむ予定だったのだが。

「……わ」

招かれるままに歩くと、そこは先ほどまでの自然っぷりが嘘のように大きく開けていた。

上を遮るものがほとんどなく、またこの付近にはランプもないおかげで、空を埋め尽くす星々の輝きがはっきりと見える。

「すごい！　なんてきれいな星……落ちてきそうね」

「星輝祭とはよく言ったものだよな」

「本当に星が輝く日の祭りだったんだ。全然知らなかった」

祭りといえば人がたくさんいて、賑やかに楽しむものと思っていたので、明かりを消して夜空を見上げるなんて発想もなかった。

だが、納得だ。星輝祭は恋の祭り。人々が恋人神に倣って想いを伝え合う日でもあるのだ。

だから、そう。こういう静かで、ロマンチックな場所こそ、真の祭りの会場とも――。

「…………え？」

気づいて、固まってしまった。

ヴィンスがエスターのことを妹だと思っているのなら、決してこんな場所には連れてこないはずだ。

もっと人が多くいて、美味しいものをたくさん楽しめる賑やかな場所で、笑い合っている……なのに。

「……ヴィンス？」

彼に向きなおれば、その瞳は夜空なんてちっとも見ていなかった。

映っているのは、戸惑い、頬を染めた一人の小娘だけ。

優しく、慈しみに満ちた眼差し。エスターはこれを知っている。

アデルバートがブリジットに向けて、またブリジットも同じ目で返していた。

(恋をしている人の、目だ)

とっさに後ずさろうとして、失敗する。いつの間にか、彼の手が腰に回されていたのだ。

無論、ふり払ってしまえば逃げられるだろうが……それをしようとは思えなかった。

ヴィンスが自分に向ける想いを、ちゃんと聞きたいと思ってしまったのかもしれない。

あるいは、昨夜答えられなかった『それ』――エスターが恋をしている可能性を、はっきりさせたかったのか。

「……逃げないんだな。まあ、さすがに今夜は誤魔化させるつもりもないが」

どこかホッとしたように囁く声は、低く、耳に染みていく。

右手はエスターを捕まえたまま、左手が胸元に飾ってあったコサージュに触れて、そっと抜き取った。……使い方は、会場のあちこちで見た後だ。

「正直、わざわざ言わなくても伝わってるとばかり思ってたんだが。周りはともかく、お前本人に伝わっていないんじゃ意味がないからな」

星型に咲いた花弁に、ヴィンスがそっと口づける。

剣を握る男とは思えない繊細な所作に、今にも心臓が飛び出してしまいそうだ。

「……ヴィンス」

緊張で口が渇く。

再びこちらを見据えた彼は、驚くほど真剣な顔をしていた。

「——好きだ、エスター。ずっと、ずっと、お前だけが好きだ。言っておくが、兄や家族としてではないからな。一人の男として、お前が好きなんだ」


(……ああ、言われてしまった)

戸惑いと、諦めと、何よりも強い喜びが、胸を震わせる。

本当はエスターだって、どこかで気づいていた。

ヴィンスが向けてくれる感情は、お兄ちゃんとしてのものではないと。

(でも、受け入れるのが怖かった)

何せ、エスターの生まれは歪んだものだ。

望まれずに生まれてしまったエスターにとって、家族愛という温かいだけのそれが救いだった。

嫉《そね》んだり、妬いたり、そういうドロドロした感情込みの恋も愛も怖くて、ブリジットの恋模様を傍から見るだけで満足していた。

……前世、外側にいるプレイヤーとして、乙女ゲームを眺めていたように。

(だけど、そうじゃなかった。私はちゃんと、恋を知ってた)

先輩侍女に失敗経験を語られた時、もし自分だったらと考えて……自然に黒い感情が湧いてしま

った。

ヴィンスは自分の隣にいてくれるのが当たり前で、その独占欲を無意識に持ち続けていたのだ。

だから同僚も皆知っていたし、誰も止めなかった。

ブリジットだって、片恋を知る六人の女の子に協力はせず、エスターに訊ねてくれた。

恋の祭り星輝祭で、ヴィンスのパートナーにしてもらうこと。その意味を。

誰よりもわかりやすく、『好きなのでしょう?』と。

(だいたい、告白されて一番感じるのが〝嬉しい〟の時点で、結果はわかってるじゃない)

今夜は二人ですごせて嬉しかった。

たくさんの人にヴィンスが見惚れられると、ちょっと嫌だった。

人気のない、星空の下に招かれて、エスターは逃げなかった。

全部、全部、誰から見ても明らかな答えは出ている――


「――ちょっとだけ待って」

「え」


……にもかかわらず、口をついて出たのはそんな言葉だった。

「あー……この雰囲気で、ふられるのか俺は」

「ふらない! ふらないから、ちょっとだけ時間をください!!」

一瞬で空気が冷たくなりかけたので、慌てて制止する。

ふるとかそんなもったいないことをしたいわけでは、断じてない。それだけは確かだ。

「じゃあ、何の時間だ？」

「……頭を整理したい。今ちょっと、熱くて煙吐きそうだし、心臓飛び出しそうだし、正気じゃないのよ。ヴィンスに伝えたいことがいっぱいあるのに、まとまらない」

情けなくもぶつ切りの思いを、なんとか声に乗せる。

本当に、エスターは今いっぱいいっぱいなのだ。

何なら泣きそうになっているのを、必死に抑えつけて話している。

「本当に少しでいいから、頭を冷やさせてほしいの。でも！　そのコサージュは他の人にあげないでほしい！　受け取って、交換するための覚悟を、決めてくるので」

「……わかった」

ふはっと、噴き出すように笑ったヴィンスは、そのまま両手を挙げた。

腰の手がなくなったので、これでエスターは逃げることができる。

「ありがと。なるべく急いで……戻るから」

「三分経ったら追いかけるからな」

「せめて五分！」

「じゃあ五分で」

漫才のようなやりとりをしたヴィンスは、しょうがないなと笑って、こちらに背を向けた。

こういう面倒見のよさを発揮するから、エスターはお兄ちゃんだと思って甘えてしまったのに。

(と、とりあえず、人気がなくてひんやりしてるとこ……近場で！)

意を決したエスターは、ヴィンスの傍から走り出す。何度も何度もふり返りながら。


「――さて、どうしよう」

人工林の中をだいたい一分ほど走って、エスターは近場の木に額をこすりつけた。

走ってきた分もあるだろうが、心臓は未だ恐ろしいほど強く脈打っていて、痛くてたまらない。

これは絶対、効果音がドキドキではなくドコドコだろう。

「うう、駄目だわ……ヴィンスのこと考えるだけで苦しい。なんでこんなになるまで放っておいたのよ、私。絶対にもっとサラッと付き合える機会あったでしょ」

ここまでずっと引っ張ってきたせいで、素晴らしい場所で心に残る告白になってしまった。

こんなの、主人公をやめたエスターには分不相応だ。一生忘れられないじゃないか。

「いやまず、恋愛をする予定が全くなかったんだけど！　……予定はなくても恋はできるんじゃない、どうすればいいのよ」

そういえば昔、恋はするものではなく〝落ちるもの〟なのだと読んだ気がする。

抗えない力で叩《たた》き落とされる。それが恋だ、と。

「こんな丁寧に、時間をかけて落とされる恋なんて駄目でしょ。乙女ゲームのシナリオよりも、はるかに甘いじゃない！　こっちは前世引きこもり、今世は仕事人間よ！　もう少し難易度低く恋を学べるように――」

ぼすん。

瞬間、エスターの世界は真っ暗になった。

「え？」

夜の暗闇ではない。ランプが消えたわけでもない。……何かに、視界を遮られている。

（ヴィンス……じゃない！　誰⁉）

燃え盛っていた心が、一瞬で氷点下まで落ちる。

そして次の瞬間、エスターの体は宙に浮いていた。二人の人間に、抱え上げられて。

「ちょっと、誰なの⁉」

「おい、静かにしろ！　急いで連れていくぞ」

「人気のないところにいて助かったぜ」

エスターの問いを無視した二人は、抱えたまま大急ぎで走り出す。

声質は成人男性、しかしエスターが聞いたことのないものだ。

〝誘拐〟の二文字が、頭にハッキリとよぎる。

（嘘でしょ⁉　だってここ、王城よ⁉）

いくら祭りの最中とはいえ、給仕の他にもあちこちで騎士が見張りをしていた。

その中で人を担いで誘拐するなど、大胆にもほどがある。

「だ、誰か……うぐっ⁉」

抱え方が悪いせいでお腹が圧迫されて、声を上げようにもうまくできない。

それどころか、ユッサユッサと揺れる不規則な動きに酔ってしまいそうだ。

（気持ち悪い……これはどこかで止まるまで、体を動かさないようにしないと）

魔法を使おうにも集中できないせいで、魔力が散ってしまう。

せめて先ほど食べたものを吐かないよう、下腹部に力を入れてグッと耐える。

「よし、連れてきたぞ！　出せ出せ！」

幸いにもそれほど遠くない場所で誘拐犯たちは足を止め、エスターを硬い床に乱暴に下ろした。

響く音と硬さから察するに、木の床のようだが。

「………………え？」

なんとか起き上がると、そこは商人が使う大型の荷馬車の荷台だった。

エスターの視界を遮っていたのは、すっぽりとかぶせられた麻袋だったらしい。

（状況を把握しないと）

薄ぼんやりとした明かりに照らされるのは、複数人の男たちだ。装いに共通点はなく、年齢層もバラバラ。

青い服を着ていないので、祭りの参加者でもなさそうだ。

（全く知らないわ。一人も見たことがない）

彼らを見ても、エスターが誘拐された理由が全く思い当たらない。

人身売買目的ならもっと丁重に扱うだろうし、性的な目的なら欲望を見せて襲ってくるはずだ。にもかかわらず、男たちは能面のような顔つきで、エスターをただ見ている。

そこには何の感情も窺えず、逆に気味が悪い。

「あなたたち、私に一体何のご用？」

なるべく冷静に訊ねてみるが、答える者はない。

「……私が誰なのか知っていて、攫《さら》ったの？」

「知らない」

今度は攫った当人が答えた。しかしながら、感情は一切読み取れない。

エスターを連れてくるまでは普通に話していたので、急に別人になったみたいだ。

誰でもいいという投げやりさすら感じられないのなら、何故誘拐などをしたのか。

（いや、こんな変な人たちを気遣ってあげる義理はないわね。魔法で騒ぎを起こそう。歩いてこれる程度の距離なら、騎士か誰かが来てくれるはず）

せり上がったままだった胃液をなんとか下げて、じっと魔力を練る。

人に危害を加えるような魔法は使ったことがないが、誘拐されてただボーッとしているわけにもいかない。

エスターにはできることがあるのだ。助けを待つだけのお姫様じゃない。

（怪我人は出ないように、荷台の周囲の幌《ほろ》を狙って……）

「痛っ⁉」

「出しなさい」

魔法を放とうとしたまさにその瞬間、後ろからガッと肩を掴まれて、痛みで集中が途切れてしまった。

途端に男たちはわらわらと動き、荷馬車は乱雑な動きで走り出す。

「う、わ、ちょっと⁉」

慌てて体勢を直そうとするが、掴まれているせいでうまくできない。

ふり返って諸悪の根源を睨みつければ、そこには意外な人物が立っていた。

「……ハリエット様？」

「あら？」

薄暗いランプの明かりでも、彼女の金髪はよく見える。装いはもちろん、あの日リタの店から受け取ってきた白のドレスだ。

全体的にフリルが多く、黒を差し色にした華やかな仕上がりになっている。

あちこちに散る刺繍も、全て目立つ金糸。ブリジットとは対照的な、かなり派手な一着だ。

似合わないとは言わないが、若い彼女には少々装飾が多すぎる気がする。

「神女様！」

「我らの神女様‼」

（はあ⁉）

そして、エスターの驚きはまだ続くようだ。

先ほどまで何の感情も見せなかった男たちが、今は頬を真っ赤に染めて、大きな声で名を呼んでいる。

それはまさしく、推しのコンサートで熱狂する重たいファンそのもの。この世界の人々的には、狂信者といわれる類の反応だ。

——神女教。ここ最近の騒動で頻繁に名を聞いた、問題の集団。

「あなたが、神女だったのですか……？」

「様、をつけてくださる？　コールドウェル侯爵家の侍女さん」

にっこりと見せられた笑みは、服飾店で会った時と同じもの。おっとりした淑女だと、そう思わせる穏やかな表情だ。

けれど、同時に力を込められた指の爪がエスターの肩に食い込み、痛みに息を呑む。

（この人、まともじゃない……！）

当たり前のような顔で暴力をふるう彼女に、恐ろしさが募る。

メトカーフ公爵家は、一体どんな淑女教育を施しているのか見てみたいものだ。

「……はあ。あなたに当たっても仕方ないわね」

「うぐっ！」

掴まれた肩を起点に、再び荷台の底面に叩きつけられる。

エスターがそんな扱いをされているのに、男たちは全く無関心だ。

こちらへ野次を飛ばすならまだわかるが、ロボットのように神女の名を繰り返し呼ぶだけ。何も映っていないガラス玉のような目を見て、鳥肌が立った。

「……それで？　この侍女を連れてきたのは、一体誰かしら？」

「はい！　自分たちでありますす神女様!!」

「わたくし、ちゃんと伝えたわよね。星輝祭の王城会場で、〝二番目に美しい娘を連れてくるように〟って。なのに、どうして、一介の侍女を選んだの？」

「はい！　我々が会場で二番目に美しいと思った娘が、この者だったからです神女様!!」

「この愚か者！」

バシン、と激しい音がして、受け答えをしていた男の体が転がった。

何かと思えば、ハリエットは扇子で彼を殴ったようだ。先ほどまで持っていなかったので、ドレスの袖に隠していたのだろう。

強い力がかかったせいで、扇子は半ばでボッキリいっている。本当に容赦がない。

「申し訳ございません神女様！　我々は何を間違えたのでございましょうか！」

「会場で二番目といったら、ブリジットのことに決まっているでしょう！　どうして侍女なんかと間違えるのよ」

（いや、うちのお嬢様は会場どころか世界一美しいですけど!?）

まさかの回答に恐怖が飛んで、心の中で反論してしまった。

ハリエットは美意識がズレているのか？　今夜だって会場でずっと話題に上り、絶賛されていたのはブリジットとアデルバートだというのに。

「……僭越ながらお訊ねしますが。一番美しい方はどなたなのですか？」

「そんなもの、わたくしに決まっているではありませんか。このゴールドスタイン王国一の美姫《びき》はわたくしです。当たり前のことを聞かないでくださるかしら、侍女さん」

（ああ、そっちか……自分で姫とか言っちゃう人なんだ）

どうやらエスターは、彼女の評価を誤っていたらしい。

ハリエット・メトカーフは、ちょっとおっとりした、優しい顔立ちの淑女などではない。

……とんでもないナルシストだ。

（ゆっくりめに動いたり喋ったりしたのも、計算してから行動しているせいかしら。よく見える角度とか、声のかけ方とか。いちいち気にしてるなら、ゆっくりなのも納得だわ）

エスターとて別に自己愛を否定するつもりはないが、それが人様に迷惑をかけるなら話は別だ。

公爵令嬢という高い地位にいる者としても、今のふるまいは決して擁護できない。

「全く、本当にあなたたちは使えませんね」

心底呆れたように息を吐いたハリエットは、おもむろに左腕につけていた白手袋を外した。

「…………っ!?」

その下から現れたものに、エスターは今度こそ絶句する。

彼女の白い手には、甲から肘までの広範囲に、真っ黒な入れ墨が刻まれていたのだ。

それも、ただの入れ墨ではない。うっすらと黒い光をたたえたそれは、魔法ではなく呪術と呼ばれる禁断の力を使うための媒介だ。

――何故、エスターが禁じられた術を知っているのかは、もちろん決まっている。

（なんでハリエット様が、『キミホシ』の最後の切り札〝傀儡《かいらい》の呪法〟を持ってるのよ⁉）

それが、乙女ゲーム『キミホシ』に登場するものだからだ。

傀儡の呪法は名前の通り人を操るための禁術で、決して手を出してはならないと王城の地下に封印されている……はずだった。

入手経路は謎だが、おそらくは父親の公爵が手配したと思われる。

常時多くの魔力を吸い取られるがそれゆえに強力で、ゲームでは悪役令嬢ブリジットがアデルバートルートの最後で使用していた。

エスターに奪われた彼の心を取り戻すために、彼を操ろうとして……破滅するのだ。

（強盗事件の日、やけに精霊が騒いでいたのは呪法に反応していたのね。ドレスに気を取られすぎたわ……でも、どうしてハリエット様がこれを使っているの？）

まさか、恋愛面では発揮されなかった〝ゲームの強制力〟が、こちらで出たということなのか。

恋物語に必要悪を登場させるために？

（いや、いらないでしょ！　お嬢様は無事に婚約継続中だし、私だって誘拐されなければ今頃ハッピーエンドっぽいことになってた気がするし！）

強制力よ、なんて余計なことをしてくれたのか！

思わず頭を抱えるエスターに、ハリエットはニヤリといやらしく笑う。

おそらくは、この異様な状況にエスターが絶望しているとと思ったのだろう。残念ながら、もっとぶっとんだ理由で落ち込んでいる。

「まあ、いいわ。あなたたち、このまま走らせて王都を出るわよ。ブリジットを連れてこられなかったのは残念だけれど、あの女付きの侍女なら意味はあるわ。この侍女をボロボロにして送りつければ、少しはこたえるでしょう」

ハリエットの声に呼応して、入れ墨の光が強くなる。

光に操られた男たちはカクカクと二、三度痙攣《けいれん》した後、全員が姿勢を正して荷台に座った。

……続けて、荷馬車と並走するように、外から馬の嘶《いなな》きも聞こえてくる。

操っているのは、ここにいる者だけではないようだ。

「ハリエット様、あなた様は……お嬢様を憎んでいらっしゃるのですか?」

「当たり前じゃない。殺してやりたいほど嫌いよ」

(そこまで……)

ふふんと得意げに笑う彼女に、嫌悪感が強まる。

彼女がブリジットと敵対しているとは聞いたことがなかったし、婚約者候補の件も穏やかに決まったので終わったものだとばかり思っていた。

(神女教の名を最初に聞いたのは、ステラリアの花畑でだったわね)

ブリジットが意味不明の侮辱をされた理由も、氷魔法の適性を知っていたことも、ハリエットが命じたなら納得する。

「……でも、アバネシー服飾店の強盗は、どうして……」

確かに、あのぐちゃぐちゃにされた店内で、彼女のドレスが無事だったのはおかしい。気づけなかった自分に反省だ。

しかし、少し間違えれば自分のドレスもめちゃくちゃにされる可能性があった。

王都一番の人気店なら、きっとハリエットも初めて利用したわけではないだろう。だったら、あの店を襲わせる理由は一体何か。

「そうね、ヒントをあげようかしら。ショーケースの展示は見た？」

「ショーケース？　いえ、私たちが来た時は、もうひどい有様でしたし……」

ふいに声をかけてきたハリエットの言葉で、あの日の会話を思い出す。

ブリジットもハリエットも、同じ星輝祭で着用するドレスを依頼していた。

だが、店の宣伝を務めるショーケースに飾られたのは……ハリエットではなくブリジットのドレスだったらしい。

「まさか、襲撃の理由は、ショーケースに飾られたのがお嬢様のドレスだったから⁉」

そんな馬鹿なとは思うが、予想を肯定するようにハリエットはキッと眉を吊り上げた。

「そうよ！　なのに……どうしてあのドレスが無事なの⁉　ありえないわ‼　どんな魔法を使ったのか知らないけど、本当に腹立たしい‼」

（ひっ、怖‼）

一瞬でヒステリーを起こしたハリエットに、エスターは飛び上がりそうになる。

まさか、世界を変えかねない魔法で直したとは思わないだろうが……詳細は伏せるべきだろう。

（騒動に紛れてドレスをめちゃくちゃにさせたのも、つじつまが合ったわ。ドレスを失ったお嬢様は星輝祭に参加できなくなり、王子様はエスコート相手を失う。自分が人質になってまで……）

きっと強盗事件は、屈辱を晴らすと同時に、王子のパートナー役を奪う目的もあったのだ。

ベンジャミンのようにフリーのまま参加する可能性もあるが、ハリエットは婚約者の最終候補なので、代わりにパートナーを務めてもおかしくはない。

たとえそれが、恋の祭りである星輝祭でも。

「……それほどまでに、第一王子殿下を……あの方を慕っておられるのですね」

「何を言っているの。違うわよ」

「あれ⁉」

馬鹿なの、と白い目をするハリエットに、こちらが混乱してしまう。

ブリジットを憎む理由は、自分ではなく彼女が婚約者に選ばれたからだとばかり思っていた。

『キミホシ』の悪役令嬢同様に、彼の心を奪うために呪法を使ったのだと。

「ち、違うのなら、何故でしょう？」

「きっかけは婚約者争いだわ。でも、アデルバート殿下は正直どうでもいいのよ。ほぼ確定した王太子の肩書きだけは魅力があるけれど、それ以外は何とも思っていないの」

「でしたら、どうしてブリジットお嬢様を？」

「あの女が、婚約者に選ばれたからよ‼　わたくしとの二択で、何故あの女のほうが選ばれるというの⁉　まさか、このわたくしが、あの女に劣るとでも⁉」

（そっちかー‼）

激昂《げきこう》するハリエットの姿に、エスターは逆に冷めてしまった。

彼女はアデルバートの愛がほしいわけでも、婚約者の立場を望んでいるわけでもなかった。

ただ、ブリジットに負けたという一点が、許せなかっただけなのだ。

（いや、負けたというのも変な話ね。政略込みの婚約だし、本人以外に家の諸々もあったのに……。第一、憎む相手はまず王子様でしょ、普通。感情をお嬢様に向けるのは逆恨みだと思う！）

「だいたいあの女も、わたくしと競おうなどと考えるのがおこがましいわ！　家格すらも下なのだから、平伏してわたくしに譲るのが当然でしょう‼　それを当たり前のように居座り、あまつさえ聖女などと呼ばれて調子に乗って……なんて女なのかしら！」

（あ、ああ……）

残念ながら、これは〝何を言っても通じないやつ〟のようだ。

鬼のような形相のハリエットは、もう何をしようとも『ブリジットのことが気に入らない』に帰結する思考なのだろう。

その感情の名が、対抗心を通り越して〝嫉妬〟であることにも気づいていない。

「では、その、神女という呼び名も？」

「あの女が聖女なら、わたくしはその上に決まっているわ。聖女よりも崇高な存在、〝神〟の名を冠する呼称こそ、わたくしに相応しいでしょう？」

「えっと、そうですね。おっしゃる通りかと思います」

よもや、本当の聖女はエスターですとは言えない。

応援する側が神と呼ぶのは理解できるが、自称神はいくらエスターでもお手上げだ。

残念だが、手の施しようがない。

「……あら、そう」

しかしここで、ふっと空気が変わった。

エスターが適当に『神』を肯定したことが、ハリエットの気分をよくしたらしい。

荒れ狂っていた激情を鎮めた彼女は、形だけは整った唇を笑みに歪ませた。

「あなた、あの愚か者の侍女にしては見る目があるではないの。……なるほど、確かにこう見ると容姿も整っているのね。わたくしの信者が間違えてしまうわけだわ」

「え？　い、いいえ、恐れ多いです。彼らもきっと、暗がりで容姿の判別を誤っただけでしょうし」

「まあ、わたくし、弁えている子は好きよ？　そうね、痛めつけようと思っていたけれど、違う使い方にしましょう。あなたがわたくしのものになったら、あの女はどう思うかしら」

「それ、は……」

意外すぎる提案をされて、エスターはとっさに答えられなかった。

専属侍女である自分がいなくなれば、ブリジットは不幸とまではいかずとも、悲しくは思ってくれるかもしれない。

けれど、別に困りはしないだろう。今日エスターを飾ってくれた敏腕侍女は他にもいるし、数日前に夫人が言ったように人手も足りている。

エスターがいなくなっても、コールドウェル侯爵家は困らない。

（でも私は、お嬢様にお仕えしたいし……ヴィンスと、離れたくない）

あの屋敷は、長年勤めて築き上げた大切な居場所だ。

けれどもし……もしも、エスターがハリエットの味方につくことでブリジットへの中傷被害が収まるとしたら。プロの侍女なら自分ではなく、主人の平穏を選ぶべきだろうか。

（こんな危ない人の味方はしたくないけど。メトカーフ公爵家に入ることで、内側から傀儡の呪法をどうにかできるかもしれないし）

悶々と悩むエスターの顎に、細い指先がつぃっと滑る。

つい先ほど肩を力いっぱい摑んできた、爪の長い美しい指先だ。

「悩む必要はないでしょう。このわたくしに仕えられるのだから、素直にはいとおっしゃいなさい」

「ですが……えっと、私のような者が、お役に立てるか不安で」

「あらまあ、可愛い子。いいのよ、すぐに役には立たなくても。あの女ではなく、わたくしを選んだという事実に意味があるのだもの。……それに、わたくしにつくなら、ご褒美をあげるわ」

「ご褒美？」

妙に甘ったるい声に、内臓がぞわぞわして気持ち悪い。

けれど、エスターの様子など気にもしていないハリエットは、舞台女優のように大仰に腕を広げて笑った。

「この左腕の呪法がある限り、わたくしに操れない男はいないわ。望む男がいるなら、どこの貴族令息でもあなたにあげましょう」

「……は？」

傀儡の呪法は異性しか操れないのか、なんてどうでもいい思考が上滑りする。

……望む男を与えてやる？　一体何を言っているのだろうか、ハリエットは。

「あなたも王城会場へ来ていたということは、どうせ貴族に見初めてもらうのを狙っていたのでしょう？　その願い、わたくしが叶えてあげるわ。どの家がお好み？　確か、宰相の子息も婚約者がいなかったと思うけれど」

さも、極上の餌を撒《ま》いているかのような得意げな顔で、ハリエットは歌う。

それが素晴らしいことであるかのように――無表情で座る操り人形たちを見つめながら。

「……そんなもの、いりません」

「なんですって？」

我慢できずに出た声は、自分が思ったよりもずっと低かった。

スッと笑みを消したハリエットに、こちらも挑むように睨みつける。

恋の祭りの夜に〝好きな男を操り人形としてあげる〟なんて、本当に失礼な話だ。

そんなふざけた相手に、ふりでも従ってたまるものか。

「私が望む男は、たった一人だけです。それも、その人の恋が手に入る直前だったんですよ。――私は、あなた様と違って選んでもらえたので」

「はあ？」

ハリエットの顔に、ビキリと青筋が浮かぶ。

……全く、この人のどこが穏やかな淑女だというのか。社交界の者たちは皆、公爵家の肩書きと雰囲気に騙されすぎだ。

「お可哀想な方ですね、ハリエット様。呪法を使ったところで、できるのはお人形遊びだけ。ご自分のことしか大事に思えないあなた様には、お嬢様が育んできた愛情も、私が教えてもらった恋も、きっと理解できないでしょう」

「ふ、ふふ、だから何だと言うの。恋だの愛だのと、くだらない。わたくしの存在は、もっと高貴なのよ。そんな感情にふり回されるほど、神に等しいこの身は安くないの」

「だからあなた様は選ばれないんですよ」

ふんっと鼻で笑ったエスターを見て、ハリエットから黒い煙のような力が立ち上った。

（怒りを煽るだけってわかってても、言いたくなるわよ）

やり方は違えど、ハリエットはエスターと似ている。

恋とか愛とか自分には関係ないと見ないふりをして、それが正しいと思い込ませていた。

（本当にそれがいらないなら……〝選ばれない〟という言葉に反応はしないものよ）

真に自己愛を極めている者なら、誰かの選択を気にするはずがない。だって、最高の自分が自分を愛してさえいれば、世界は完結するのだから。

ブリジットを恨みの対象にしている時点で、ハリエットは恋も愛も望んでいたはずだ。

（お嬢様のことが羨ましくてたまらないくせに、こんなやり方に走ってしまうなんて。本当に、馬鹿な人だわ）

もっとも、エスターとてヴィンスがいてくれなければ、彼女のように歪んだかもしれない。

『羨ましい』を隠して『興味ない』を装って……どこかで一つでも間違えていたら、彼を隣から失ったエスターが〝悪役〟になり果ててしまっていたのだ。

（努力の方向性を間違えた結末か。ゲームのブリジットも、今のハリエット様も、誰にでも起こりうる姿なのね）

「……お前たち、立ちなさい」

術者の怒りによって、荷台で座っていた男たちがいっせいに立ち上がる。

もともと彼女はエスターをボロボロにするつもりだったらしいし、予定が元に戻っただけだ。

「愚かな娘ね」

「あなた様ほどではありません」

粘土をいじるように、男たちの表情が能面から般若《はんにゃ》へと変わっていく。

エスターが魔法チートを持っていることは確かだが、囲まれた状態でうまく使えるだろうか。

「いや、やるしかないか！　私もできる限りの抵抗はさせてもらいます！」

「なるべく痛めつけてから殺しなさい」

『はい、神女様‼』

馬車の揺れをものともせず、男たちが駆け寄ってくる。

恐怖を糧に、魔力を彼らにぶつけようとして――しかし、エスターの力は、またも空ぶった。

「ちょっ、なになになに!?」

ガンッという激しい音と共に、エスターたちを乗せた荷馬車が大きく傾いたのだ。

いや、傾いたなんて可愛いレベルではない。この角度は、完全に横転しようとしている。

「ファンタジーなのに交通事故!? 無理無理、倒れる!!」

さすがに思いっきり転がっては、操られている男たちも体勢を保てなかったようだ。

荷台の底面に転がったままだったエスターよりも大きくバランスを崩し、幌や支柱にガッツガッツぶつかった男たちは、半数ぐらいが外へ放り出されてしまった。

「……び、びっくりした……」

荷台の動きが落ち着くのを待ってから、ゆっくりと体を起こす。

驚きはしたが、大きな怪我もなく、ちゃんと手足も動く。

ただ、残念ながら立った姿勢で事故に遭った男たちは、あまり無事ではなさそうだ。

横向きになった車輪が鳴らす音に合わせて、あちこちからうめき声が聞こえる。

「どうして急に……あ」

よく見れば、車輪の一つのスポークに、何か細長いものが挟まって壊れている。

――これはまさか、長剣の鞘か。

「エスター！」

現状把握に努めていたのも束の間、馬蹄《ばてい》と共に近づいてきた声にエスターはぱっと顔を上げた。

身を乗り出せば、顔が確認できるぐらいの距離に一頭の馬が駆けている。

「ヴィンス……！」

黒髪を風に揺らして、まっすぐこちらを見る大切な幼馴染を捉えた途端、涙が出そうになった。

来てくれた。逃げるように保留にしてしまったエスターを、追ってきてくれた。

（もしかして、鞘を車輪に投げ込んだのはヴィンスなの⁉　すごい荒技するわね⁉）

それでも、彼が追いかけてくれたことは素直に嬉しい。

「ヴィンス、こっち……あぐっ⁉」

「やりなさい」

手を挙げ、応えようとしたエスターの髪が後ろから強く引っぱられる。

犯人はふり返って見るまでもない、ハリエットだ。

（この人ほんっとに暴力的‼）

キシキシと痛みを訴える頭皮を押さえている間にも、転がっていた男たちが立ち上がり、ヴィンスのもとへ駆け寄っていく。

しかも、一緒に乗っていた者だけではない。

荷馬車に随行していた者たちも、馬に乗ったままどんどん集まっており……その装いは、白い軍服。まさかの騎士だ。

「そんな、お城の騎士まで操っていたんですか⁉」

道理でエスターの誘拐がスムーズにいったわけだ。

王家が手配した警備担当も、人形になったらいないも同然なのだから。

「ヴィンス、逃げて！」

いくらヴィンスでも、十を超える騎士の相手を一人でするのは危険だ。

必死で声を張り上げるエスターを、ハリエットは嘲るように笑いながら引き寄せる。

……………絶体絶命、のはずだった。


「エスターに触るな！」


ヴィンスが自ら距離を詰めたかと思えば、一瞬で二人の騎士を馬から落とした。

「うそ……？」

長剣の煌めきは止まらず、自我をなくして斬りかかってくる騎士たちを、虫でも払うかのように倒し、落とし、こちらに近づいてくる。

歩いて彼に接近していた男たちなど悲惨だ。

頭上から人が降ってきたり、馬が倒れ込んできたり……敵とはいえ、同情するぐらいの実力差を見せつけている。

「い、一体なんなの、あの男は」

「私の幼馴染、鬼神か何かだったのかしら……」

あまりの強さに、ハリエットすら呆けている。

強い強いとは思っていたが、何というか、もはや次元が違う強さだ。

だが次の瞬間、ハッとした彼女は、エスターの髪を放して両手を突き出した。

――ヴィンスも男だ。彼女の傀儡の呪法の対象となりえる。

「あの護衛、あれほど戦えるなんて想定外だわ。けれどだからこそ、わたくしに相応しい」

「させるわけないでしょ‼」

魔女のように笑ったハリエットに、エスターは渾身の力で摑みかかる。

引っ張られていた頭皮がまだ痛むが、今はそんなことを言っている場合じゃない。

(ヴィンスだけは駄目‼)

絶対に、彼だけは渡せないと、体の全ての細胞が叫んでいる。

もうなりふりなど構っていられない。今夜は何度も失敗したが、今こそ魔法の使いどころだ。

「え、何？　なんなのよ、この力は⁉」

エスターの体から、真っ白な光が溢れ出す。

ハリエットの呪法の光を打ち消すように、強く、眩しく……ありったけの魔力を注ぎ込む。

「ふざけないで！　離して、離しなさい‼」

再び摑みかかろうとする夜叉《やしゃ》のような表情のハリエットに、エスターはニッと歯を見せた。

最高に、イイ顔に見えるように。

「改めまして、自称神女様。――私が本物の聖女です‼」

宣言と同時に、魔力を全て解放する。

神聖魔法の〝浄化〟。

それ自体は大きな魔法ではないが、主人公チートの全力となれば話は別だ。

「いっけえええ‼」

魔力を注いで、注いで、注ぎ続ける。

魔法はどんどん強くなり、やがて光の柱となって夜空を貫いた。

国中のどこからでも見えるほどに太く、眩しく、輝いて、光を世界にふりまいていく。

さながら、恒星が空から落ちてきたかのように。

＊＊＊

「エスター！　エスター、しっかりしろ‼」

「……ん？」

次に目を開けた時、エスターはヴィンスの腕の中に抱えられていた。

周囲はまだ薄暗く、香る空気は砂っぽい。

「ヴィンス？　私……」

「よかった、無事だな。……心臓が止まるかと思った」

ぼんやりとした視界がハッキリしていくと、覗き込む彼の顔は今にも泣きそうに歪んでいた。

……どうやら、またしても魔力切れで気絶してしまったようだ。

ついこの前同じ失敗をしたばかりなのに、申し訳ない。

「やっぱり三分で追いかけるべきだったな」

「ごめんなさい。まさか誘拐されるとは思わなくて」

「お前は危機感が足りなすぎる。俺が目を離すと、すぐこれだ。反省しろ」

「はい、返す言葉もありません……」

彼にゆっくりと起こしてもらうと、周囲の景色も見えた。

地面のあちこちに人が転がり、騎手を失った馬は足踏みしたり嘶いたりしている。

それを押さえているのは、ヴィンスに襲いかかったのと同じ、白い軍装の騎士たちだ。彼らの動きは操られているようには見えないが。

「あれ、あの方」

こちらに気づいた一人が、大きく手をふってくれている。

周りの騎士より一回りガタイのいい男性は、件の副団長だ。

「またすごい方がお手伝いに来てくださってる」

「今回は俺のせいじゃないぞ。事件の大きさから考えて、あの方が動くのが妥当だったんだ」

「……それはそうね」

禁じられていたはずの呪法に、それを使用したのは公爵家のご令嬢。しかも、かなりの数の騎士が操られてしまっていた。

騎士団からしても、頭の痛い話だろう。

「私たち、どうなるのかしら」

「とりあえず、被害者として話をするにしても明日以降だな。今夜は俺が運んででも屋敷に帰るぞ」

「……そうだと、ありがたいわ。全力で魔法使ったから、へろへろ」

気怠《けだる》い体の誘うままに、ぽすりとヴィンスの胸元にもたれかかる。

……そこには、爽やかな香りと共に、星型の花があった。

「ステラリア！　コサージュ、ちゃんと取っておいてくれたのね！」

「それはそうだ。あいにく俺は、お前以外に渡したい相手がいない」

「ちょ、ちょっと待ってね！」

一瞬で疲労が吹き飛んだエスターは、勢いよく立ち上がると横転した荷馬車へと近寄る。

幌は大きく破れ、無残な事故現場となっているが、目当てのもの……誘拐時にかぶせられた麻袋は、ちゃんと残っていた。

「よかった、あった！　私の花冠……」

喜んだのも束の間。二人がかりで抱えられた挙句、横転事故を起こした荷台にあった花冠は、残念ながら潰れてぐしゃぐしゃになっていた。

かすかに残る香りだけはコサージュと同じで、それが余計に物悲しい。

「ヴィンス、ごめんなさい……交換する花冠がなくなっちゃった」

「いや、別に俺は花冠をかぶりたいわけではないが。……それともふられるのか？」

「違うから！　ふらないから‼」

縁起でもないことを言う男を、威嚇するように諫める。

エスターだって自覚したのだ。もう逃げもしない、否定もしない。

ちゃんとエスターの中に、恋はあった。

「ヴィンス」

改めて、向かい合って立つ。

だいぶ高いところにある瞳を見上げると、彼も顔をこちらに寄せてくれていて、そんなささいなことも嬉しかった。

「もう誤魔化しません。ちゃんと素直になります。……私もヴィンスが好き。お兄ちゃんとしても、幼馴染としても好きだけど……恋として、認めました」

「……そうか」

ふっと、小さく落ちた吐息と共に、彼の表情も解ける。

愛しい者にだけ見せる特別な微笑みを、エスターに向けてもらえる日がくるとは思ってもみなかった。……いや違う。彼はちゃんと、その笑みをエスターだけに見せてくれていた。

自覚すれば彼の〝いつもの微笑み〟は本当に甘くて、優しくて、胸が温かくなる。

「エスター、これ」

そうして彼は、胸元のコサージュからステラリアの花の部分だけを取り外すと、耳にかけるようにエスターの髪に差し込んだ。

「お前のほうが、花は似合うだろ」

「なあに、花冠の代わり？」

耳から頰に触れた大きな手のひらが温かい。

生花を髪に差すなんて、ヴィンスもキザなことをしてくれるものだ。

「でも、ありがとう」

やっぱり星輝祭には、ステラリアがあったほうが嬉しい。

まだ残る香りを楽しむべく、エスターは瞼を閉じて、

――次の瞬間、唇を奪われていた。


「……はい？」

「俺は花より、こっちがいい」

「いや……事後報告!?」

ほんの一瞬。けれど、確かに触れた柔らかさに、顔から火が出るように熱くなる。

家族でも、お兄ちゃんでも、幼馴染でも唇にキスはしない。

こういうことができるのは、やっぱり恋だ。

今のエスターは、それを『しない』なんて、絶対に言えない。

「後が駄目なら、先に言えばしていいのか？」

「そっ…………そう、ね」

「じゃあ、したい。していいか？」

「や、待って、ちょっと……逃がす気ないじゃない⁉」

したい、と言った時点で、エスターの腰には彼の手が回っていた。

頬に触れた手はずっと離れていないし、断らせるつもりは最初からないのだ、この男は。

「いい加減、逃がしたくないんだよ」

「……もう逃げないって言ってるのに」

顔を見合わせて笑い合って、どちらからともなく口づける。

ただ唇を合わせるだけなのに不思議なものだ。心が満たされて、勝手に幸せになっていく。

「おお、おお、おお、お熱いことで！」

「ええ、ようやく俺の姫を手に入れたので」

冷やかす副団長にも軽く返しながら、何度も何度も口づけを交わす。

――やがて、全てが終わった後に地平から顔を見せた太陽は、騎士団の皆曰《いわ》く、エスターとヴィンスを祝福するために昇ったように見えたそうだ。

エピローグ

星輝祭の夜に起こった誘拐騒動は、あの後、副団長をはじめとした騎士団によって捕縛と保護が行われて、無事に幕を下ろした。

といっても、捕縛されたのはハリエット一人だけで、男性陣は全員保護だ。

呪法はエスターの強力浄化魔法によって解かれ、神女教として活動していた男性たちは、全員すぐに元の人格を取り戻している。

ただ、彼らは本当に操られていただけだったらしく、活動していた間の記憶を全て失っていた。

目が覚めたら見知らぬ場所にいて、何故か怪我をしているし騎士団に囲まれているしで、ずいぶん恐ろしい思いをしたことだろう。

幸いにも全員命に別状はなく、一番ひどい怪我でも骨折で済んだとのことだ。

(ヴィンスは鬼のような活躍をしつつも、しっかり加減していたのね)

改めて、幼馴染のすごさに感心するばかりである。

彼らは治療と取り調べが終わり次第、日常へ帰っていくことになる。今度はおかしな集団に巻き込まれない人生を願うばかりだ。

――さて、諸悪の根源たるハリエットなのだが……実は大変気の毒なことになってしまった。

エスターの浄化魔法で呪法を失うまでは想定内だったが、なんとあの自慢の美貌を失い、シワシワの老婆のような姿になったというのだ。

（……実はこれ、私の魔法のせいじゃないのよね）

傀儡の呪法は、常時魔力を吸収し続けるという術である。

しかし、今回使ったハリエットは魔法の適性がなく、魔力もそれほど多くはない。

普通に生活する分には支障は出ないが、あれだけ多くの人間を操っていたら、魔力が足りなくなるのも当然だ。男性たちを操っていた時は、おそらく彼らの魔力も吸い上げていたのだろうが……。

一人で足りなくなれば、削られるのはハリエットの生命力となる。……言い換えれば寿命だ。

（老婆になったのは外見だけではなく、寿命がごっそり削られているのだと気づいたら、あの方は無事でいられるかしら。ヤケを起こさないといいんだけど）

一応、牢《ろう》では自殺ができないよう厳しい監視がつくと聞くが、自業自得とはいえ後味の悪い結果になってしまったと思う。

そして、今回の騒動でもっとも意外だったのは、ハリエットの父親であるメトカーフ公爵が全くかかわっていなかったことだ。

呪法を持ち込んだのも彼ではなく、馴染みの商人のお土産に〝何故か〟禁書が紛れ込んでいたとかで、ここはやっぱりゲームの強制力を感じてしまった。

公爵本人と夫人は罪には問われなかったが、娘がやらかしてしまった事実は変わらない。

家の取り潰しは免れたものの、彼らは自主的に領地のいくつかを返還。政治の表舞台からは去り、今後は田舎の領地で慎ましく暮らすらしい。

社交界の派閥も変わるだろうし、我がコールドウェル侯爵家の当主代理様と次代のベンジャミンには引き続き頑張ってもらおう。

……とまあ、エスターがかかわった騒動は楽しいとはいえない結果で終わったのだが。

反面、星輝祭を満喫できた王城会場は、それはそれは楽しいことになったそうだ。

しかも、エスターが使った特大浄化魔法のおかげで、である。

一緒に参加していた同僚たち曰く、あの光は〝神々の奇跡〟として祭りの参加者たちには受け取ってもらえたとのことだ。

星輝祭で本当に空が輝いたら、エスターだって同じように思うだろう。

そこで「この特別な夜に！」と恋に悩む若者たちが勇気をふり絞り、あちこちで告白大成功！からの、アデルバートとブリジットも皆の空気に乗じてステラリアを交換。

共に支え合っていくことを、大勢の参加者の前で宣誓したそうだ。

（お嬢様は有言実行されたのね！　まだ立太子していないのに宣誓は気が早いとも思うけど、あの王子様ならやるわよね。幸せそうだったから結果オーライ！　おめでとう‼）

現場を見られなかったことだけは悔やまれるが、幸せならそれでヨシ！

星輝祭の翌日は、カップル誕生ラッシュで空気すら甘かったと聞く。

これは今後の結婚、そしてベビーラッシュまで期待できるだろうか。

ともあれ、幸せな国民が増えるのは喜ばしい。

演出役として、国王がエスターに金一封をくれてもいいぐらいである。

「……お前はさっきから何をニヤニヤしているんだ？」

「あらヴィンス、迎えに来てくれたの？」

「ああ」

エスターがふり返ると、私室の扉を開けたまま何とも言えない顔をしていたヴィンスが、訝しげにこちらに近づいてきた。

ノックの音は聞こえなかったが、エスターが集中していて聞き逃したようだ。

「それは、副団長様からの手紙か」

「ええ。ハリエット様の処遇も詳しく教えてくださったわ」

怪しいものではないと手渡すと、ヴィンスは一応裏表を確認してからこちらに戻してきた。

実は副団長には、今回の一件で大きな借りを作ってしまった。

というのも、彼の一存で『エスターが聖女であること』を黙ってもらっているのだ。

（いやまあ、国の危機になったらちゃんと名乗り出るけどね）

平和なうちはこの侯爵家の使用人の一人として、穏やかに暮らしていきたい。彼はそのささやかな願いに協力してくれたのである。

なお、当然副団長には対価も求められており、月に何度かヴィンスを騎士団の訓練に参加させることに決まった。聖女ではなくヴィンスに対価を求めるあたりが彼らしい。

（あんな強いところ見たら、ねえ……？）

操られていた騎士も、覚えていなくても体に刻まれていたらしく、ぜひにと総出で頭を下げられてしまった。あの光景は今でも忘れられない。

ちなみに、何故その光景をエスターが目にしたのかといえば、聖女の秘密を守るために訓練に参加する代わりに、『エスターも訓練についてくること』をヴィンスが要求したからである。

決してエスターから頼み込んだわけではないが、「格好いいところ見せてやる」と言われたら逆らえない。もちろん見たい。

（私の秘密の対価があちこちに飛んでいて、変な話だわ。ヴィンスもヴィンスよ。そんな格好いいこと自分から言う？　最高か？）

恋人にいいところを見せようとしてくれるなんて、喜びこそすれ止めたりはできない。

あとは単純に、エスターに甘いだけか。

「そろそろ時間だな。大丈夫か？」

「もちろん。午前中お休みしちゃうとぼんやりしがちだから、気を引き締めていくわ」

「そうだな」

差し出された手を取って、見慣れた使用人棟の廊下を並んで歩く。

エスターは真っ黒なワンピースに白いエプロンをつけたお仕着せ姿。

ヴィンスは青色の支給ジャケットに同色のズボンと革ブーツを合わせた護衛の出《い》で立ち。

どちらもどこにでもいるごく普通の使用人でしかないけれど、お互いにとっては唯一無二の特別な人だ。

この平凡ながら充実した日々を、これからも大事にしていきたい。

「エスターここにいたのね！　そうか、今日半休だったんだ」

「え、何ごと？」

……なんて、感傷に浸れたのは屋敷につくまでのわずかな時間だった。

慌てた様子で駆け寄ってきた同僚に、こちらも顔を見合わせてから話を聞く。

「また第一王子殿下がいらしているの！　今日は応接室を奥様が使っているから、中庭のほうにご案内したんだけど……」

「うん待って、先触れあった？」

「いつも通りないわよ！」

あの王子またか。と、二人の考えが重なる。

声には出していないが、顔を見ればわかるぐらいには繋がっているのだ。

「エスター、今日はどっちだ？」

「この時間なら高確率で残りのお二人も来るわ。対応はお嬢様がなさってる感じ？」

「ベンジャミン様もご一緒よ」

（見たことのある光景になってきたわね）

戸惑う同僚には自分の仕事に戻ってもらい、エスターとヴィンスが五人分のティーセットとお菓子を載せたカートを押して中庭へ向かう。

今日も隅々まで整えられた季節の花垣の先。真っ白な東屋では、金と銀に輝く美貌の青年たちと少女が、楽園のような光景を見せつけている。

「あっ、ヴィンス先生！」

真っ先に気づいたのはベンジャミンだ。

ぱあっと花が開いたような笑みを浮かべて、こちらに手招きしてくる。

ほんの少しだけ男らしさが増した彼だが、なおも繊細なガラス細工のような雰囲気は変わらず、星輝祭の後もひっきりなしに釣書が届いている。

「エスター、おはよう」

「やあ侍女殿。お邪魔しているよ」

続いて、エスターの登場に心から安堵した様子のブリジットと、そんな婚約者が可愛くてたまらないと隠しもしない金色の王子アデルバート。

恋を知った今となっては、彼の瞳に映る感情をエスターもよくわかっている。

惜しみない愛情をブリジットに注ぐその姿をもって、今後も政略結婚を続けていくであろう王侯貴族に新しい風をもたらしてほしい。

「失礼いたします、第一王子殿下。本日もご連絡をいただいていないとのことでしたが」

「連絡すると面倒な者たちにバレてしまうからね。ブリジットとの幸せな時間を邪魔されたくないんだ。侍女殿ならわかってくれるだろう？」

「あいにく、私は逢瀬《おうせ》のために仕事を放り出すような殿方と付き合っておりませんので」

「……手厳しいな」

にっこりと作り笑顔で返すと、アデルバートは少しだけ気まずそうに目を逸らした。

（邪魔をされるってことは〝仕事を抜け出してきたから迎えが来る〟だものね。それは褒められないわよ王子様）

エスターもヴィンスも仕事での手抜きだけはしないので、その点だけは擁護できない。

「アデルバート殿下、やはりこちらでしたね！」

ほら、噂をすれば何とやら。

しばらく姿を見なかったチャーリーとデービッドが、困惑をあらわにしながら東屋に近づいてきた。二人とも生存していたようで何よりだ。

そしてここまで案内してくれたジムは、大変白々しい「すみません」を口にして護衛の定位置まで下がっている。

おそらくは、ベンジャミンがここへ連れてくるように指示したのだ。

（結ばれた王子様に〝小舅《こじゅうと》三人がかり〟で絡むことにしたのか。やるわねベンジャミン様）

失恋してもなお、ブリジットを慕ってくれるのも大変ありがたい。

せいぜい健全な恋の障害として頑張ってほしいものである。……エスターのところであったような過激な障害はノーサンキューだ。

「では、私どもはこれで。何かご用がありましたらお呼びくださいませね」

「エ、エスター⁉　せめてもう少し……あっもういないわ⁉」

わちゃわちゃしている間に全員分のお茶を用意したエスターは、ヴィンスの手を引いてさっさと退場する。

当然中庭から出るわけではなく、彼らには見えずともつかず離れずの距離で待機だ。

「……そういえばエスター。俺の好感度とやらを見る能力が、なくなったかもしれない」

「あら、そうなの」

カートを隅に寄せて並んでいると、ヴィンスがそっと囁いてきた。

好感度チェックは、サポートキャラクターであるヴィンスに備わっていたものだ。

今の彼が使えなくなっても、なんらおかしくはない。

「いいのか？　調べるのを楽しみにしていたと思ったんだが」

「それは前の私だからね。お嬢様も私も変わったし、多分もう必要なくなったのよ」

だって好感度チェックは、〝恋が成就していない〟主人公をサポートするための力だ。そんなもの、もう使い道もない。

東屋に聞こえない程度にこっそり笑って、続けて彼の左手の小指を摑む。

仕事中に手を繋いだら怒られそうだが、これぐらいの触れ合いなら許されると思いたい。

「私も、お嬢様も、たった一人を見つけたから。だから、もう好感度は見なくていいの」

「……そうか」

ヴィンスも咎めることなく、エスターの好きにさせてくれている。

わずかにこちらを向いた視線がそれだけでも甘くて、思わずしっかり笑ってしまった。

(乙女ゲームの主人公からは完全に外れたけれど)

本来いるべき場所には悪役令嬢がいて、主人公はこんな画面の隅で突っ立っている。

けれど、この平凡な暮らしの中で、エスターは望んだ未来を掴むことができた。

チヤホヤされなくても、聖女として崇《あが》められることもなくても。

「……私、幸せよ」

「ああ。もっと幸せになろう。二人で」

ハッピーエンドは、ちゃんとここにある。

後日談

諸々のトラブルを無事に乗り越え、幼馴染のお兄ちゃんだったヴィンスと恋人になったエスターだったが……関係が変わって早々に、大変困っていた。

それはもう、『これは関係を変えないほうがよかったのでは』なんて後悔を覚えるほどの困りぶりである。いや、本当に戻る気はないのだが。

「………」

さて、現在はすっかり日も落ちた時刻だ。

いつも通りブリジットの就寝準備を整えたエスターは、一日の仕事を全て終え、まさに退室しようとドアノブを握っている。

開けて、廊下に出て、扉を閉めたら部屋へ帰るだけ。

本当に最後のそれなのに、ノブを捻《ひね》る手が止まっている理由は……扉のすぐ近くに、人の気配をヒシヒシと感じているからだ。

構造が内開きのせいか、ほぼ密着して立っているのが伝わってくる。どれぐらいかというと、扉を一歩出た瞬間にエスターが確実にぶつかるぐらいである。もはや壁だ。

もちろん警備巡回の者なら、こんな場所には絶対に立たない。

「エスター、どうしたの？」

「いえ、なんでもありません。……最近のいつものです」

心優しい主人に心配もされてしまったので、エスターはできる限りの笑みを返してから、意を決してノブを捻った。

どうせぶつかるのなら、頭突きでも決めてやろうという勢いで。

「むぐっ⁉」

しかし残念ながら、彼の鍛えた肉体の前に、エスターの抵抗など意味がなかった。

ダメージがないどころか、うまいこと受け止めた彼は左腕ですっぽりとエスターの体を抱き込み、残る右手で扉の開閉権も奪い取ってくれている。

「失礼いたしましたお嬢様。これは俺が引き取りますので、おやすみなさいませ」

「えっ、いつものってそういう……」

驚きと照れが半々のブリジットの声も、あっという間に扉の向こうに消えていく。

閉じる音が響けば、お仕事の時間は終わりだ。

「お疲れ、エスター」

「……ヴィンス、もう少し普通に迎えに来ることはできないの？」

もそりとエスターが顔を上げれば、ヴィンスの茶色の瞳は柔らかく解けるばかり。まあ、彼の胸元にぴったりくっついているので、何の説得力もなくて当然だろう。

「まあ、いいけどさ。あなたもお疲れ様、ヴィンス。今日も何事もなくてよかったわね」

「そうだな」

諸々を諦めて額を押しつけ直すと、ヴィンスの右手も背中に回されて、きついほどしっかりと抱き締められる。

……エスターが恋人になってから困っているのは、まさにヴィンスのこの行動だ。

関係が変わってからというもの、彼はとにかくエスターとイチャイチャしたがるのである。

それはもう、護衛同僚のジムが『くっついていないと死ぬ病気なんだろ』と吐き捨てるほど。なお、これを指摘したジムは、恨みのこもった恐ろしい表情をしていた。

(別に私だって、恋人とくっつきたくないわけじゃないのよ?)

どちらかといえば、ヴィンスにくっつくこと自体は好きだ。

引き締まった筋肉質な体は純粋にくっつき甲斐《がい》があるし、厚い胸元に感じる包容力も格別。

何より、幼少期からべったりだったエスターは、ヴィンスに抱き着くことに幸せを感じて育ってきたので、今さら避けたり逃げたりするつもりもない。

……だが、いい大人なのだからTPOを弁える必要はあると思うのである。

何なら今だって、ヴィンスのすぐ後ろに遅番の警備担当がいた。わざわざ人前でイチャイチャする彼の行動にエスターは困っているのだ。

(幸いにも、仕事中はちゃんとしているから、苦情はないけどね)

問題は、仕事でなくなった瞬間にこうなるということだ。

今夜のような仕事上がりはもちろん、休憩や買い出しの外出など、ブリジットの迷惑にならなくなった瞬間、即イチャだ。見極めが際どすぎる。

もっとも、もしヴィンスがブリジットの守りを疎かにしようものなら、エスターは即恋人を辞めるつもりだ。仕事の手を抜く恋愛脳などお呼びではない。

そして、エスター本人よりもエスターを理解している彼が、そんな愚かなことをするはずもないので、今こうなっているわけだ。

「せめて人がいないところまで我慢できないものかしらね……」

ため息交じりにエスターが呟くと、彼の抱き締める腕が少しだけ緩んだ。

おや、と思っている間にも右腕が背中から離れて、エスターの頬を掬うように触れる。

「ヴィンス？」

様子を窺っていれば彼の顔が近づいてきて……ちゅ、と額に唇が触れた。

「は？」

「気づいていないなら改めて言うが」

自然すぎて止める暇もなかった行動に、思考が固まってしまう。

しかしヴィンスは悪びれた雰囲気もなく……むしろ真剣な顔で、囁いた。

「俺が人前でお前にくっつくのは、全部わざとだ」

「……え？」

何を言ってるんだこいつ、という感想は、声にならずに消えた。

ヴィンスは一人満足そうに頷くと、背中に回していた腕を腰に回して、エスターを引っ張るように歩き始める。

目的地はもちろん、二人が暮らしている使用人棟だ。

「……ちょ、ちょっと待って」

エスターが反応できたのは、歩き始めて一分ほど経ってから。

階段に差しかかった足を躓《つまず》かないように一度止めると、エスターを引きずる恋人の顔をキッと睨みつける。夜の少ない明かりの中でもいい男だな、と思ったのは内緒だ。

「どういうことなのヴィンス。わざと人前でイチャイチャしてるの？」

「そうだ。気づいていると思ってたが」

「気づかないわよ！　だって、そんなことする利点がわからないもの⁉」

思いのままに声を上げて、直後にハッとする。

寝静まるには早くても夜は夜だ。こんな時間に大きな声を出すのは、プロ侍女失格である。

とっさに口を押さえたエスターを見下ろしたヴィンスは、軽く嘆息した後に予想外の行動に出た。

「えっちょ……⁉」

先ほど同様にごく自然に腕を回すと、ひょいっとエスターの体を横抱きにしたのだ。

そのまま平然と階段を下りていく彼に、かける言葉が何も出てこない。

「……利点があるから、俺は周囲に見せつけてる」

階段を下りきった彼は使用人棟へは向かわず、すぐ近くに備えられた待ち合い用の椅子に腰を下ろす。横抱きされたままのエスターも、もちろん道連れだ。

「えっと、何の利点があるの？」

「決まってるだろう、牽制だ」

「けんせい」

オウム返しに口にすれば、ヴィンスは少しムッとしたように眉を顰めて、エスターの顔に頬同士をすり寄せてくる。

吐息が混ざるような至近距離に、心臓が跳ね上がった。

「お前、本当に自覚がないんだな。あるいはお嬢様しか見ていないのか。同じ屋敷に勤めている連中だけでも、俺の恋敵は山ほどいたのに」

「……そんなに？　全然心あたりがないんだけど」

「そりゃ、俺が全部遠ざけてたからな」

今度は頬にヴィンスの唇が触れる。逃げられないエスターはされるがままだ。

「エスターは、自分の容姿が整っている自覚はあるだろう？」

「多少はね。でも、それより私は生まれが特殊すぎるじゃない。避けられるならわかるけど、好かれるとは思えないわ」

「いつの話をしてるんだ、この馬鹿。お前の生まれをとやかく言われていたのなんて、最初の一年にも満たないぞ」

ヴィンスは呆れたように息を吐きつつも、決してエスターを抱く手を緩めない。

表情も怒っているというよりは拗ねたような幼さがあって、余計に何も言えなくなってしまった。

「顔がとびきり可愛い働き者だぞ？　しかも、経緯はともかく貴族になれる権利をあえて捨てた無欲さも見せている。お前がモテない理由が俺は思いつかない」

「そ、そうなんだ……」

「もっと具体的に言えば、俺が『幼馴染なら紹介してくれ』と男に言われた確率は九割だ。屋敷勤めはもちろん、外部から来た連中も含めてな」

（それはヤバイ）

さすがは乙女ゲーム主人公というところか。

恋愛のれの字もなく仕事に明け暮れてもそれだったのなら、主人公らしく生きていた場合など考えるだけでも恐ろしい。

（私、顔だけは可愛いものね。それに、国でもトップクラスの攻略対象を落とすポテンシャルのある主人公が、一般人にモテないはずがないか）

「ちなみに、ヴィンスは紹介してくれって言われたらどうしてたの？」

「俺が恋敵に協力してやるようなお人好《よ》しに見えるか？」

「見えないわね」

一瞬彼の瞳が険しくなったので、エスターは苦笑を返す。

ヴィンスの印象といえば、常に周囲を警戒している優秀な護衛だ。

空気は冷たく、キツめの顔立ちも相まって、おいそれとは近づけない雰囲気をまとっている。

（お嬢様を守るための警戒だと思ってたんだけど、もしかして違う意味もあったのかしら）

たとえば、ブリジット以外が目的の者も近寄らせないため、とか。

「というか、副団長様が全部言っていただろう。俺が何のために強くなったかの理由を」

「あ……」

ヴィンスの指摘で、あの晴れた日の景色が脳裏に浮かんでくる。

驚くほど格好いい剣戟を見せつけたヴィンスについて、副団長はエスターにもわかりやすく教えてくれていた。

「先に言っておくが、お嬢様を守るためじゃないからな」

「わ、わかってるわよ。私だって、もうそこまで鈍くないわ」

足裏に回された手がわざとらしくスカートを撫でて、つい子どもっぽく反論しまう。

……ヴィンスが強くなったのは、エスターのためだ。

エスターを守るため。そして、誰にも渡さないために会得した強さである。

（確かに、あれだけの強さがあれば、誰もヴィンスに喧嘩を売ってまで私に近づこうとは考えないわよね）

そもそもの話、副団長から直《じか》に勧誘を受けるような実力者が、一貴族の私兵などをやっているのがおかしな話だ。彼に出世志向があれば、間違いなくこの屋敷にはいない。

ヴィンスが今なおここにいるのが、全ての答えだ。

「ここまで語らせて、まだ牽制がわからないなんて言うか？」

「……言いません」

「よろしい」

降参だと小さく両手を挙げたエスターを確認して、ヴィンスはようやく満足そうに笑った。

続けて、ちゅっと攫うように口づける。……今度は間違いなく、唇に。

「……っ、ヴィンス！」

「残念ながら、今は近くに誰もいないぞ。ついでに、明かりの少ない夜じゃ、離れていたら見えないだろうしな」

ふっと口端を吊り上げた彼には大人びた艶やかさがあって、エスターは眩暈《めまい》を覚える。

甘くて重い、恋人からの独占欲。……そこに正論をかざしたところで、太刀打ちできるわけがないのだ。

だってエスターは、ヴィンスのことが好きなのだから。

（牽制とか、見せつけたいって言われたら、本心は嬉しいに決まってるわよ……）

プロ侍女の矜持《きょうじ》が恋する乙女心に負けて、薄れていく。

仕事は手抜かりなく終わっているのだから、思う存分イチャイチャしてしまえばいい。そんな誘惑に陥落気味だ。

「……でも、人に見られるのはやっぱり恥ずかしいんだけどな」

「告白した時は平気そうだったのに？」

「あれは勢いでしょ！　騒動を乗り越えられて、気分がおかしくなってたし」

「これもじきに慣れるだろ。俺はお前に懸想する恋敵を駆逐しきるまで牽制をやめるつもりはない」

「いや、そんな人いるの？」

エスターの問いかけに、ヴィンスの視線がすいっと右に逃げた。

（それはどっちの意味⁉）

多すぎて遠い目になっているのか、それとも少ないけれど誤魔化しているのか。

どちらにしても、ヴィンスの牽制はまだしばらく終わらないのだろう。

（どれぐらいで慣れるかしらね……）

ぽすんとエスターが頭を預けると、彼は背中側にあった手で軽く髪を一撫でした後、再びエスターを抱いたまま立ち上がった。

今度こそ、愛しき我が家こと使用人棟へ帰るために。

「……まあ、恋敵が全員いなくなったとしても」

ぽつりとこぼれた呟きに、もたれていた頭を起こす。

「いなくなっても、何？」

「俺はお前とイチャつき続けるけどな。十六年も我慢していた男を甘く見るな」

「は⁉」

裏切り発言にエスターが肩を震わせる中、ヴィンスは楽しそうに笑いを噛み殺しながら、弾むような足取りで歩いていく。

長年の想いを成就させたらしい幼馴染には、到底勝てない気がした。

FK comicsにて
コミカライズ
決定!!
香月 航
Wataru Kaduki
Illustration
RAHWIA
akuma na ani ga
kahogo de
komattemasu
悪魔な兄が過保護で困ってます
1〜3
シスコンこじらせた騎士は、
妹を可愛がりたくて仕方がない!!
素敵な恋に憧れるお年頃のユフィは、伯爵家の一人娘。なのに、いつも妹大好きな兄のネイトに婚活の邪魔をされてばかり。血の繋がりはないけど、剣の腕前は騎士団一!　その上類まれなる美貌!　非の打ち所のない兄だが、シスコンこじらせまくりのせいで、ユフィには縁談もやってこない。そんな時、侯爵令嬢の誘拐未遂事件が勃発。護衛となったネイトと共に騒動に巻き込まれ!?
フェアリーキス
ピュア
fairy kiss
Jパブリッシング　https://www.j-publishing.co.jp/fairykiss/　定価：1320円（税込）

岡達英茉 Ema Okadachi
illustration 林マキ
フェアリーキス
NOW ON SALE
没落殿下が
私を狙ってる……!!
一目惚れと言い張る王子と
新婚生活はじめました
腹に一物ある王子と
キナ臭さ満載の溺愛結婚生活!?
家族から虐げられ厄介者扱いされてきたリーズに、突然美貌の第四王子・ノランとの縁談が持ち上がる。彼はリーズに一目惚れし、結婚するために王子の称号まで捨てたというが――ノラン様だなんてお会いしたこともないんですけど!? 疑問も抗議も切り出す間もなく、新婚生活が始まることに。こうなったら結婚話の裏を探ってやる! そう意気込むも、彼の優しさを知るにつれ心ひかれていく。そんなとき、彼が抱えている重大な秘密を知ってしまい!?
フェアリーキスピュア
fairy kiss

一目惚れした
王子と
された
私の
七日間の攻防戦
Saki Tsukigami
月神サキ
Illustration KRN
逃げる魔女 ×
追いかける王子
フェアリーキス
NOW ON SALE

チート主人公は悪役令嬢様のプロ侍女に徹します

著者　香月 航　© WATARU KADUKI

2023年6月5日　初版発行

発行人　藤居幸嗣

発行所　株式会社 J パブリッシング
〒102-0073　東京都千代田区九段北3-2-5 5F
TEL 03-3288-7907　FAX 03-3288-7880

製版　サンシン企画

印刷所　中央精版印刷株式会社

ISBN:978-4-86669-574-7
Printed in JAPAN